CASI GENIAL

BENEDICT WELLS

CASI GENIAL

EL INSÓLITO PERIPLO DE UN JOVEN EN BUSCA DE SU IDENTIDAD

Traducción:
María Dolores Ábalos

MAEVA

Título original:
FAST GENIAL

Diseño e imagen de cubierta:
OPALWORKS

Fotografía del autor:
Roger Eberhard

© DIOGENES VERLAG AG ZURICH, 2011. Todos los derechos reservados
© de la traducción: MARÍA DOLORES ÁBALOS, 2012
© MAEVA EDICIONES, 2013
    Benito Castro, 6
    28028 MADRID
    emaeva@maeva.es
    www.maeva.es

ISBN: 978-84-15532-58-3
Depósito legal: M-22.907–2013

Fotomecánica: MCF Textos, S. A.
Impresión y encuadernación: Huertas, S. A.
Impreso en España / Printed in Spain

El viaje de Francis y sus amigos

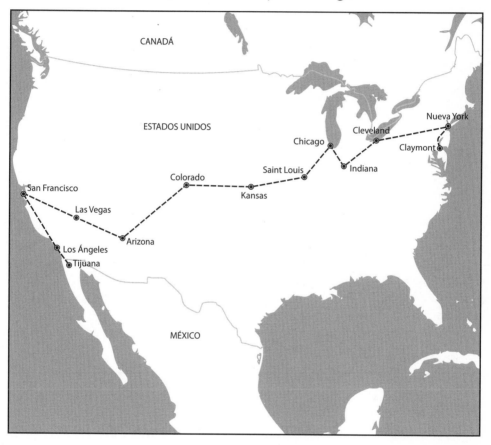

Para Adrian y Helene,
que son para mí como un hermano y una hermana

«Where I am, I don't know, I'll never know,
In the silence you don't know,
You must go on, I can't go on,
I'll go on.»

(Dónde estoy, no lo sé, nunca lo sabré,
En el silencio no se sabe,
Tienes que seguir, no puedo seguir,
Seguiré.)

SAMUEL BECKETT

En algún momento del año 2005

Claymont

1

—¡Me escaparé de aquí!

Como tantas otras veces, Francis estaba en la clínica sentado al lado de su madre. La silla le resultaba pequeña y el respaldo se le clavaba en la espalda. Cerró los ojos e imaginó que saltaba desde un acantilado y se zambullía de cabeza en el mar. Eso es libertad, pensó.

Mientras tanto, su madre seguía hablando:

—Me pienso largar de aquí o presentar una denuncia. Toda la culpa es tuya, Francis. ¡Me has destrozado la vida!

Desde que la había llevado a la clínica con la ayuda del servicio de urgencias psiquiátricas, no lo trataba muy bien que digamos. Sacó del bolsillo una moneda de diez céntimos y la lanzó al aire. Cara significaba que todo saldría bien; cruz, que todo acabaría mal. Atrapó la moneda, pero justo cuando iba a mirar qué había salido, entró alguien en la habitación.

Era el doctor Sheffer, el nuevo médico jefe encargado de tratarla. Saludó con la cabeza a Francis y rozó los hombros de la mujer, que tenía cuarenta años y estaba sentada en una silla con la mirada totalmente ausente.

—¿Desde cuándo se encuentra en este estado?

Francis se frotó los ojos.

—Desde hace más o menos una semana —respondió—. Desde entonces está completamente ida, si es que se puede decir así.

Sí, se podía decir así.

El médico tomó unas notas y examinó el historial clínico.

—Aquí dice que tu madre tiene una depresión maníaca.

Francis se encogió de hombros.

—Lleva así varios años. Y cuando, además, deja de tomar la medicación, se viene completamente abajo.

El doctor Sheffer miró a la madre y esta le devolvió sonriente la mirada. No parecía enterarse de que estaban hablando de ella. El cabello oscuro le tapaba parcialmente la cara, tenía ojeras y respiraba con dificultad. No obstante, incluso en ese estado, se la veía guapa.

Francis empezó a hablarle de su enfermedad, de la inexplicable agresividad contra él, del insomnio y de la manía persecutoria. Le dijo que, por ejemplo, a los vecinos los consideraba unos colaboradores secretos del Gobierno que pretendían espiarla. Incluso había tirado su móvil porque creía que le habían colocado un dispositivo de rastreo.

Francis miró a su madre, que lo contemplaba sin moverse y le apretaba la mano. Y por un momento olvidó la locura y se sintió tan unido a ella como cuando era niño, y se le partió el alma de verla allí sentada de nuevo.

—¿Qué años tienes? —le preguntó el médico.

—Casi dieciocho.

—Pareces mayor.

A Francis le decían eso con frecuencia y nunca sabía qué contestar.

El doctor Sheffer siguió repasando el historial. «Katherine Angela Dean», se leía en la primera página. Era la tercera vez que su madre ingresaba en esa clínica y, salvo el doctor nuevo, la conocía todo el mundo. Y a él por desgracia también.

—Aquí dice que tienes un hermanastro.

—Sí, Nicky; ha cumplido trece años. Pero ahora vive en Nueva York con Ryan, mi padrastro. Mamá y yo vivimos solos.

—¿Y tu padre biológico?

Francis miró al suelo. No sabía quién era su padre. Su madre nunca había querido contárselo. Solo una vez le insinuó que tuvo una breve aventura con uno de muy lejos. «Muy lejos» podía significar muchas cosas; su padre podría haber sido australiano o inglés. Pero probablemente tras ese «muy lejos» se ocultara un *yuppie* de mierda que fue de visita a Los Ángeles y, después de ver un partido de los Lakers, se había cepillado a su madre. Ella era una de las animadoras y tenía muchos pretendientes. Uno de ellos habría hecho canasta con sus genes y, sin saberlo, había engendrado un hijo, y ahora no tendría el menor recuerdo de aquello.

—No conozco a mi padre. Ni siquiera sé cómo se llama.

El doctor Sheffer asintió con la cabeza. Cerró el historial y dijo que la madre de Francis estaba en buenas manos, que lo más importante era que se tranquilizara y durmiera. Lo que significaba que la atiborrarían de neurolépticos y otros medicamentos y permanecería hospitalizada.

Llamaron a la puerta. Steve, un enfermero con sobrepeso que llevaba una camiseta blanca, entró en la habitación. Agarró a la señora Dean por los hombros y la sacó del cuarto. Francis se levantó también y estrechó la mano del doctor Sheffer. Este alzó la vista hacia él y le dio un fuerte apretón de manos, como los de la mayor parte de los hombres bajitos. Francis pescó la maleta con las cosas de su madre y la siguió.

Al recorrer el pasillo, Francis iba ya temeroso de que Steve le contara uno de sus pésimos chistes. Entraron en la habitación 039. Mientras la madre sacaba sus cosas, sorprendentemente tranquila y meticulosa, Francis se sentó en la cama y cerró los ojos. Los últimos días apenas había dormido. Imaginó a sus compañeros de clase comiendo con sus familias o dando vueltas por el centro comercial.

Steve intentó animarlo.

—Eh, tú —le preguntó con una sonrisita—, ¿sabes cuántas rubias hacen falta para enroscar una bombilla?

Francis abrió los ojos y miró al enfermero con el ceño fruncido. Al ver que eso no bastaba, también se encogió de hombros.

—¡Cinco! —dijo Steve—. Una para sujetar la bombilla y cuatro para girar la escalera.

Para no dejarle completamente en ridículo, Francis amagó una sonrisa. Luego se fijó en que su madre sacaba del bolso una foto enmarcada en la que aparecía un chico alto, de hombros anchos y con el pelo negro. Llevaba una sudadera y parecía agotado, pero contento. Francis recordaba perfectamente ese día; acababa de ganar una importante lucha en el *ring*. Pero de eso hacía bastante tiempo, como de casi todas las fotos en las que parecía contento.

Mientras su madre y el enfermero acababan de deshacer la maleta, se dio una vuelta por la planta. El suelo estaba revestido de linóleo verde oscuro, de modo que al andar chirriaban los zapatos. Aunque las paredes estaban pintadas de blanco, la clínica resultaba oscura, como si la cubriera un velo gris. Las enfermeras lo conocían y le lanzaban miradas de compasión. A veces, a Francis le daba la sensación de que no lo hacían por lo de su madre, sino porque ¡además! tenía lo de su madre. Sabía que la mayor parte de la gente lo consideraba un fracasado sin perspectivas o un estúpido zanquilargo, y le daba un poco de rabia no poder demostrarles lo contrario. Y eso que antes era uno de los mejores alumnos de su curso. En clase siempre se le escapaba alguna frase que los profesores consideraban interesante. Eso unido a que de niño quedó entre los mejores en el examen de aptitud del colegio, había hecho que la gente incluso pensara que podía ser un chico con muchas cualidades. En cualquier caso, su madre solía decirle en aquella época: «Ay, Frankie, mi pequeño genio». Sin embargo, en los últimos años habían cambiado muchas cosas, y ahora podía darse con un canto en los dientes con que los estudios fueran su menor preocupación.

El panorama de la planta era desolador. En una habitación, los enfermeros no paraban de rajar; en la salita de la televisión estaban viendo un documental del canal público. De cuando en cuando, algunos pacientes recorrían el pasillo como zombis; llevaban el pelo sucio e iban en chándal o en pantalón corto. Unos mascullaban; otros solo tenían la mirada triste y sombría. De una de las habitaciones del fondo llegaban gritos atronadores. Francis tenía la sensación de que en esa planta se podría haber rodado perfectamente una película de terror. La mayor parte de la gente parecía bastante mayor; había más mujeres que hombres. Lo que todos tenían en común era la lentitud. Andaban despacio, hablaban despacio, y cuando se asomaban a la ventana, se quedaban allí una eternidad.

Las habitaciones de los pacientes estaban todas cerradas menos una, que tenía la puerta entornada. Por la rendija Francis distinguió a una chica que no llevaba más que unos vaqueros negros y el sujetador, y en ese momento se estaba poniendo una camiseta. Cuando su cabeza desapareció bajo la prenda, Francis pudo contemplar sus pechos. Al poco rato, le vio la cara: piel blanca, pelo negro hasta los hombros, boca finamente delineada. De pronto, sus grandes ojos oscuros miraron hacia la puerta.

En ese momento, Francis notó una fuerte sacudida. Se asustó, no sabía lo que había pasado. Alguien le había agarrado la cabeza y la había sumergido varias veces en agua fría. Alguien le había colocado en una catapulta y lo había disparado a mil metros de altura. Alguien le había golpeado con toda su alma en el pecho, pero curiosamente no le dolía. Todo sucedió de repente. Eran las 14:32. A partir de entonces, ya nada sería igual para Francis Dean.

Seguía sin poder apartar la vista de esa chica. Se fijó en que llevaba *piercings* en la oreja y en la nariz. Además, tenía las muñecas vendadas, lo que probablemente hubiera sido su pasaporte hasta la habitación 035.

Todo eso ocurrió en unas pocas milésimas de segundo, pues ella hacía un rato que lo había descubierto. Al principio parecía enfadada por haberse dejado la puerta abierta, pero luego despotricó contra él:

—¡Esfúmate, mirón!

—No quería… Solo pasaba por aquí y de pronto…

La chica se acercó a él y le hizo un corte de mangas. Luego dio un portazo delante de sus narices.

Francis se quedó un rato frente a la habitación y leyó lo que ponía en el letrero de la puerta: «Anne-May Gardener». De ese nombre no se olvidaría.

Claymont era una localidad de provincias de la Costa Este lo suficientemente grande como para que tuviera el equipamiento estándar de una ciudad pequeña; es decir, McDonald's, pizzería Papa John's, Starbucks, Wal-Mart, metro y tienda de vaqueros de la marca Lucky. Para albergar festivales o una universidad, Claymont se quedaba pequeña, y quien se proponía hacer algo en la vida se largaba de allí nada más terminar el instituto. Los demás habitantes de Claymont tenían complejo de inferioridad por vivir allí y no en Jersey City, a cuarenta y ocho kilómetros de distancia, del mismo modo que los que vivían en Jersey City tenían complejo por vivir allí y no en Nueva York. Pero los más acomplejados eran los que residían en el parque de caravanas Pine-Tree, en la periferia de la ciudad. Eran locos, perdedores o familias rotas, incluso los niños en su mayoría parecían como trastornados, con el pelo rapado, la dentadura en mal estado y un aspecto de debilidad que solo se consigue cuando a uno la vida le ha grabado la incertidumbre en la cara. Allí vivía Francis con su madre desde hacía dos años y medio. Por culpa de su enfermedad, ella tuvo que dejar su trabajo de secretaria en una empresa inmobiliaria y, poco después, el padrastro se había arruinado especulando en Bolsa. Con el poco dinero que les daba desde entonces, ya no podían pagar el alquiler del piso que ocupaban en el centro de la ciudad. En un primer momento se fueron a un hotel de la cadena Motel 6 y, finalmente, acabaron en una de las setenta casas móviles, casi todas de aspecto cochambroso, de las afueras de Claymont.

Al principio, Francis no se sentía a gusto, pero luego se acostumbró. De vez en cuando se enteraba de que la Policía había detenido a alguien, o contemplaba la paliza que le daban a alguno que quedaba medio muerto. Pero un tipo como él, de más de un metro noventa y bien entrenado, se las apañaba estupendamente ahí fuera. Además, en la colonia también había gente maja y normal. Su vecino Toby Miller, por ejemplo, que trapicheaba con cualquier cosa para que él y su familia llegaran a fin de mes. También Toby soñaba con que un día se largaría de allí y se iría a Brooklyn, donde abriría un local, encontraría a una mujer y empezaría una nueva vida. La cuestión era que allí fuera, en algún momento, todos acababan teniendo la misma sensación. Algunos con doce años, otros con dieciséis, y había quien la tenía desde el día de su nacimiento: la sensación de que nunca saldrían de allí.

Ese día, cuando Francis empujó la tela metálica anti-insectos de la caravana, se sentía más feliz que hacía tiempo. El motivo era su encuentro con Anne-May Gardener. En otras circunstancias, el contacto se habría reducido a lo imprescindible. Ella habría sido una modelo y él, bueno, un potencial empleado en el turno de noche de Wendy's. Ella se habría acercado a su caja y le habría pedido una ensalada y una *cheeseburger*.

Anne-May:
—Una ensalada y una *cheeseburger,* por favor.
Francis:
—Toma. Son 2,90. ¿No prefieres el supermenú con patatas fritas, que está en oferta, a 3,80?
Anne-May:
—No.

Eso habría sido todo; más no podría haber hablado con ella. Ahora en cambio la tenía en la clínica, a solo unas pocas habitaciones de la de su madre, y era evidente que estaba loca. Eso para él significaba que no la dejarían marchar tan deprisa y que, por lo tanto, tendría tiempo de entablar conversación con ella. Al día siguiente, nada más salir del instituto, iría a ver a su madre y se dejaría caer por la habitación de Anne-May para disculparse por haber sido un mirón, y luego le contaría que su madre también está ingresada allí y que por eso se sentía tan confuso, y entonces a lo mejor despertaba su compasión y Anne-May aceptaba charlar con él. Eso suponiendo que no le diera demasiada pena, pero qué más daba, lo principal era que le siguiera el juego.

Francis entró en su habitación, un cuarto pequeño con varios pósteres de Mos Def, Elisha Cuthbert y Eminem. Se tiró en el colchón y encendió el ordenador. Sonó el teléfono. Dejó que sonara unas cuantas veces sin contestar. Las llamadas a casa no solían augurar nada bueno. Podía ser la clínica o el instituto o uno de los exnovios de su madre. Antes solía colgarse de tipos ricos; siempre le hablaba de ellos con entusiasmo y soñaba con una vida mejor, hasta que por lo general la abandonaban. Ahora sus novios eran casi todos perdedores. Uno que se llamaba Derek Blake llegó a presentarse un día borracho en casa con la intención de hacerle algo a su madre. Casualmente, Francis también estaba allí y pudo protegerla. Derek Blake se abalanzó sobre él hecho una furia, pero Francis, luchador entrenado, lo tiró rápidamente al suelo y luego le dio unas cuantas patadas en las costillas, lo agarró por la camisa y lo echó de la caravana.

El teléfono llevaba sonando más de un minuto. Crispado, descolgó.

—¡Qué hay, Frankie, soy Nicky!

Su hermano. Ahora se alegraba de haber respondido.

—¿Qué pasa?

—La clínica ha llamado a papá. Dice que mamá está otra vez enferma.

Nicky sollozó un poco. Francis intentó consolarlo. Tenía muy poco contacto con su hermano pequeño; la última vez que se vieron, hacía ya unas semanas, fue el día en que Nicky cumplió trece años.

Francis echaba la culpa de todo a Ryan Wilco, su padrastro. Cuando él tenía tres años, su madre había conocido en un café a un joven abogado de Newark. Poco después se casaron y su madre enseguida se quedó embarazada de nuevo, esta vez de Nicky. Durante una temporada, todo parecía ir como la seda. La infancia de Francis transcurrió entre excursiones los fines de semana, cenas en familia y una habitación enorme para los niños; él dormía en la litera de arriba y Nicky en la de abajo. Entonces vivían en Jersey City. Pero hacía cuatro años y medio que su madre y Ryan se habían divorciado. Antes había habido una querella y demandas de manutención. Entre ellos se abrió una brecha enorme: Nicky se fue a vivir con su padre a Nueva York, mientras que Francis y su madre acabaron en Claymont. Según el prospecto, «en una ciudad emergente, aunque no suficientemente valorada, en el corazón de Nueva Jersey», o dicho de otra manera, en el culo del mundo. Su madre se mudó con la intención de construir allí algo «nuevo». «Entre los dos lo conseguiremos», solía decir. Al cabo de seis meses, la ingresaron por primera vez en la clínica.

—Dice papá que, si quieres, puedes venirte con nosotros —dijo Nicky.

Francis encendió un cigarrillo y dio una intensa calada. Luego negó con la cabeza. Aunque echaba de menos a Ryan y nada le hubiera apetecido más que vivir en su casa, no podía hacerlo. Durante años, Ryan había sido para él como un padre, pero desde el divorcio sencillamente le había dado la espalda.

—Estoy bien. Me quedo aquí.

—Qué pena. Podríamos jugar al baloncesto. Ya sé hacer la entrada a canasta en bandeja. La semana pasada gané a Jamie. Diez a tres —dijo Nicky muy deprisa, por lo emocionado que estaba.

—¿Jamie Roscoe? ¿Tu vecino? Pero si siempre te machacaba.

—¡Eso era antes!

A Francis le hizo gracia imaginar a su hermano con el auricular en la mano y una sonrisa radiante. Al fin y al cabo, Nicky era tan bajito que en el fondo todos estaban preocupados. Su hermano hacía como que le daba igual, pero Francis sabía que le molestaba.

—¡Vale, eso está hecho! —dijo—. Un día de estos me paso por vuestra casa y echamos un partido. Seguro que a mí también me machacas. Cada día eres mejor.

Nicky cloqueó al teléfono.

Después de colgar, Francis se puso a recoger: las cosas que le había tirado su madre a la cara, la estrecha cocina, el retrete mugriento. A continuación, arregló también el grifo del agua. Qué gusto daba arreglar algo que estaba estropeado. Miró al gato, que se había colado en la cocina y le rozaba las piernas ronroneando. El gato maulló y Francis le contestó con otro maullido. Durante un rato siguieron hablando de ese modo; a Francis le habría encantado saber de qué. Luego le acarició la cabeza y echó una ración de comida para gatos en su escudilla. Mientras el gato comía, Francis sacó del bolsillo sus cupones de rasca y gana y rascó las partes ocultas. El momento más emocionante del día. Durante unos segundos podía tener la esperanza de ganar un millón y marcharse de allí. Pero eran boletos sin premio.

Por la tarde, Grover asomó la cabeza por la puerta de su cuarto. Según él, había tocado el timbre y la puerta de la caravana estaba abierta. Grover Chedwick era su antiguo vecino y se había convertido en su mejor amigo; además, era el tío más friki de los ordenadores que Francis había conocido. Tenía el pelo oscuro casi rapado, era alto, pálido y flaco, llevaba gafas de concha y miraba siempre al suelo, de modo que hasta los de trece años le tomaban el pelo. Por razones incomprensibles, Grover calzaba siempre, incluso en verano, unas botas negras y siempre llevaba unos vaqueros cortos demasiado estrechos y camisetas con letreros o eslóganes como por ejemplo: «FBI: Female Body Inspector» (Inspector del Cuerpo Femenino). Esta vez llevaba una camiseta de Bob Esponja de color rojo chillón.

—¿Qué tal estás, Francis?

Grover tenía una voz tan sumamente flojucha que parecía un poco retrasado. Sin embargo, lo cierto es que era un genio de la informática, sacaba unas notas buenísimas y tenía un coeficiente intelectual muy alto. Dos empresas de *software* ya le habían preguntado si quería trabajar para ellas cuando terminara el instituto.

Acarició al gato.

—¿Quieres hablar de tu madre, Francis? —preguntó como de paso.

Grover tenía la manía de llamarlo a uno siempre por su nombre. Lo hacía sin darse cuenta. También era el único que lo llamaba Francis; todos los demás lo llamaban Frank o Frankie.

—Prefiero no hablar de eso. Vamos a empezar.

Grover asintió y abrió el portátil que llevaba consigo. Pasaron toda la tarde jugando al *Unreal Tournament* en Internet. Francis sabía que era un plan cutre, pero ¿cuál hubiera sido la alternativa? ¿Que un amigo millonario los invitara a una fiesta en su yate lleno de mujeres hermosas? Una fiesta como las de las películas: uno pide algo de beber y de repente está junto a la monada de chica con la que ha estado ligando toda la noche y habla un poco con ella hasta que le dice: «¿Sabes? En cierto modo, eres diferente», la mira a los ojos, deja la copa encima de una mesa y la besa.

Chorradas, pensó Francis. Ni de coña los invitarían a una fiesta así, de modo que se conformarían con *Unreal Tournament*. Antes nunca había tenido problemas con las mujeres, la verdad. Seguramente no fuera el tipo más listo de Claymont ni tampoco podía permitirse comprar ropa cara. Pero a cambio, antes de lesionarse la rodilla, pertenecía al equipo de luchadores del instituto, y además no era tímido. Al contrario, sin apenas esfuerzo había tenido muchas novias. Pero su racha de mala suerte empezó justo cuando ya uno se podía acostar con las chicas. Los fines de semana, cuando se celebraban la mayor parte de las fiestas, casi siempre tenía que trabajar. Además, se decía que a las mujeres lo que les molaba era una actitud positiva. Sin embargo, ahora, cuando estaba delante de una chica, recordaba las paredes pintadas de blanco de la habitación del hospital, la hierba rala que crecía delante de la caravana o esa sensación de derrota asegurada que solía tener durante los exámenes. Pensaba en ese tipo de cosas una y otra vez. Así que de actitud positiva, nada.

—Hoy he conocido a una chica en la clínica —dijo, y enseguida se puso a hablar de Anne-May.

Mientras tanto, su yo virtual había lanzado al más allá a tres rivales.

Grover se volvió a mirarlo.

—Pero... ¿es que también está enferma, Francis?

—Probablemente haya intentado suicidarse. Pero a mí eso me da igual. Si la hubieras visto. Era...

Durante los siguientes minutos, Francis se puso a hablar de Anne-May como si hubiera estado a punto de acostarse con ella.

Grover tragó saliva. A diferencia de Francis, él no tenía experiencia con las mujeres. Cuando alguien soltaba en su presencia palabras como «tetas», «chocho» o «húmedo», se ruborizaba inmediatamente. Lo único que le faltaba era el humo saliendo por las orejas como a los personajes de cómic. A Francis eso le divertía. Por un lado, seguro que Grover se masturbaba cinco veces al día y, por otro, probablemente le diera miedo practicar sexo de verdad. No creía ni de coña que hubiera llegado tan lejos; más bien se lo imaginaba aterrorizado de pensar que alguna vez pudiera estar delante de una mujer desnuda.

Así que más les valía seguir jugando al *Unreal Tournament*.

3

Como a Francis no le apetecía pasar la noche en casa, se montaron en el Chevy —como llamaban al Chevrolet— de segunda mano que le habían regalado a Grover al sacarse el carné de conducir. Su familia gozaba de una buena posición; el padre era el dueño de Spin Technology, una empresa que fabricaba programas antivirus, y la madre trabajaba como asesora de inversiones. Vivían en una casita blanca de madera en el centro de la ciudad. En esa zona crecían arces por todas partes y las calles tenían nombres tan prometedores como Lincoln Lane, Dublin Avenue o Seahaven Boulevard. Antes de que Francis tuviera que irse de allí con su madre, los Chedwick habían sido sus vecinos.

—Oh, Frank, pobrecito mío —dijo la madre de Grover al verlo—. Me he enterado de lo de Katherine. —Fue corriendo a abrazar a Francis—. ¡Mira, Terry; ha venido Frank!

Se oyeron unos pasos y, después, el padre de Grover —ciento veinte kilos, barba y gorra de béisbol— asomó la cabeza por la puerta.

—Ah, Frankie —dijo dándole un manotazo en el hombro—. Es una mala época, lo sé. Pero estoy seguro de que tu madre se pondrá bien pronto.

Francis asintió con la cabeza. Seguro que se restablecía enseguida. El problema era que en algún momento volvería a recaer, porque sencillamente parecía incapaz de salir de ese círculo vicioso de hombres, depresiones y estancias en la clínica.

Para cenar había chuletas con ensalada. Francis observó con qué gusto cortaban los Chedwick la carne y se la llevaban a la boca. Los dos tenían bastante sobrepeso. Seguro que ya no practicaban sexo. Habían trasladado el centro de placer del dormitorio a la cocina. Pero bueno, parecía que les funcionaba. Su filosofía vital era más o menos la siguiente: «Si alguna vez lo ves todo negro, echa un filete a la parrilla». Francis lo encontraba razonable. En cambio, el eslogan de su madre debía de ser: «Si no sabes qué hacer, acuéstate con el primer tío que aparezca». No parecía muy recomendable.

A diferencia de sus padres, Grover no comía nada; solo bebía zumo. Su conducta alimenticia se asemejaba a la de una boa constrictor. Ayunaba dos o tres días y luego se zampaba de golpe varias pizzas seguidas o un montón de filetes, que le costaba varios días digerir. A lo mejor estaba tan flaco por eso.

Pasaron la noche en la habitación de Grover. Los Chedwick habían acondicionado el sótano y ahí vivía Grover como un bicho bola con varios ordenadores, un tablero de ajedrez y pósteres de Lara Croft y del batería de Rush. El propio Grover tenía una batería, y cuando no estaba con el ordenador, se pasaba horas tocando. Había sido batería de una banda hasta que lo echaron. Aquello supuso el tiro en la nuca de su vida social; desde entonces tocaba solo.

El señor Chedwick se pasó por la habitación para planear con Grover lo que iban a hacer el fin de semana.

—Y el domingo por la tarde iremos a jugar al billar con mis colegas —dijo—. ¿Te parece?

Grover soltó un bufido.

—Solo si me prometes que cuando ganes no montarás otra vez el numerito ese del baile.

El padre se echó a reír.

—¿Te refieres a este?

Y se puso a mover en círculo la mole de su cuerpo, sin el menor sentido del ritmo y meneando los brazos. La verdad es que resultaba tan gracioso que hasta a Francis le entró la risa. Tumbado en su colchón, observaba cómo bromeaban Grover y su padre. En tales momentos se preguntaba dónde estaría el suyo, si también le habría dado así las buenas noches o si tenía hijos a los que se las daba. Lo atormentaba la idea de que su padre no supiera nada de él y de que a lo mejor le hubiera gustado cuidarlo, solo que no sabía que tenía un hijo. En cualquier caso, Francis intuía que tenía que estar en alguna parte.

Cuando apagaron la luz, Grover y él charlaron de sus planes para el futuro. Francis le habló de Anthony Kramer, que antes jugaba con él en el equipo del instituto y hacía dos años que había terminado el bachillerato.

—¿Te acuerdas? Por aquel entonces nos decía a todos que iba a vivir en Boston. ¿Y sabes dónde me lo he encontrado hace poco? En la caja del Denny's, en Johnson Road. ¡Nunca saldrá de este poblacho de mierda!

Francis recordaba la mirada ausente de Anthony y el carisma que tenía. Siempre se lo veía con una sonrisa, rodeado de unas cuantas chicas guapas. Pero había desaprovechado el momento del salto y ya no le quedaba ninguno de sus encantos. Le dio un codazo a Grover.

—¡Eh! ¿Tú qué crees? ¿Saldremos algún día de aquí?

Grover se encogió de hombros. Luego se puso a hablar de un juego de rol de fantasía que quería inventar, de guerreros, maestros de esgrima y puntos de fuerza o empatía. Se proponía llamarlo *Los cuentos de Ashkalan*. Probablemente él mismo supiera que todo eso era una chaladura, pero como parecía divertirse mucho contándolo, Francis lo escuchó hasta el final.

Cuando decidieron dormirse, Grover empezó a roncar casi al instante. Francis, en cambio, daba vueltas en el colchón mientras oía cómo el viento se arremolinaba en torno a la casa. Antes no era de los que se rompen la cabeza por cualquier cosa, pero últimamente padecía insomnio con frecuencia. Era como si sintiera que su vida iba adoptando poco a poco formas definidas. Durante años todo había estado en suspenso, como impreciso. Y, sin embargo, ahora todo parecía haberse endurecido, haberse vuelto sólido y frío. Le vino a la memoria su madre. ¿Cómo habría sido de niña? ¿Qué sueños y esperanzas habría tenido? Y todo para acabar en la habitación de una clínica, enferma y a solas con sus desvaríos. Luego Francis se imaginó que echaba a correr. Que salía corriendo del parque de caravanas y de Claymont, dejaba atrás Nueva Jersey, y seguía corriendo por bosques y valles, mares y montañas. Nada podía retenerlo. Corría hasta sentirse libre y olvidar todo cuanto había dejado atrás. Y mientras imaginaba cómo sería eso, se quedó dormido.

Al día siguiente, cuando Francis estaba junto a su taquilla en el recreo, oyó hablar a unos compañeros sobre el fin de semana que los esperaba. Pilló la palabra «fiesta». Los miró durante unos segundos, luego sacó el libro de Historia de la taquilla y les dio la espalda.

Delante de la clase de Química vio a Grover. Estaba con los hombros caídos y, una vez más, Brad Jennings, un tipo alto con el pelo rizado y pecas se estaba metiendo con él. Antes Brad era un buen chaval, hasta que, con los juveniles, arremetió contra los del instituto Franklin y consiguió diecinueve puntos. Y en los partidos que jugó después, incluso más. Entonces empezó a darse aires de grandeza y se volvió asqueroso y arrogante. A todo esto, todos sabían que Brad era en realidad un friki de los ordenadores y que estaba enganchado al *World of Warcraft*. En realidad, él y Grover podían haber sido muy amigos, pero se odiaban desde noveno.

—¡Qué hay, Chedwick! —dijo Brad, rodeado de sus colegas y unas cuantas chicas—. He oído decir que te lo montas con gatos.

Todos se echaron a reír. Grover pensó en alguna respuesta graciosa, pero no se le ocurrió ninguna. Francis vio que llevaba una camiseta en la que ponía «Sex God» (El dios del sexo). Se preguntó qué clase de locura le habría entrado a Grover cuando se probó esa camiseta, se contempló en el espejo y se fue tan contento a pagarla a la caja.

Brad Jennings imitó el lastimero maullido de un gato, mientras los demás seguían riéndose. Grover, en cambio, había renunciado a defenderse. ¿Para qué? De nada le serviría; no tenía armas, no tenía nada. Pero no le importaba; había perdido la dignidad y el orgullo en algún momento de su primer curso en el instituto y desde entonces no los había recuperdo. Miró a su alrededor como buscando ayuda.

En realidad, Francis quería mantenerse al margen. Al ser alto y atlético, casi todos pensaban que no le importaba inmiscuirse en las peleas. Pero no era cierto. Luego recordó que, hacía unos años, le dieron una paliza a Grover y le metieron la cabeza en el retrete. Después, con el pelo empapado, se había paseado por el patio llorando y llamando a su madre, que lo fue a recoger enseguida. Francis había permanecido al margen, contemplando la escena. A la señora Chedwick la vio triste, con cara de impotencia, y eso a Francis le dolió.

Decidió ayudar a Grover y se plantó delante de Brad.

—¡Vamos, lárgate!

Brad se le encaró y sus narices se juntaron. Francis sopesó cómo podría ganarle en una pelea reglamentaria. Brad era solo un pelín más bajo que él, aunque no parecía pesar demasiado. Podría haberlo agarrado de sopetón por las piernas y lanzarlo por los aires. Pero como Brad podía ser bastante rencoroso, no quería enfrentarse con él a cualquier precio. Así que Francis se limitó a aflojar los hombros y mirarlo a los ojos hasta que el otro desvió la mirada.

Pero Brad no podía quedar mal delante de sus colegas, de modo que siguió pegado a Francis y con una sonrisita de conejo le preguntó:

—Vaya, vaya, Dean, ¿qué tal le va a tu madre? He oído decir que sigue siendo un putón verbenero. Seguramente la hayan montado más veces que al caballo de carreras *Seabiscuit*.

A Francis empezaron a palpitarle las venas de las sienes. Recordaba cómo los amigos de su madre, cuando era pequeño, querían engatusarlo llevándole golosinas o juguetes y luego se iban al otro cuarto para tirársela. Y cómo su madre, ya de noche, entraba sonriendo en su habitación, le acariciaba el pelo y le decía que a partir de entonces las cosas irían bien. Hasta que al cabo de unas semanas la dejaban plantada, se tumbaba a llorar en la cama y se metía algo para el cuerpo.

Mientras recordaba estas cosas, agarró a Brad Jennings por el gaznate y lo estampó contra la pared haciendo que temblaran las taquillas. Ya había tomado impulso con el puño, cuando, en el último momento, se detuvo. Todo pasó en unos pocos segundos; él mismo se sorprendió. Cuando soltó a Brad y le vio la cara asustada y enrojecida, se arrepintió de su arrebato.

Brad se tocó el cuello con los ojos abiertos de par en par.

—Eres un fracasado —murmuró—. Un puto fracasado. Y siempre lo serás.

Francis hizo como que no lo había oído, pero sus palabras se le quedaron bien grabadas. Se puso la capucha del jersey y salió a que le diera el aire fresco. En el patio unos cuantos alumnos jugaban al baloncesto; detrás estaba el pabellón de gimnasia, en el que había librado sus combates de lucha. Jamás olvidaría el olor penetrante de los vestuarios ni el nerviosismo que le entraba antes de salir a pelear. Francis era consciente de que no le quedaba mucho tiempo en ese instituto y de que, cuando se marchara, la vida lo llevaría a un callejón sin salida. Pero apenas pensaba en ello. En lo único que pensaba era en una chica con tendencias suicidas que estaba ingresada en la misma clínica que su madre.

4

Antes de ir en busca de Anne-May, Francis quería echar un vistazo a su madre, pese a que de momento no servía de nada ir a verla. Antes tenía que hacerle efecto el tratamiento a base de litio, para que poco a poco recuperara la normalidad. Lo sabía porque los médicos se lo habían contado en numerosas ocasiones. A veces tenía la sensación de que, sin quererlo, había estudiado dos semestres de Medicina. Un enfermero le abrió la puerta de la planta. De las paredes del pasillo colgaban cuadros sencillos; una vez más, casi todas las puertas estaban cerradas. En el cuarto de las enfermeras no había nadie. Oyó cánticos procedentes de la sala de terapia musical. Francis se detuvo ante la habitación número 039. No tenía ganas de entrar, pero tomó aire, tocó con los nudillos y abrió la puerta. Su madre lo miró como si fuera un extraño. Sentada en la silla, se quejaba de que los pájaros de los árboles de fuera la observaban y se reían de ella.

Francis se acercó a la ventana enrejada y miró hacia fuera. Ni un pájaro. Es más, ni siquiera había árboles. Mientras tanto, la madre aseguraba que Francis formaba parte de una conspiración y que, junto con su padrastro Ryan, la habían llevado maliciosamente a la clínica con el fin de volverla loca.

Francis escuchaba en silencio. Su madre nunca recibía visitas de su familia. Hermanos no tenía, y a sus padres no los veía desde hacía veinticuatro años. En su infancia tuvo que ocurrir algo extraño porque se fue de casa siendo una adolescente. Un día que estaba achispada le hizo varias insinuaciones sobre aquella época, y a él le sentó fatal. Desde entonces no habían vuelto a hablar de eso. En otra ocasión, un médico le habló de su parentela. «En la familia de su madre ha habido algunos casos de depresión», había dicho señalando el historial clínico. En su opinión, su madre no tenía la culpa de su enfermedad; al parecer, la depresión era herencia genética. Por aquel entonces, Francis no prestó demasiada atención, pero con el tiempo aprendió el significado de esas palabras.

Se despidió de su madre. Hasta entonces había estado sentada en la silla, pero de repente se levantó y lo abrazó.

—No te vayas, por favor. Eres todo cuanto tengo.

Francis se quedó tan sorprendido por ese estallido que se le puso un nudo en la garganta.

—Mamá, de verdad que tengo que irme —dijo en voz baja.

Ella lo abrazó con más fuerza.

—No me dejes aquí sola, Frankie. —Tenía lágrimas en los ojos—. ¡Sácame de aquí, por favor!

—¡Pero si te están ayudando!

Después de permanecer inmóvil unos segundos, Francis se zafó del abrazo.

—Mañana vuelvo. Te lo prometo.

Le dio un beso en la frente y salió de la habitación. En el pasillo se apoyó en la pared y respiró hondo.

Cuando tocó a la puerta de Anne-May, nadie contestó. Abrió con cuidado, pero la habitación estaba vacía. En su cama había una labor de punto y de la silla colgaban unas prendas negras. Encima de la mesilla vio una foto enmarcada de un niño pequeño de pelo castaño. Francis la observó y luego se puso a mirar los libros que había al lado. Uno de ellos era más gordo que los demás, y casi todos estaban escritos por gente que se llamaba Jonathan. Él apenas leía. Ryan solía regalarle libros, unos cuantos de Twain y Chabon y también uno de su escritor favorito, un tal Hemingway. El libro trataba de un pescador viejo que había tenido muy mala suerte, pero luego, en el mar, pescaba un pez enorme y... Francis no sabía cómo continuaba porque no se lo había terminado de leer.

Buscó a Anne-May en la planta, pero no la encontró por ninguna parte, ni donde el ping-pong ni en la sala de espera ni comiendo. Cuando ya se disponía a abandonar la clínica, oyó una risotada que salía de la salita de la tele, al principio del pasillo. Allí estaba Anne-May viendo los Simpson.

Francis se sentó a su lado, pero ella hizo como que le daba igual. De cerca le pareció aún más guapa. Aunque Anne-May no era bajita, sí parecía frágil. Estaba muy delgada, tenía el pelo negro como el azabache y la cara pálida y de rasgos proporcionados. Cuanto más le miraba la cara, más inmaculada le parecía. Se fijó en las vendas de las muñecas y en los *piercings*. Francis no era muy hablador, y menos en los últimos años. No obstante, se vio obligado a decir algo.

—Lo siento —dijo.

Ninguna reacción.

—Ayer no debí mirarte de esa manera.

Ninguna reacción.

—Solo estaba… Sucedió todo tan aprisa…

Ninguna reacción. Después, Francis se rindió y se quedó mirando el resto de la serie en silencio a su lado.

Durante los siguientes días se repitió el ritual. Después de visitar a su madre, iba a la salita de la tele, se sentaba junto a Anne-May como la cosa más natural del mundo y veía con ella los Simpson. Al principio, parecía molesta, pero a la cuarta vez, como máximo, ya se había acostumbrado a él. Al cabo de una semana, hasta le pareció que en el fondo lo esperaba. Esta vez Francis se arriesgó y se le fue acercando cada vez más, hasta que su pierna rozó la de ella. Contaba con que ella se desplazaría, pero se quedó pegada a él. Llevaba unos pantalones negros estrechos y brillantes, y él se quedó fascinado mirándole las piernas. Cerró un momento los ojos e imaginó cómo sería Anne-May desnuda con él en la cama. Él boca arriba y ella encima, besándolo, mordiéndole el labio inferior…

Cuando abrió de nuevo los ojos, notó que Anne-May lo miraba con gesto inquisitivo.

—¿Cómo es que pasas tanto tiempo en esta clínica?

—No tenemos tele en casa.

Ella sonrió. Solo un poquito, pero lo justo para que él lo viera. Cuando terminó la serie, siguieron sentados uno al lado del otro. Anne-May parecía pensativa.

—¿Te gusta jugar al mikado? —le preguntó finalmente.

La pregunta sorprendió a Francis.

—¿Por qué? ¿A ti?

—No mucho, la verdad. Pero aquí se aburre uno tanto, y he visto que en la sala de espera hay un mikado. Bueno, ¿sabes o no sabes jugar?

Parecía insegura, como si tuviera miedo de que él se riera de ella.

—Claro que sí —dijo Francis, notando que ella aún desconfiaba—. Me gusta mucho incluso.

Anne-May asintió aliviada. En la planta, además del mikado, tenían el juego de la escalera, el Scrabble y las damas. Fueron a la habitación de ella y se pusieron a jugar. Francis llevaba años sin tocar un juego de mesa, pero comprobó que le divertía. Le gustaba esa tranquilidad en compañía de Anne-May, la sensación de no tener que hablar demasiado, y el ruido al echar los dados o al hacer avanzar su ficha varias casillas. También ella parecía contenta. De vez en cuando lo miraba, y cuando lo ganó, se sopló el pelo de la cara y sonrió. Tenía unos dientes blancos muy bonitos que lanzaban destellos cada vez que abría la boca.

A la hora, Francis se puso de pie.

—Me tengo que ir.

Anne-May asintió con la cabeza.

—¿Cómo te llamas, por cierto?

—Francis Dean.

—Francis —repitió ella—. ¿Hasta mañana?

—¡Hasta mañana!

Cuando llegó a casa, ya era de noche. En la caravana olía a sobras de comida, a humo y a sudor. Francis encendió la luz y fue a su cuarto. Era tan estrecho que solo cabían el colchón y el ordenador, pero no un escritorio o un armario. La ropa la guardaba en un saco de tela, a la entrada. Se acordaba de cuando se mudaron allí y tuvo que repartir casi todas sus cosas. «Pero si solo es para una temporadita», le había dicho entonces su madre, al verlo llorar. Pero ahora ya no le importaba. Cuando se le acercó el gato, lo levantó en el aire y frotó la nariz con su hocico. Luego metió en el microondas un plato de comida precocinada y cenó. De vez en cuando pensaba en Anne-May y se le escapaba una sonrisa.

5

En las siguientes semanas a Francis le daba la impresión de que la estancia de su madre en la clínica era casi como unas vacaciones para él. Todo estaba organizado durante uno o dos meses; por fin no tenía de qué preocuparse; ahora los médicos y las enfermeras se encargaban de su madre. También le gustaba responsabilizarse de todo lo de la casa. Había limpiado y recogido la caravana, había lavado la ropa y había arreglado la bisagra de la puerta de la cocina. Por la noche cenaba delante del televisor, con el gato ronroneando en su regazo. De día visitaba a su madre y le llevaba ropa, flores o el *Reader's Digest*. Intentaba entablar conversaciones con ella, pero ella no decía nada.

Para entonces ya se entendía muy bien con Anne-May, cuya desconfianza inicial había desaparecido. Ahora le gustaba hablar con él o se reía cuando Francis pretendía colar una palabra inventada en el Scrabble. Además, se había acostumbrado a llamarlo por el apellido. «Date por vencido, Dean», le decía cuando le ganaba a las damas.

De todas maneras, Anne-May tenía un carácter bastante veleidoso. Había días en los que apenas hablaba, y en una de las visitas de Francis incluso parecía furiosa con él.

—Ayer te me apareciste en sueños —dijo—. Pero era un sueño asqueroso.

—¿Por qué? ¿Qué hacía?

—Te acercabas a mí por detrás, me dabas la vuelta y me lamías la cara con la lengua mientras emitías aullidos de mono.

—Reconozco que me pega bastante.

Anne-May se sacudió con un gesto de asco.

—Ay de ti como lo vuelvas a hacer, Dean. Entonces no querré volver a verte por aquí.

Siguió haciéndose la enfadada sin mover un músculo de la cara; era su manera de bromear con él. Luego le preguntó por sus sueños.

Francis le contó que en su infancia había tenido dos sueños muy distintos a todos los demás. Una vez había soñado que Ryan Wilco no era su verdadero padre; por eso apenas se sorprendió cuando más tarde se enteró de que no lo era.

—¿Y el otro sueño? —preguntó ella.

Pero Francis meneó la cabeza. A él mismo le parecía una tontería el otro sueño. Estaba en Las Vegas delante de una ruleta. Unas veces apostaba a rojo y otras a negro, y siempre ganaba. Al final se hacía rico. En su momento, tanto ese sueño como el otro le parecieron increíblemente reales. Con el de la ruleta siguió soñando a menudo durante años.

—Eso es que no se ha cumplido —dijo Anne-May, y se acercó a su reproductor de CD.

Poco después se sentaron los dos en la cama, como tantas veces, y se pusieron a escuchar música. Mientras Francis miraba por la ventana pensando en su sueño de Las Vegas, notó cómo Anne-May apoyaba la cabeza en su hombro. Y aunque la postura le resultaba incómoda, no se movió hasta que se le quedó el cuello agarrotado.

De lo que le había hecho a Anne-May su padre no se enteró Francis hasta una semana después. Habían estado jugando a la escalera y al mikado, pero a Francis le llamó la atención lo nerviosa que parecía Anne-May todo el rato. Cuando terminaron de jugar, ella le dio la mano.

—Ven, que te voy a enseñar una cosa.

Lo llevó a la última habitación del pasillo. Dentro solo había un piano de cola blanco.

—En su día perteneció a un paciente —dijo Anne-May—. Lo legó a la clínica antes de pegarse un tiro cuando le dieron el alta.

Se sentó en el taburete, abrió la tapa y empezó a tocar. Francis no tenía ni idea de qué pieza era, pero mientras esa chica de pelo negro pulsaba las teclas del piano, la habitación se llenó de algo que antes no había. Estaba muy concentrada, como si le importara mucho no cometer errores. El pelo le caía una y otra vez por la cara. Francis se quedó maravillado.

Luego se confundió de nota y dejó de tocar inmediatamente.

—Lo dejé hace unos años —dijo frunciendo los labios—. Me falta práctica.

—Me ha gustado muchísimo.

Anne-May lo interrumpió cerrando de golpe la tapa del piano.

—¿Fumas? —le preguntó.

Francis sacó una cajetilla de Chesterfield del bolsillo del pantalón y le dio fuego; luego se encendió un cigarro para él. Seguro que estaba prohibido fumar en la clínica, pero en opinión de Anne-May, allí nunca entraba nadie y era la única habitación que no tenía el letrero de «No fumar». Fumaron en silencio. Cuando Anne-May lo miró, Francis levantó la ceja izquierda. Dominaba ese gesto desde pequeño y ahora lo hacía porque Anne-May meneaba la cabeza y se reía. Se fijó en que tenía los dientes incisivos un poco demasiado grandes y le gustó.

—Lo de tu madre me da pena —dijo en ese momento—. La vi ayer en la cola para comer. Parecía bastante triste. Le temblaban las manos y todo el rato hablaba para sus adentros.

A Francis el tema le resultaba desagradable; hasta entonces nunca habían hablado de su madre.

—Es que está enferma —dijo, llenando la habitación de humo. Usaban como cenicero unas tazas blancas de la cocina—. Pero siempre la curan muy bien con los medicamentos.

—Sí, claro, pero he oído que no es la primera vez que está ingresada en esta clínica.

—Bueno, es que ponen un estofado muy bueno. Es normal que le apetezca volver.

—¿Lo encuentras gracioso?

Francis se miró las manos y no contestó.

—Sé que debería estar mucho más triste —dijo finalmente—. Y los primeros años lo estaba, pero ahora es que no puedo más. —Apretó los puños—. Y a veces incluso odio a mi madre por todo esto.

—Pero ¿sigues queriéndola?

Él asintió, como si fuera una confesión de culpabilidad.

—¿Cuántos años tienes? —le preguntó Anne-May.

—Dieciocho. Bueno, casi.

—¿Tan joven? Pues parece que me sacas unos años. Te echaba veinte más o menos y, sin embargo, aún eres un niño.

Anne-May le sonrió, y su sonrisa lo desarmaba tanto, que se quedó un rato callado. Fueron a la habitación, se sentaron en la cama y pusieron música. Entonces él le preguntó, como si fuera lo más natural del mundo, por qué había intentado suicidarse.

Anne-May tardó un rato en responderle.

—¿Sabes guardar un secreto? —preguntó. Al ver que Francis le decía que sí con la cabeza, se recostó contra la pared y, sin mirarlo, dijo—: Mi padre me ha violado.

Francis se levantó del susto.

—¿Qué…?

Ella hizo enseguida un gesto de rechazo con la mano.

—Es mentira. ¿Crees que te lo contaría así, sin más?

Anne-May meneó la cabeza con una media sonrisa; luego alcanzó un libro y se puso a leer.

Francis se enfadó, pero todavía no quería marcharse. Durante unos minutos no dijo nada.

—No recibes muchas visitas, ¿eh? —se le escapó.

Anne-May no contestó, pero él notó que eso le preocupaba porque empezó a pestañear toda nerviosa.

Afuera anochecía; pronto sería la hora de la cena. De fondo seguía sonando el disco favorito de Anne-May, *Funeral*, de Arcade Fire. Cuando terminó la última canción, Francis recogió su chaqueta. Ya estaba en la puerta y de pronto oyó lo que Anne-May le decía a su espalda:

—Sí me ha violado.

Le contó cómo desde el principio había tenido una relación especial con su padre. Fue él quien la animó a aprender a tocar el piano, y siempre la apoyaba en todo.

—A menudo llegaba muy tarde de la oficina, pero yo siempre lo esperaba para darle las buenas noches. Y un día, yo tenía catorce años, tardó muchísimo en llegar. Cuando regresó, ya era medianoche. Olía a alcohol; posiblemente hubiera estado con sus compañeros de trabajo en un bar. Yo estaba en ropa interior y quise darle las buenas noches. Entonces me llamó la atención la cara tan rara con la que me miraba. A partir de ese momento intuí lo que pasaba. Intenté escabullirme, pero… —Anne-May hizo una pausa y rozó con los dedos el canto de un libro—. ¿Quieres saber qué es lo que más me fastidia?

Francis la miró inquisitivamente.

—Que no me defendí —dijo ella—. Pudo hacer lo que quiso. Yo me limitaba a lloriquear mientras él seguía a lo suyo.

A continuación, le lanzó una mirada tan fría que Francis se dio cuenta enseguida de que no era el tipo de chica que no se defendía.

—¿Tu madre lo sabe?

Anne-May se echó a reír. Francis se estremeció. No le gustaba que la gente se riera después de contar una cosa así.

—No, claro que no —dijo ella—. Habría sido un escándalo tremendo. Mi padre es un arquitecto de renombre. Habría salido en todos los periódicos. Nadie lo sabe.

Excepto yo, pensó Francis sintiéndose incómodo.

—¿Y tú? —preguntó ella—. ¿Qué hay de tu padre? Nunca lo he visto por aquí.

—No conozco a mi padre. Debió de ser un ligue de mi madre. El tío ni siquiera sabe que tiene un hijo.

—¿Te da rabia no conocerlo?

Francis se encogió de hombros. En otro tiempo le irritaba que los chicos de su clase hablaran de sus padres, de las pesas que eran capaces de levantar, de sus profesiones y de los coches que tenían. Cuando salía a colación que Ryan no era su verdadero padre, pasaba siempre mucha vergüenza. Sobre todo después del divorcio, cuando su madre empezó a acostarse con todos esos inútiles. Entonces comenzó a preguntarse cómo sería su verdadero padre.

—A veces me imagino que de repente, a la salida de clase, me está esperando en el aparcamiento para explicármelo todo —dijo Francis—. Lo veo ahí plantado, y no echo a correr hacia él, sino que me acerco muy despacio para poder observarlo bien. Camino muy consciente, pensándolo mucho. Cada paso que doy es un recuerdo que guardo de él, un recuerdo que no tengo.

—Suena muy prudente —dijo Anne-May.

—Pareces sorprendida.

Ella sonrió.

—Sí, un poco.

Francis se hizo el enfadado. Luego pensó otra vez en su padre y cómo, al principio, esperaba que fuera un tío enrollado, un triunfador del que pudiera sentirse orgulloso. Sin embargo, últimamente se le representaba más bien la imagen de un completo fracasado que le había transmitido sus genes de perdedor. Porque mientras que su hermanastro Nicky había salido a su padre, Ryan, y era listo y sacaba buenas notas en el colegio, él iba de mal en peor. Y de eso seguro que tenía parte de culpa su verdadero padre.

6

Al día siguiente, todos los asientos del autobús escolar se hallaban ocupados por niños que armaban jaleo. Francis apoyó la frente en el cristal de la ventanilla, agradablemente frío. A todos les sacaba dos cabezas; apenas había alumnos mayores que él. La mayoría tenían coche; a Grover incluso le regalaban la gasolina sus padres. Él, en cambio, ni siquiera tenía pasta para sacarse el carné de conducir. Durante el trayecto se puso los auriculares y fue oyendo temas de Matisyahu y Eminem. De este último le fascinaba que llevara al mismo tiempo dos vidas completamente distintas. Por un lado, seguía siendo Marshall Mathers, el fracasado del parque de caravanas de Detroit que se había criado con una madre drogadicta y —como él— sin padre. Y por otro lado era Eminem, uno de los artistas con más éxito del mundo. Parecía alternar continuamente entre las dos personalidades. De vez en cuando hacía de Marshall Mathers y pegaba a alguien, tomaba demasiadas drogas o era un mal padre para su hija. Luego volvía a ser Eminem y sacaba otro disco que resultaba ser número uno en ventas, daba entrevistas ingeniosas y retomaba las riendas de su vida. En situaciones difíciles, Francis se imaginaba siempre qué habría hecho Eminem en su lugar.

En la segunda hora tenía Historia con el señor Hayes. Francis odiaba esa clase. Hayes solía tener unos estallidos de cólera parecidos a los del Pato Donald; además, se comprometía tanto políticamente que, poco antes de que Bush fuera reelegido, había repartido panfletos a favor de los republicanos por la ciudad. Al principio de la clase entregó los exámenes de la semana anterior, y Francis oyó que sus compañeros daban gritos de alegría o suspiraban de alivio. Al final, Hayes se le acercó meneando la cabeza.

—Mira que no saber en qué año estalló la Primera Guerra Mundial. ¡Qué vergüenza, Dean!

Francis guardó de mala manera su examen en la mochila sin mirarlo siquiera. Durante el resto de la clase se puso la capucha y pasó de todo. Solo se enteró a medias de que Hayes discutía una vez más de política con Luke Fabianski, que se sentaba atrás, en un rincón. Luke era uno de los mejores de clase; sus abuelos procedían de Polonia. A Francis le caía bien; los dos trabajaban en el mismo restaurante porque los padres de Luke tampoco tenían dinero. Hacía poco, le había enseñado a contar hasta tres en polaco: *raz, dwa, trzy*. Ahora acababa de afirmar que la guerra solo se hacía por el petróleo y que todo era una farsa. Hayes lo increpó:

—Fueron ellos quienes nos atacaron, no nosotros a ellos. Mi prima iba en uno de los aviones y tenía dos hijos pequeños. ¿Debo decirles que no vamos a vengar a su madre porque somos un pueblo de cobardes? —Negó con la cabeza—. Allí están nuestros muchachos luchando por tu libertad. Mueren para que tú puedas permitirte tales opiniones. De manera que haz el favor de mostrar un poco más de respeto.

Hasta el final de la clase discutieron sobre los musulmanes, el *lobby* del petróleo, el patriotismo, Cheney y la libertad. A Francis todo eso le resultaba demasiado elevado; nunca se había interesado mucho por la política. Solo sabía que Eminem estaba en contra de la guerra y en esas cuestiones siempre tenía razón. Pero hacía poco le habían dicho que el hijo de Hayes estaba combatiendo en el frente. Así que en cierto modo tenía a toda la familia metida en esa guerra, y por eso Francis entendía que Hayes lo flipara cuando alguien llamaba a todo eso una farsa.

Cuando Francis se disponía a llamar a la puerta entornada de la habitación de Anne-May, oyó voces. Miró con cuidado por la rendija y vio a un hombre y a una mujer junto a la cama. Sin duda se trataba de su madre y… de su padre. Este tenía la mano apoyada en el hombro de Anne-May. ¿Cómo se atrevía a visitarla? Por un momento, Francis pensó en irrumpir en la habitación y abalanzarse sobre él, pero luego se acordó de las palabras de Anne-May. Le había dicho que si le contaba a alguien lo de la violación, la mataría. De modo que contuvo su ira y siguió andando por el pasillo.

Cuando se fueron sus padres, Anne-May se asomó a la puerta. Parecía aún más pálida de lo habitual.

—Necesito un cigarrillo —dijo, señalando con la cabeza la habitación del piano.

Al principio apenas hablaron; solo fumaban. Luego Anne-May se lo quedó mirando.

—¿Sabes realmente lo guapo que eres? —Como ella no apartaba la vista, a Francis empezó a picarle la nuca—. Tienes unos ojos azulísimos. Uno de mis exnovios también tiene los ojos azules, pero no tanto como tú.

A esas alturas ya sabía que Anne-May había tenido muchos amantes. Hablaba de sexo a menudo y con naturalidad; una vez llegó a decir en broma que quizá fuera ninfómana.

Francis se preguntó si la culpa la tendría la violación, pero la idea de acostarse con ella lo volvía loco.

Cuando se acercó a ella, Anne-May retrocedió con una sonrisa picarona y frustró ese intento de aproximación. Se sentó en el taburete con el cigarrillo en la comisura de los labios. De pronto parecía muy animada.

—Eh, Frankie-Boy, si fueras una canción, ¿cuál crees que serías?

—Un rap duro y rápido.

Ella negó con la cabeza.

—Eso te gustaría, pero no; serías una balada cursi, de Elton John —dijo guiñándole el ojo.

Luego se puso a tocar el piano de cola al tiempo que cantaba, con la colilla todavía en la boca, unas estrofas disparatadas sobre la vida de él, su madre y la caravana, hasta que a Francis le entró la risa.

Mientras tocaba, Francis se limitó a observarla. De repente le pareció como si en esa clínica hubiera dos mundos diferentes. La habitación 039, en la que estaba su madre, era su vida antigua, sus problemas y su falta de perspectivas. En cambio, la habitación 035, la que ocupaba Anne-May, era su nueva vida. Teniendo en cuenta que estaban en la misma planta, le resultaba extraño. Pero cada vez que traspasaba la puerta de la habitación de Anne-May, sentía la misma libertad de la que había gozado de niño en Jersey City, cuando el mundo todavía era ancho y todo estaba por decidir.

Por fin llegó el día en que su madre recuperó en cierto modo la normalidad. Eso sucedía siempre de forma sorprendentemente repentina, como si la hubieran cambiado por otra. Gracias al efecto de los medicamentos, parecía que hubiera recuperado la razón tras un largo viaje a un país extraño.

Su madre estaba sentada en una silla junto a la ventana. Se había duchado, se acababa de peinar y se la veía arreglada. En eso se notaba siempre que se encontraba mejor. Cuando caía enferma, parecía que le era indiferente estar hecha una piltrafa. Igual que Grover, solo que a este nunca le importaba su aspecto. Francis le había llevado dos jerseys, ropa interior y un ramo de tulipanes amarillos. La saludó dándole un abrazo, y ella enseguida se echó a llorar. A Francis no le gustaba que llorara porque entonces él se sentía culpable. A decir verdad, cada vez que una mujer lloraba se sentía culpable. Aunque hubiera visto a una extraña romper en llanto por la calle, se habría sentido culpable.

Su madre no lo soltaba. Francis notaba su cabeza en el hombro y olía su perfume dulzón. Luego se sentó a su lado junto a la ventana. Cuando hablaron de las últimas semanas y de su colapso, ella volvió la cara avergonzada.

—Cuánto lo siento. No volverá a ocurrir.

Aunque Francis no la creía, asintió con la cabeza. Para soportar mejor sus fases maníacas y sus colapsos, durante esos períodos imaginaba a su madre como una caricatura enajenada; el momento en el que recobraba la normalidad y se convertía en una persona que pensaba con claridad siempre le resultaba difícil. Se fijó en cómo le temblaban las manos; presumiblemente, un efecto secundario de los medicamentos.

Su madre le preguntó que qué tal le había ido en las últimas semanas. Cuando le contó que todo iba como la seda y que había hecho limpieza en la caravana, suspiró e hizo como si no se lo pudiera creer.

—¿De verdad que has hecho limpieza? ¿Y por qué no lo haces nunca cuando te lo pido?

Francis sonrió. Ella le acarició la cara y lo miró a los ojos. Era su mirada característica: complaciente, un poco melancólica, cariñosa. De esa manera solía mirarlo cuando jugaba de pequeño y después iba corriendo hacia ella. Cuando le hablaba de las chicas de clase que le gustaban (eso le interesaba siempre muchísimo). O cuando iba a verlo por las noches a su cuarto y se sentaba un rato junto a su cama.

Su madre notó que otra vez empezaba a temblar y escondió las manos en el regazo.

—La verdad es que… por el momento no sé qué voy a hacer —dijo—. Pero ya pensaré algo.

Intentó sonreír, pero fue como si la sonrisa se le quedara a mitad de camino.

Por la noche, Francis fue a hacer su turno en el Asia Tiger, donde trabajaba de pinche en la cocina. Era el único restaurante asiático de la ciudad.

—Hola, tardón —lo saludó la señora Donaghy, que se encargaba de echar la persiana y que, como la mayor parte de los que trabajaban en el restaurante, era de por allí.

Luego le encajó en la mano una fregona; de modo que lo primero que hizo Francis fue limpiar el suelo. Después fregó los platos y troceó la carne y la verdura. Cuando estaba cortando un pepino en rodajas, apareció la señora Donaghy y se quedó observándolo.

—Tienes unas manos ágiles —dijo—. Sácales partido, guapo.

Francis seguía contento por el piropo cuando iba para casa a medianoche y vio un cuerpecillo negro en la acera. Su gato yacía sobre un charco de sangre con los ojos amarillos mirando al vacío. Alguien lo había atropellado; todavía se distinguía la huella de las ruedas en su piel. Francis fue a por una bolsa de plástico a la cocina y lo metió dentro. Por un momento, le dieron náuseas; luego cavó con una pala un agujero en la tierra, detrás de la caravana. Sin poderlo remediar, recordó lo pequeñito que era el gato cuando se lo regalaron, lo que habían hablado hacía un par de horas en lenguaje gatuno, y cómo últimamente dormía en un cojín junto a su cama porque a ninguno de los dos les gustaba estar solos. Tapó el agujero y se restregó los ojos. Luego se tumbó en su colchón y estuvo fumando hasta el amanecer.

7

Francis salió de la clase bostezando y se puso a la cola de la multitud de alumnos que se lanzaban a la cafetería. Mientras alcanzaba una bandeja vio que Brad Jennings y sus colegas de baloncesto rodeaban a un hombre de uniforme que le resultaba familiar. Todos le estrechaban la mano o lo golpeaban en el hombro, y de repente Francis cayó en la cuenta. Era el hermano mayor de Brad.

Marcus Jennings había sido una leyenda en el colegio. Llevaba el pelo largo y barba, todos los días llegaba emporrado a clase, había sido el cantante de una banda de death metal y había repetido dos veces. Nadie daba un duro por él. Por si fuera poco, le dio un puñetazo en la cara a un profesor en el aparcamiento y lo expulsaron del colegio. Luego, durante años, no se supo más de él; se decía que era un vagabundo o que había muerto por sobredosis. Pero ahora estaba allí con su uniforme, el pelo corto y en plena forma, y todos lo miraban con admiración. Francis oyó que alguien decía que Marcus se acababa de alistar en el Ejército. En el fondo, a Francis no le parecía mal aunque nunca lo reconocería. Hacía poco había visitado la web del Ejército y vio que se podía ganar un buen dinero; al parecer, ahora hasta te pagaban una gratificación. Desde el punto de vista de Francis, las cuentas eran bien sencillas: solo tenía que sobrevivir allá unos cuantos meses. Luego podría estudiar una carrera y convertirse en un héroe o algo parecido. Y a lo mejor así dejaría de ser un inútil de una puñetera vez. Siguió observando a Marcus Jennings. Entonces le pareció que no se sentía tan bien como aparentaba. Mientras todos se reían, Marcus desvió la mirada y de repente la clavó en él. Su mirada parecía insegura, casi temerosa, de modo que Francis le dio rápidamente la espalda.

Grover y él pasaron la tarde en el centro. En Dashiel's Hall jugaron al billar —Grover era imbatible, como en casi todos los juegos para gente solitaria—. Luego cenaron en su casa. Francis observó cómo los Chedwick hablaban con su hijo y lo abrazaban una y otra vez llenos de orgullo. Grover se lo tomaba como la cosa más natural; no parecía darse cuenta de la suerte que tenía. Medio aburrido, les contó un proyecto de fotografía que tenía para el instituto, mientras picoteaba del plato con el tenedor. Después de cenar vieron un episodio de *Malcolm*. Mientras Grover iba al baño, Francis se dispuso a sentarse a la batería cuando de repente vio una carta encima de la silla. Era una notificación de la Universidad de Yale. En ella ponía escueta y concisamente que habían aceptado a Grover Paul Chedwick. Francis tardó un rato en comprender. Con el papelucho en la mano recordó la cantidad de veces que habían hablado de lo que harían en el futuro, y que Grover siempre guardaba silencio. Porque sabía que se largaría de allí. Y a él no le había dicho nada, y eso que la carta era de hacía unas semanas. Al principio, Francis se sintió tan decepcionado que le dieron ganas de romperla, pero luego la devolvió a su sitio. Cuando Grover regresó del baño, no le dijo nada.

Anne-May tardó mucho tiempo en contarle que su hermano estaba muerto. Pero se lo había contado hacía poco. Se llamaba Jerome y era cuatro años más pequeño que ella, pero no quiso decirle cómo murió.

—Muchas veces me pregunto cómo sería hoy o qué aspecto tendría —dijo Anne-May señalando la foto de su hermano, que estaba en la mesilla—. Por entonces Jerome era todavía un niño; ahora sería un adolescente, casi un hombre. Es extraño. Al morir tan pronto, en el recuerdo de todos permanecerá siempre como un niño.

Sonrió y le preguntó a Francis por su hermano, y luego pasaron toda la tarde el uno al lado del otro charlando.

Cuando al día siguiente llegó a la planta, vio a Anne-May sentada en la salita del televisor. Estaba embelesada viendo una película acerca de Kirsten Dunst y sus amigas animadoras. Cuando iba a sentarse a su lado, la oyó sollozar. Francis no supo qué hacer. Finalmente, dijo en voz alta:

—¡Hola!

Anne-May se enjugó rápidamente las lágrimas y terminaron de ver la película juntos. Ella se reía cada dos por tres. De no ser porque acababa de verla, a Francis nunca se le habría ocurrido pensar que había llorado.

Fueron a su habitación. Anne-May le habló de otra paciente que supuestamente trapicheaba con medicamentos como la mezcalina y el valium. Ese era su rumor favorito. De repente se tumbó en la cama y se quedó mirando a Francis.

—¿Qué pasa? —preguntó él con las manos en los bolsillos de los vaqueros.

—Nunca muestras tus sentimientos. Por ejemplo, ¿cuándo fue la última vez que lloraste?

—No sé. La verdad es que no lloro nunca.

—¡Eso es mentira, Dean! Y me apuesto a que sí sabes cuál fue la última vez que lloraste. Cuéntame algo de ti que no le hayas contado a nadie.

Francis tuvo que pararse a pensar.

—Bueno, vale —dijo, sacando las manos de los bolsillos—. Hace un año dejé de hacer lucha. Hasta mi entrenador se cree que fue porque me dolía la rodilla. Pero no fue por eso. Sabrás que antes de un combate de lucha los dos rivales tienen que mirarse a los ojos. Cada uno procura lanzarle al otro una mirada resuelta y decidida. Eso es lo que hacía durante los últimos años, y con los débiles funcionaba. Pero luego estaban los que no fingían la resolución, sino que realmente estaban convencidos de sí mismos. Tenían algo en la mirada que era… No sé cómo explicarlo. Era como si quisieran demostrarme que me faltaba algo muy concreto. Al mirarlos a los ojos, me quedaba inmediatamente destrozado… Las luchas más importantes ya no las gané. Tenía miedo. Por eso lo dejé.

Para sus parámetros, Francis había hablado largo y tendido. Esperó la respuesta en tensión, pero ella solo lo miró sin decirle nada. No tiene amigas, pensó Francis. Por lo que lloraba antes viendo la tele es porque no tiene amigas.

Francis se acercó a la ventana. Por abajo pasaba un coche; a lo lejos vio la refinería de petróleo, de la que emanaba un humo gris. Pensó en Grover y en que pronto se iría a estudiar y se largaría de allí.

—Cómo odio este poblacho de mala muerte —murmuró.

—Venga, hombre; Claymont tampoco está tan mal.

Recordó que Anne-May vivía con su familia en las afueras de la ciudad, en una finca grande rodeada de vegetación, en la que tenían dos jack russel terrier.

—Bah, da igual.

Miró de nuevo por la ventana y se quedaron callados unos segundos.

—Una pregunta. —La voz de Anne-May cortó el silencio—. ¿Qué piensas en realidad de ti mismo?

Francis se quedó sorprendido; eso no se lo había preguntado nadie. Y sinceramente no lo sabía. Solo tenía la sensación de que en él convivían el chico feliz y seguro de sí mismo que era antes y el fracasado que quizá fuera en el futuro. Y naturalmente tenía claro que no era el tipo brillante que termina una carrera con unas notas excelentes o que escribe una pequeña obra de teatro. Pero tampoco era tan tonto como creía la mayoría de la gente. Demasiado bien recordaba lo fáciles que le resultaban antes las cosas y lo seguro que se sentía. Sabía que solo necesitaba un empujoncito para ir en la dirección correcta.

—¿Qué piensas tú de mí? —respondió con otra pregunta.

—Eso es lo que te gustaría saber, ¿eh?

—No, la verdad es que no. Sé perfectamente lo que piensas de mí.

—¿Ah, sí?

—Piensas: Qué tío más cojonudo. Me paso el día esperando a que venga a visitarme y cuando llega, hago como si me diera igual para que no note nada.

Francis esbozó una sonrisa de conejo hasta que casi le dio en la cara un cojín, que atrapó en el último momento.

—¿Qué haces? ¿Estás loca?

Anne-May se encogió de hombros. Luego le arrojó otro cojín.

8

El día en que cambió su vida, Francis estaba sentado en las escaleras, delante de la caravana. Era el viernes anterior a las vacaciones, a primera hora de la mañana. Aprovechando que hacía fresco, se fumó un cigarrillo observando a sus vecinos. Todos parecían tan serios, tan amargados... Nadie sonreía nunca; era como si les hubieran extirpado la sonrisa. Vio al cojo Darius Penn, que sacaba la basura. A Amanda Barnes, que tendía la ropa entre toses. Y a la anciana señora Filcher en su hamaca de Hollywood. A todos esos personajes extraviados que no daban pie con bola y que no aspiraban a construir nada importante. Y de repente Francis se estremeció. Algún día, independientemente de lo que se resistiera, él sería igual que ellos. ¡Nunca se marcharía de allí!

Por un momento se quedó sin aire. ¡No, maldita sea! ¡No!

Aplastó el cigarrillo en la calle, fue trotando a su habitación y, como en trance, agarró la mochila. Pero tampoco en el instituto fue capaz de pensar en otra cosa.

En el recreo se quedó un rato largo delante de su taquilla sin hacer nada más que mirar la chapa gris. Finalmente, sin pensárselo demasiado, empezó a darle puñetazos. ¡Bam, bam, bam! Luego notó que unos cuantos alumnos lo miraban extrañados y salió al patio.

Últimamente Francis sentía que albergaba algo en su interior. Había momentos en los que quería romper cosas o pegar a alguien. Por lo general, luego se daba una vuelta o ponía la música a todo trapo. Pero eso solo lo ayudaba un rato. Había algo extraño en su interior, y cada vez presionaba más.

En la cafetería, Grover y él hablaron de sus planes para las vacaciones. Hacía unas semanas habían pensado en hacer un viaje con el Chevy, pero como Francis estaba crónicamente sin blanca, seguramente se limitaran a jugar al *Unreal Tournament* y a ver pelis. Se sentaron con las bandejas en la mesa de la entrada. Frente a ellos estaban el tarado de Kevin, que tenía la misma voz que el cómico Steve Urkel y no paraba de decir chorradas paranoicas, y Andrew, que era minusválido e iba en una silla de ruedas, cosa que a todos los del instituto les daba muchísima pena, pero no la suficiente como para dejar que se sentara en la misma mesa que ellos. Estuvieron hablando de cómo se podían descargar de Internet las pornos de Cinemax. El portátil de Kevin tenía una etiqueta en la que ponía: «11-S: Un trabajo interno». Estaba convencido de que el propio Gobierno era el responsable de los atentados y de que eso se podía demostrar mediante las partículas de polvo. Francis lo escuchaba solo a medias, mientras pensaba en el examen de matemáticas que acababa de hacer y que le había salido fatal. Por más que estudiara, sencillamente no lo entendía.

Por las miradas de los otros reconoció que estaba pasando algo interesante. Se volvió y vio a una chica guapa que entraba en la cafetería. Llevaba los vaqueros ajustados y su melena rubia se balanceaba a cada paso. Mary Gershon. Era una de las chicas más populares del instituto y tenía la misma e insípida cara de muñeca que Paris Hilton. Francis estaba seguro de que, unos años atrás, habría tenido posibilidades con ella. Pero desde que vivía en los suburbios, y Grover era el único amigo que le quedaba, y estando como estaba sentado a esa mesa, ya podía olvidarse del asunto.

Mary pasó a su lado pavoneándose y desviando deliberadamente la mirada. Hasta que Andrew le preguntó si quería acompañarlo al baile del instituto. Ella se rio despectiva y se volvió hacia él:

—¡Olvídate, perdedor! —Pero al ver la silla de ruedas de Andrew, se puso roja y, del susto, se llevó la mano a la boca—. Cuánto lo siento; no sabía que...

Durante los siguientes segundos, Mary siguió balbuciendo disculpas porque, como todas las animadoras ricas, populares y un poco grilladas, seguro que se consideraba una persona buena y sensible, y ahora tendría que dar muchas limosnas a los niños pobres y rezar aún con mayor frecuencia para compensar su metedura de pata.

Cuando se marchó, Andrew lanzó a los demás una mirada burlona.

Al llegar a la planta, Francis se sintió inseguro. Hacía dos días que Anne-May había sufrido un pequeño ataque. Después de otra visita de sus padres, quiso abandonar inmediatamente la clínica, pero por prescripción facultativa aún tenía que quedarse un tiempo. Más sesiones de terapia, pastillas y bazofia para comer.

—¡Sácame de aquí! —le había dicho a Francis, como si fueran cómplices.

Pero luego se había doblegado. Le había pedido que se marchara y le había cerrado la puerta en las narices.

En cualquier caso, Francis tenía otras preocupaciones, pues para entonces su madre ya sabía que no conseguiría aprobar el último curso. Le había dicho que repitiera y que al año siguiente se esforzara más. Y él le había contestado que los estudios le daban igual, que prefería alistarse en el Ejército e ir a la guerra antes que pasar otro año en esa mierda de instituto de Claymont. Su madre no había comprendido que se trataba de un chiste y había perdido los estribos.

El verdadero problema, sin embargo, era el dinero. Los medicamentos de la madre eran caros, y lo que ganaba Francis y les pasaba Ryan no llegaba para nada. Su madre le había dicho que ya había gastado todos sus ahorros y que les esperaban tiempos difíciles.

—Tienes que volverte más serio y más adulto, Frank —le había dicho—. ¿Y qué es eso de la guerra? No es ninguna broma. Si de verdad te alistas en el Ejército, entonces...

—Entonces ¿qué?

Al principio su madre no contestó.

—¿Es que no lo entiendes? Tú puedes ser algo mejor que todo esto. No debes desperdiciar tu potencial.

Francis se había echado a reír.

—¿De qué puto potencial me estás hablando?

Luego Francis se había marchado. De camino a la calle, se había cruzado con el doctor Sheffer, que opinaba que su madre tenía un brote depresivo y que por las mañanas le costaría levantarse de la cama, pero que no era motivo de preocupación.

No obstante, a Francis le entró un poco de miedo por lo que pudiera suceder de allí en adelante.

Cuando pasó por la salita de la televisión, estaban dando las noticias. Un aviso de huracán en las Bahamas. Una escaramuza con los terroristas en Iraq; tres muertos. Francis imaginó que esos soldados se habían criado en Iowa o en Vermont y de niños habían ido en bici a ver a los amigos o habían bailado por primera vez con una chica, y que por aquel entonces no tenían ni idea de cómo iban a acabar. Al final dieron un reportaje sobre uno que estaba en el paro y había ganado 1,4 millones en un torneo de póquer en Las Vegas. Hasta entonces era una escoria; ahora estaba salvado. Las Vegas, pensó Francis, recordando el sueño recurrente: él delante de la ruleta… ¡ganando! En ese momento oyó que alguien lo llamaba por su nombre.

Salió al pasillo y de repente se encontró con Nicky, su hermano pequeño.

—Quiero ver a mamá —fue lo primero que dijo, atropellándose al hablar como siempre—. Me ha traído papá. Está abajo en el coche y vendrá enseguida.

Francis resopló. El gran Ryan Wilco se quedaba en el coche enviando por delante a su hijo de trece años, ¡el muy cobarde! Luego abrazó a Nicky y le dijo que cuánto había crecido. Lo cual no era cierto. En comparación con la última vez que se habían visto, más bien incluso había encogido.

—¿Qué tal?

—Bueno, bastante bien.

La verdad es que Nicky se quedaba corto porque, salvo por el asunto de su madre, llevaba una vida sin preocupaciones. Vivía en una casita muy bonita en Long Island, sacaba unas notas excelentes y era muy popular en su clase. A Francis no dejaba de asombrarlo lo diferentes que eran y lo fácil que le resultaba a su hermano pequeño caer simpático. Fuera a donde fuera, a todos les caía bien.

Aún seguían en la entrada de la planta. Nicky hablaba sin interrupción y haciendo muchas preguntas. Tenía miedo de visitar a su madre.

—Por cierto, papá quiere que empiece a hacer lucha —dijo—. Dice que podría meterme en el equipo del colegio y que así me pondría muy fuerte. ¿A ti qué te parece?

—No sé —dijo Francis—. ¿No prefieres jugar al baloncesto?

—Papá dice que el baloncesto es para los altos y la lucha para los bajitos.

—Gilipolleces. A mí también me dijo que hiciera lucha. De todos modos, si de verdad quieres luchar, él es un buen entrenador. A mí me enseñó muchos trucos.

Francis se acordaba de que su padrastro solía asistir a todos sus combates. Cada vez que miraba hacia las gradas, veía a Ryan. Cuando ganaba, solían ir al McDonald's o, como premio especial, a ver jugar a los Knicks y a los Rangers. Animaban a Allan Houston y a Wayne Gretzky mientras tomaban un vaso enorme de coca-cola. Y, maldita sea, pensaba Francis, quizá todavía echaba de menos esas noches y a Ryan.

Fueron a la habitación de su madre.

—¿Es verdad que mamá se encuentra mejor? —preguntó su hermano por el camino.

—Eso creo. Al menos, se encuentra lo suficientemente bien como para volver a regañarme.

Imitó la voz refunfuñona de su madre, y Nicky se echó a reír. Francis recordó la cantidad de cosas que habían hecho juntos; se acordó de cuando iban de cámping o de la vez que le contó a su hermano pequeño que en el desván había una puerta secreta que conducía a un mundo fantástico. Y ahora se encontraban delante de una puerta tras la cual se ocultaba algo muy diferente. Francis miró al letrero de la habitación: «Katherine A. Dean».

—¿Qué? ¿Entramos juntos? —preguntó.

—Sí, claro… Aunque, espera, que voy a sacar una coca-cola de la máquina.

Nicky regresó corriendo a la entrada de la planta. Era su instinto el que lo protegía y se encargaba de que no entrara en ese momento. A Francis, en cambio, le faltaba ese instinto. Apretó el pomo de la puerta y entró en la habitación. Lo primero que le llamó la atención fue que la cama estaba vacía. Cuando vio lo que había pasado, se recostó contra la pared. La vomitona, el cuerpo inmóvil de su madre, los envoltorios de las pastillas. Tardó un rato largo en comprender. Luego se puso a gritar.

Enseguida llegó la ayuda; era la ventaja de que ocurriera una cosa así en una clínica. Los del servicio de socorro empezaron enseguida a presionar el estómago de su madre. A su lado, Francis se sentía incapaz de pensar con claridad. Solo una vez le dijo a la enfermera que fuera corriendo al pasillo y retuvieran a Nicky para que no viera aquello. Cuando la madre volvió en sí, durante un momento se puso como loca de contenta, pero luego se quedó otra vez paralizada. Tosió, le entraron náuseas, volvió a vomitar y luego la llevaron a otra planta en una camilla. Se acabó el jaleo. Todo había sido tan rápido, que a Francis le parecía irreal. De repente cayó en la cuenta de que Anne-May le había contado que una paciente trapicheaba con medicamentos, y él no se lo había creído.

La habitación se quedó vacía. Solo entró Steve, el enfermero gordo, y limpió el suelo. Quiso abrazar a Francis, pero este rechazó su abrazo. Entonces Steve le dijo que fuera, en el pasillo, estaba Nicky llorando.

—Enseguida estoy con él —dijo Francis.

Esperó a que Steve terminara de fregar y se quedó otra vez solo en la habitación. De pronto reinaba un silencio sepulcral; el tiempo parecía haberse detenido. En la mesilla de noche aún seguían las revistas y los periódicos que él había llevado la semana anterior. Francis contempló su cara en el espejo. Parecía envejecido, con las mejillas hundidas y el pelo oscuro pegado a la frente. Intentó recordar cómo era de niño, pero ya no se acordaba.

Entonces descubrió la carta. Apoyado en un florero en la mesa de al lado de la ventana había un sobre. «Para Francis.» Lo agarró al instante, como un autómata; era la letra de su madre. La carta tenía varias páginas. Leyó sin aliento la primera frase: «Querido Frankie: Ya va siendo hora de que sepas la verdad».

Leyó a toda velocidad los renglones garabateados. Cuando terminó de leer la carta, tuvo que sentarse. No era solo por el párrafo en el que ponía quién era su padre, sino también por todo lo demás.

Nueva York

1

Un día después del intento de suicidio de su madre, Francis se hallaba sentado en un banco junto al río Hudson. Estaba tenso porque tenía previsto hacer algo que le repateaba. Iba a visitar a Ryan Wilco en su bufete para pedirle dinero prestado. Aunque su padrastro se lo había ofrecido con frecuencia, él siempre lo había rechazado. Y desde que Ryan había perdido dinero con sus especulaciones bursátiles, ya no se mostraba tan generoso. La casa de Long Island había conseguido mantenerla, pero a cambio tuvo que pedir un crédito que ahora pagaba a plazos mensuales. Sin embargo, a Francis no le quedaba más remedio que intentarlo con él. Por la carta de su madre sabía al fin lo que tenía que hacer, y para ello necesitaba tanto dinero como fuera posible.

De los socavones de las calles salía vapor. Cada dos minutos sonaban las sirenas de la Policía. Un martillo neumático metía un ruido atronador. De espaldas al barullo de la ciudad, Francis contemplaba el río. Era una tarde calurosa, el sol se reflejaba en el agua, y a su lado tenía a una japonesa con un chándal rosa hablando por el móvil. De niño, visitaba Nueva York con frecuencia. Solía ir a menudo al bufete de Ryan, e incluso después del divorcio comía con él un día a la semana en Manhattan. Su padrastro le había prometido que lo apoyaría siempre, y Francis estaba seguro de que nada cambiaría en su relación con él. Pero enseguida empezaron a acumularse los problemas. Francis alcanzó la pubertad y se rebeló. Y no pudo quitarse de la cabeza algo tan sencillo como lo siguiente: si Ryan lo quería tanto, ¿por qué prefería vivir solo con su verdadero hijo en Nueva York?

Este pensamiento fue fortaleciéndose durante los años siguientes y acabó por envenenar la relación. Ya solo comían juntos de tarde en tarde. Ryan adquirió la mala costumbre de comportarse como su padre y de criticarlo, y en una ocasión llegaron a tener una discusión de graves consecuencias. Ryan habló mal de su exmujer; Francis defendió a su madre y le reprochó que no era su verdadero padre y, finalmente, no supo controlarse y acabó llamándolo hijo de puta insensible. Después, ya no había habido más encuentros; solo hablaban lo imprescindible. Pero ahora, por fin iban a cambiar las cosas.

Francis emprendió el camino hacia el distrito financiero. El despacho de Ryan se encontraba en Cortland Street; antes se veían las Torres Gemelas desde allí. Se atusó otra vez el pelo y entró en el rascacielos. Por la fachada de acero y vidrio entraba mucha luz, los suelos de mármol gris y blanco en forma de cuadrícula estaban relucientes y las paredes revestidas de espejos lanzaban destellos. *Bing,* se abrió la puerta del ascensor, y sobre él se precipitó una manada de abogados. Francis iba a la planta cuarenta y una. El bufete de Franzen, Lieberman, Van Berg & Wilco ocupaba toda la planta. Francis recordaba que Ryan se había convertido por fin en socio hacía siete años y habían añadido su nombre en el membrete. Por aquel entonces todavía formaban una familia, de modo que dieron una fiesta por todo lo alto y Ryan le dijo que para celebrar el día le pidiera un deseo. Al parecer, Francis debió de desear que Ryan solicitara el divorcio, comprara acciones en un nuevo mercado y los dejara a él y a su madre en la estacada.

Francis entró en la parte del bufete en la que su padrastro tenía el despacho. La secretaria de Ryan le sonrió. Era muy atractiva, llevaba un traje pantalón y se parecía a Betty Brant, la secretaria de las películas de Spiderman. Incluso se llamaban igual.

—Hola, soy Betty —dijo—. Tú debes de ser Francis. Ryan te recibirá enseguida. —Señaló el sofá del rincón—. Mientras tanto, ponte cómodo.

Francis se sentó en el sofá, cuya piel oscura era sorprendentemente blanda. Al mirarse las zapatillas deportivas, se fijó en que tenían varios agujeros y se propuso comprarse calzado nuevo en cuanto tuviera dinero. Mientras tanto, oyó cómo la secretaria llamaba por teléfono a Ryan y le anunciaba su visita. Como de costumbre, su padrastro le hizo esperar. Francis abrió el último número de la revista *Rolling Stone* y se puso a leer.

—¿Quieres beber algo? —le preguntó Betty.

Cuando asintió con la cabeza, le trajo de la cocina una lata de pepsi y luego se quedó delante de él mirando la revista. Señaló una foto de los Strokes.

—Hace poco estuve en un concierto de ellos.

Como Anne-May también los escuchaba con frecuencia, Francis pudo entablar conversación con ella. Se alegró de que se sentara muy pegadita y charlara un rato con él. No porque fuera *sexy* y exhalara un olor de lo más excitante (su perfume segurísimo que era un regalo de Ryan, que ¡siempre! regalaba perfume a sus secretarias el día de su cumpleaños), sino porque efectivamente estaba coqueteando con él. A lo mejor se creía que estaba emparentado con Ryan y que algún día heredaría una fortuna; el caso es que cada vez se le acercaba más. Francis notó que ya no le hacía falta hablar mucho. Bastaba con que la mirara a los ojos e hiciera como que sabía algo que ella aún no sabía. La cosa pareció surtir su efecto, pues Betty le puso un momento la mano en la rodilla mientras hablaba.

En esto se abrió la puerta del despacho de Ryan. Su mirada lo dijo todo. Que su secretaria flirteara con su hijastro no le hacía ni pizca de gracia. Pero enseguida recobró la compostura.

—Frank, cómo me alegra verte —dijo con una sonrisa—. Puedes pasar; ahora tengo tiempo.

Francis lanzó una última mirada a Betty, luego se levantó y lo siguió. Al entrar en el despacho, observó a Ryan. Para entonces ya tendría cuarenta y pocos años. Llevaba un traje elegante, el pelo esmeradamente cortado y, en la muñeca, un reloj Tag Heuer. No obstante, Ryan no había olvidado que procedía de una familia pobre. Nunca conducía cochazos ostentosos y aún mantenía su compromiso de asistencia legal «pro bono», lo que significaba que defendía gratuitamente a la gente sin recursos económicos. El despacho estaba limpio; ni una mota de polvo en el mobiliario. De las paredes colgaban dos cuadros. Uno era de color verde guisante y tenía en el centro un punto naranja. Por lo visto, había costado un pastón y era de la época en la que Ryan todavía estaba forrado. A su lado había un cuadro negro con unas cuantas rayas de colores, mucho más barato porque era del propio Ryan. Dos años atrás —después de su desastre en la Bolsa— había sufrido una crisis y empezó a pintar. Por aquel entonces, pese a las deudas, había delegado parte de su trabajo en sus compañeros para poder ocuparse más de Nicky. No era mal padre; al contrario, podía ser un padre realmente bueno, de eso Francis estaba seguro. Solo que no para él.

—Hacía mucho que no venías. —Ryan se acercó a la ventana y señaló las obras de la Zona Cero—. La vista ha cambiado un poco en estos últimos años.

Mientras hablaba, se quitó la chaqueta. La camisa aún le apretaba en los brazos; seguía fibroso y en plena forma. Aunque solo medía un metro setenta, a Francis no le habría gustado enfrentarse a él. De joven, Ryan había sido uno de los mejores luchadores de Nueva Jersey; su especialidad eran las victorias por puesta de espaldas. Francis nunca olvidaría la primera vez que, después de un entrenamiento, vio la espalda de Ryan. Tenía esa increíble musculatura que solo se consigue tras años de entrenamiento a lo bestia. Desde entonces sentía respeto por Ryan, y eso no había cambiado ni siquiera en los últimos años.

Sobre la repisa de la ventana estaba el último número del *Economist* junto a varias fotos enmarcadas, casi todas de Nicky. Jugando al baloncesto, en el jardín, con un helado en la mano o en un concierto de Springsteen. Antes también había fotos de Francis, pero habían sido sustituidas por fotos de un golden retriever, presumiblemente el nuevo perro familiar.

Se sentaron. Ryan se inclinó hacia él con la mano encima de la mesa.

—Escucha, Frankie —dijo. Hacía años que no lo llamaba Frankie. —Lo de tu madre me da muchísima pena. Anoche no pegué ojo. Ha tenido que ser muy duro para ti.

—¿Desde cuándo te preocupan ese tipo de cosas?

Francis no había querido responder de un modo tan arisco, pero se le había escapado. De repente se acordó del sistema de puntos patentado por Ryan Wilco según el cual, cuando sacabas buenas notas en el colegio, obtenías unos puntos que luego podías cambiar por CD, por entradas de cine o por más paga. No pudo remediar acordarse de lo bien que se llevaban antes Ryan y él, y de pronto sintió muchísimo haber sido tan bocazas. Quiso decir algo agradable, pero ya era tarde. Ryan había vuelto a recostarse y había retirado la mano de la mesa.

—¿Cómo es que has venido a verme después de tantos años? —preguntó—. Nicky me ha dicho que querías hablar conmigo urgentemente.

Francis esquivó su mirada inquisitiva.

—Necesito dinero —soltó de sopetón.

—¿Dinero para qué?

—No te lo puedo decir.

—Pues entonces yo tampoco puedo dártelo.

—Pero si siempre me has prometido que me darías dinero si te lo pedía.

—Eso era antes. Los últimos años he sido testigo de cómo has ido perfeccionando tu pasotismo. Por eso debo preguntártelo.

—Necesito el dinero para mamá. Los gastos de la clínica son…

—Mentiroso —dijo Ryan—. Aún pago los gastos de la clínica de Katherine, como muy bien sabes. Así que dime para qué lo necesitas.

—Para un viaje —dijo Francis—. Tengo que ir sin falta a Los Ángeles.

—Lo siento, Frank, pero no te lo voy a dar. Si quieres, hablamos de un préstamo para estudiar, pero no de un viaje a Los Ángeles. ¿Por qué es tan urgente que vayas allí?

–Por mi padre.

El rostro bronceado de Ryan adquirió un matiz más pálido.

–Cómo, ¿es que has sabido algo de tu padre?

Había llegado el momento de jugar la última baza. Francis se metió la mano en el bolsillo, sacó la carta de su madre y se la dio a Ryan para que la leyera.

Cuando terminó de leerla, Ryan alzó la vista.

–¿Cuánto quieres?

Querido Frankie:

Ya es hora de que sepas la verdad. La verdad acerca de todo. Sé quién es tu padre; siempre lo he sabido. Como, pese a tantos años de reflexión, sigo sin estar segura de cómo decírtelo, al menos seré breve. Por lo que te he ocultado el nombre de tu padre no es porque fuera una aventura amorosa breve y sin importancia. Al contrario; en su día elegí a tu padre más conscientemente de lo que suelen hacerlo la mayoría de las madres. De todos modos, nunca me he acostado con él ni tampoco lo he conocido.

Eres un bebé probeta, Francis.

Sencillamente no podía decírtelo antes. Pero no eres un niño probeta normal, por si eso te sirve de consuelo. Tienes unos genes especiales.

Por aquel entonces eran otros tiempos. La vida real no era mi fuerte. Con los hombres que conocía no tenía suerte, estudiar una carrera me parecía una tontería y ya no me hacía demasiada gracia lo de ser animadora. Sentía que no había encontrado un sitio desde el que despegar poco a poco.

Entonces vi en *The Times* un anuncio del multimillonario Warren P. Monroe. El nombre no te dirá gran cosa, pero en su época era muy conocido. Buscaba mujeres jóvenes y matrimonios sin hijos para un experimento que cambiaría el mundo. Pagaba bien. Como no tenía nada que perder, fui a verlo. El encuentro tuvo lugar en la clínica de Monroe, en el centro de Los Ángeles. Además de mí había otras ochenta mujeres y unos cien matrimonios. Debió de poner varios anuncios. El señor Monroe opinaba que el hombre inteligente amenazaba con extinguirse. Decía que mientras que los intelectuales apenas se reproducían, sino que se limitaban a desarrollar su carrera profesional y, a menudo, eran genios sin descendencia, los tontos se dedicaban a traer un hijo tras otro a este mundo. A eso es a lo que quería ponerle freno. De ahí que se hubiera gastado cantidades ingentes de dinero en comprar el semen de diversos premios Nobel y de varios científicos geniales. Nos enteramos de que a principios de los ochenta había fundado el banco de semen de los genios; los primeros niños ya tenían unos dos años. Monroe se proponía criar una nueva élite genética y, desde entonces, buscaba siempre mujeres listas y discretas para que trajeran a esos niños al mundo.

Ahora me parece una locura, pero Monroe se las ingeniaba muy bien para contagiarte ese espíritu de trabajo pionero. Después de una conferencia suya, tenías la certeza de estar participando en algo grande. Además, las madres que criaran solas a esos hijos recibirían una especie de beca y tendrían la vida económicamente asegurada durante unos años. Entonces yo era tan ingenua que creí que con ese dinero podría empezar una nueva vida, una vida que por fin tuviera un sentido: tener un hijo y responsabilizarme de él. Y así fue cómo, después de someterme a una serie de pruebas, me declararon apta para el experimento y me implantaron en la clínica de Monroe el esperma de un genio. Al cabo de nueve meses tú viniste al mundo, mi pequeño genio.

Normalmente, las madres no sabíamos de quién procedía el semen. Se decía que todos los donantes tenían buen aspecto, estaban sanos y eran atléticos. Tenían apodos como Donante Brian o Donante Oswald, a lo que se añadían datos difusos acerca de la profesión, el coeficiente intelectual y sus aficiones. Más no se sabía. Monroe decía siempre: «Imaginaos sencillamente que es el mismísimo Einstein». Pero a mí eso no me bastaba; yo quería saber por todos los medios quién era tu padre. Naturalmente, eso era casi imposible; al fin y al cabo, Monroe no solo había pagado mucho dinero a cada donante, sino que ante todo les había garantizado que su nombre jamás sería mencionado. Pero había un ayudante de Monroe, un tipo poco vistoso llamado Andy, que estaba enamorado de mí. Él fue quien robó de la oficina de Monroe los documentos acerca de tu padre. Por fin me hice con una foto y con algo más de información. Tu padre era exalumno de Harvard, tocaba el violonchelo y tenía un coeficiente intelectual de 170.

Aunque decía que vivía en la Costa Oeste, nunca fui en su busca. Me bastaba con saber que tenías a un verdadero genio como padre. Su apodo era Donante James. Sin embargo, no voy a decirte cuál era su nombre verdadero. No quiero que desperdicies la vida buscándolo. Ni te conoce ni querrá verte, Frankie. Quiero ahorrarte esa decepción. Pero puedes creerme: tu padre es un hombre de buen corazón; se lo noté nada más ver su foto. Tenéis la misma mirada inteligente y picarona.

A continuación venían unos renglones casi ilegibles. Se notaba que a su madre le temblaba la mano al escribir, y algunas frases se interrumpían a la mitad. Ponía que el robo de los documentos había sido descubierto. Para proteger a Andy, ella había confesado ser la autora y había cargado con todas las culpas. Monroe se puso hecho una furia, la echó a patadas y le retiró la beca. Pero por miedo a que el asunto saliera a relucir, le dio dinero para comprar su silencio, un único pago, y ella firmó un documento diciendo que nunca se lo contaría a nadie ni acudiría a la prensa. Más tarde, decidió emprender una nueva vida y se fue con su hijo de tres años a la Costa Este. Por último, su madre decía que no se arrepentía de nada porque al menos había pasado unos años felices. Con él, con Nicky y con Ryan.

En cuanto a Ryan, no le he contado nada de todo esto. Tampoco quiso saber nunca quién era tu padre. Le habría encantado ser tu verdadero padre y cada vez llevaba peor que no fueras su hijo biológico, de modo que no lo juzgues con demasiada severidad por lo que nos ha hecho estos últimos años.

Nunca había pensado contártelo por carta. Pero ahora han ocurrido cosas que me han hecho cambiar de opinión. Todo este tiempo he estado esperando que aproveches de una vez todo tu potencial, Frankie. Sin embargo, pese a que tienes los mejores genes que uno pueda imaginar, has sido mal estudiante en los últimos años, sin ambiciones de ningún tipo. Siempre he intentado convencerme de que algún día entrarías en razón, harías una carrera y llegarías a ser alguien. Pero cuando ayer me contaste que no te gusta ir al instituto y que estabas pensando alistarte en el Ejército, todo se me derrumbó definitivamente. No puedo permitir que te rebajes de esa manera. Sé que he fracasado como madre, y seguramente yo sea la única culpable de que no saques partido de ti mismo. Siempre he creído que debía seguir viviendo para ti, pero quizá sin mí entiendas al fin lo valiosa que es tu vida. Dadas tus condiciones, tienes todas las puertas abiertas.

Siempre te he querido, Frankie. Has sido la razón por la que he aguantado tanto tiempo. Ocúpate, por favor, de Nicky y dile que siempre lo querré, aunque ya no esté en este mundo.

Mamá.

2

Fue uno de esos momentos de la vida en los que todo cobra sentido y, de un segundo a otro, uno sabe lo que hay que hacer. Ahora Francis veía las cosas con claridad: tenía que encontrar a su padre. Cuando diera con él, todo cambiaría. Abandonaría su asquerosa vida en Claymont y por fin les demostraría a todos que no era un fracasado. Su vecino Toby solía opinar que, en ese país, alguien como ellos solo salía de la mierda si tenía dinero o si era un genio. Durante mucho tiempo, las dos cosas se hallaban a una distancia inalcanzable, pero gracias a la carta de su madre, Francis había conseguido una segunda oportunidad.

Dado que su padre probablemente siguiera viviendo en el Oeste, empezaría a buscarlo por allí. A lo mejor también podían ayudarlo en la clínica de Monroe, en Los Ángeles. Ryan le había dicho que volviera a pasarse por el bufete en dos días y que entonces le daría cinco mil dólares. Según el padrastro, con eso le llegaría para pagar los billetes de avión y todo lo demás. Y sí, le habría llegado, pero Francis necesitaba el dinero para otra cosa. Gracias a Dios, contaba con alguien que lo llevaría gratis a Los Ángeles. Alguien que conducía un Chevy azul y a quien sus padres le pagaban la gasolina.

Le costó una eternidad convencer a Grover de que hiciera de chófer. Como siempre, se mostró dubitativo e inseguro, el típico cobarde. Francis recordó que antes Grover era el único que no se alegraba de ir de excursión con la clase; le vino a la memoria el miedo que le daba subirse al trampolín de tres metros, o que nunca iba a fiestas por la vergüenza que pasaba delante de gente extraña. Sobre todo se asustaba ante lo nuevo y desconocido. De todos modos, él mismo había dicho que en las vacaciones quería hacer un viaje con el coche. Bueno, el caso es que al final había cedido.

Cuando Francis llegó a la clínica, la cama que había ocupado su madre estaba vacía. Le dijeron que se la habían llevado a otra planta, esta vez a una completamente cerrada en la que podrían vigilarla mejor. A él no había querido verlo.

Francis casi se alegró, pues no habría sabido de qué hablar con ella. Del viaje que tenía planeado no le hubiera dicho ni una palabra, en todo caso; todavía no había digerido lo de su padre y el banco de esperma. Como los médicos opinaban que por el momento era mejor que no visitara a su madre, le escribió una carta diciendo que la quería y que pronto pasaría a verla. La otra carta, la que escribió mentalmente, se la guardó para sí. En ella pondría que la noche de su intento de suicidio se sentó delante de la caravana y fumó hasta el amanecer. Que ella había sido una cobarde y le había dejado en la estacada. Que las cosas entre ellos ya nunca serían como antes y que no tenía absolutamente nada que decirle. O que por un momento incluso había concebido la esperanza de que ella no sobreviviera para que toda esa pesadilla terminara de una vez. Y le contaría lo mucho que se avergonzaba desde entonces de ese pensamiento.

Francis fue hasta el final de la planta para despedirse de Anne-May. La echaría de menos, ya que en los últimos meses se habían visto todos los días. Como sus padres estaban con ella, esperó fuera, en el pasillo. A la media hora vio desde una ventana cómo los dos se subían a un Lexus. La madre llevaba un traje sastre de diseño color crema, y el violador lucía un traje azul con una corbata amarilla. Cuando iban a ver a Anne-May, esta dejaba de rebelarse y se comportaba de lo más formalita, casi con miedo.

Cuando entró en su habitación, estaba tumbada en la cama. Llevaba una falda y una camiseta negra ajustada. Francis contempló cómo leía muy concentrada un libro de un autor llamado Kazuo Ishiguro. Estaba tan ensimismada en la lectura, que casi no lo oyó entrar. En la mesilla aún seguía la caja del CD de la Filarmónica de Los Ángeles. Hacía poco que Anne-May le había dicho que quería ir a verla en concierto.

En esos momentos, Francis era consciente de que no le llegaba ni a la suela de los zapatos. Anne-May era mil veces más lista y más culta que él. Venía de un mundo en el que se hablaba de libros, obras de teatro o debates políticos, en el que la nevera se llenaba todos los días y en el que se forjaban grandes planes sobre lo que uno quería ser en la vida. En el fondo, Francis temía la llegada del día en que ella pudiera salir de la clínica porque no tenía nada que ofrecerle en el mundo real. Solo allí, en ese mundo paralelo en el que los medicamentos y la terapia conversacional eran más importantes que el dinero, la inteligencia o los orígenes, solo allí Anne-May le pertenecía.

Por fin apartó el libro y lo miró. Quería hablar del intento de suicidio de su madre, pero él se lo impidió.

—No pasa nada —dijo, con los pulgares en los bolsillos del pantalón.

—Qué tontería. ¿Cómo que no pasa nada? —Anne-May dio un golpecito en el hueco que había a su lado. Al ver que Francis dudaba, se echó a reír—. Vamos, ven para acá.

Se sentó en la cama a dos palmos de Anne-May. Ella le pasó la mano por el pelo. Francis se dejó hacer. Anne-May olía bien, su cuerpo era suave; finalmente, se arrimó a ella.

—¿Por qué se divorciaron en realidad tu madre y tu padrastro? —le preguntó.

—Nunca he sabido muy bien por qué. No eran una de esas parejas que se pelean delante de los niños. Solo sé que mi padrastro tenía un contrato matrimonial que le favorecía mucho; por eso nosotros salimos perdiendo tanto con el divorcio. —Francis se rascó la barbilla—. Al parecer, sencillamente dejó de querer a mi madre, que por aquel entonces ya estaba un poco deprimida, solo que todavía no lo sabíamos. Tenía rachas en las que no quería saber nada de nosotros y se encerraba en su habitación. Probablemente mi padrastro no fuera capaz de soportarlo.

—¿Y tú qué hacías?

Francis jugó con los dedos.

—No sabes cómo era mi madre antes. Era cariñosa y, además, muy alegre. Sabía imitar a todo el mundo, y en el Risk o en el Monopoly resultaba imbatible. —Recordó que su madre y él jugaban juntos contra Nicky y Ryan. En secreto, los llamaban «el equipo Liliput» por lo bajitos que eran. «Venga, vamos a derrotar a los dos enanos», le susurraba su madre al oído, riéndose—. No tengo ni idea de por qué se ha vuelto así en estos últimos años —dijo—. A lo mejor es verdad que ha heredado la enfermedad, o quizá se haya arrepentido de haber interrumpido su carrera, o vete tú a saber. Un buen día todo se fue…

Cerró los ojos y vio a su madre inmóvil en el suelo y con cara de ofuscación al volver en sí. Francis notó que se le nublaba la vista. Avergonzado, miró por la ventana.

Por decir algo, le contó a Anne-May lo de la carta de despedida de su madre y también que, al día siguiente, se marchaba a Los Ángeles para encontrar al tal Donante James.

Anne-May se separó de él. Al mirarla, Francis vio que algo no cuadraba. Parecía pensativa, y movía sus ojos verde oliva de un lado a otro, como solía hacer cuando estaba nerviosa. Una y otra vez, sin parar.

Luego los clavó en él.

—¿Y si me llevas contigo?

¡No, no podía hacer eso! Ya tenía bastantes problemas y, además, era imposible. De su planta no se escapaba uno tan fácilmente. Las puertas estaban aseguradas y Anne-May solo salía media hora al día a pasear por el parque colindante en compañía de un enfermero.

—¡Tienes que llevarme contigo! —dijo ella, con lágrimas en los ojos y el rímel corrido—. Si me quedo aquí dentro más tiempo, perderé los nervios. Soy capaz de matar a alguien. Ya no aguanto ver a esta gente tan destrozada, no soporto la comida, no quiero recibir visitas de mi padre, y estoy hasta las narices de tanta pastilla y sesiones de terapia. ¡Tengo diecinueve años y me tratan como a una niña!

De manera que tenía diecinueve años...

—Lo siento —dijo Francis—. Sencillamente no se puede. Si te ayudo a huir, irán tras nosotros.

—Qué tontería, Dean. No nos perseguirán. Además, en San Francisco vive mi abuela y me encantaría ir a verla.

—¡Te digo que no puede ser! —repitió Francis, apartándose de ella.

Cerró los ojos e intentó tranquilizarse. No obstante, se le aceleró el pulso. La culpa era de la mano de Anne-May, que en ese momento traspasaba su cinturón y se deslizaba por el interior de su pantalón. Mantuvo los ojos cerrados mientras notaba cómo se le empinaba. Con la mano libre, Anne-May recorría la mejilla de Francis y le giraba la cara.

—¡Mírame! —dijo en voz baja.

Francis abrió los ojos.

—¿Qué estás haciendo? —le preguntó, pero sonó de lo más torpe y absurdo.

Anne-May tal vez solo tuviera un arma, pero ¡qué arma!

Era la primera vez desde hacía tiempo que Francis se acercaba tanto a una mujer, y se sintió como si lo hubiera olvidado todo. Y eso que a los diez años había besado a las primeras chicas y luego siempre había tenido novias. Hacía dos años estuvo a punto de acostarse con Jenny Meyer, de su clase. Pero en el último momento ella se rajó y le dio largas para otra vez, que no llegó nunca. Por aquel entonces nunca hubiera imaginado que con casi dieciocho años pudiera seguir siendo virgen.

Anne-May sonrió.

—No lo has hecho nunca, ¿verdad?

—Bueno, yo... Hubo una vez...

—¡Pues vamos a ponerle remedio ahora mismo!

Dentro del pantalón, su mano empezó a frotarle la cola. Anne-May se acercó hasta que sus bocas casi se tocaron.

—Si me sacas de aquí y me llevas contigo, nos acostamos ahora mismo.

Francis quiso contestar algo, pero no pudo. Arriba, en el cerebro, ya no quedaba nadie. Todos se habían largado entusiasmados hacia abajo. «Creo que lo estoy flipando. ¡Por fin pasa algo!», decía uno, mientras bajaba a toda velocidad por las escaleras de su cuerpo. «¡Esto no me lo pierdo! Apuesto a que lo echa a perder», decía otro.

Por fin, Francis asintió.

—Vale.

Anne-May le lanzó una mirada de superioridad.

—Pero con tres condiciones —dijo en voz baja—. La primera es que lo hagamos a oscuras; mientras lo hacemos no quiero verte ni besarte, y en cuanto te corras se acabó. Sales de la habitación y no vienes hasta mañana para sacarme de aquí. Y después no te hagas ilusiones ni te enamores de mí; eso no acabaría bien. ¿De acuerdo?

En realidad, han sido más de tres condiciones, pensó Francis, pero no le importaba.

—¡De acuerdo! —se limitó a decir.

Inmediatamente, la mano desapareció de su pantalón y empezó a tirarle de la camiseta.

—Vale, pues ven conmigo.

Entraron en la salita de música, al final del pasillo. Anne-May le ordenó que se tumbara encima del piano de cola. Luego apagó la luz. La habitación no tenía ventanas. Quedaron completamente a oscuras. Tumbado encima de la dura madera, le entró miedo de que a ella se le fuera la olla y le hiciera algo. Distraídamente abrió la tapa y tocó unas cuantas teclas. A ella le dio la risa.

Luego se hizo el silencio. A Francis se le puso carne de gallina al oír cómo Anne-May se quitaba la falda, la camiseta y las bragas. Trepó hacia él por el piano, y Francis notó su cuerpo y su aliento. Luego sintió cómo sus manos heladas le recorrían el pecho, le desabrochaban el cinturón, le bajaban el pantalón y luego también los calzoncillos. Al acercársele, Francis notó sus pechos en la piel. La oyó respirar más aprisa e imaginó a los muchos hombres con los que se habría acostado. Dios mío, por favor, pensó. Haz que no lo eche todo a perder.

Ella se sentó encima de él y dio un respingo, como si él le hubiera hecho daño. Una leve resistencia. Al momento siguiente, ya dentro de ella, todo era calor. Anne-May empezó a moverse lentamente encima de él. Salvo quedarse ahí tumbado, poco podía hacer Francis. Había confiado en que sus ojos se acostumbraran a la oscuridad, pero todo seguía oscuro. Anne-May se movía más aprisa, gimiendo en voz baja. Él quiso hacer algo y la agarró por el culo, pero ella le quitó rápidamente las manos y se inclinó sobre él. Su pelo le azotaba la cara. Con las cabezas juntas, podía oír los gemidos de ella, cada vez más fuertes. Sonaban muy agudos, pese a que normalmente tenía la voz más bien grave. En un par de ocasiones, dijo en voz baja: «Sí». Todo fue tan rápido que más tarde no se acordaba de si había durado dos minutos, veinte o cincuenta segundos. Ella se incorporó de nuevo, le agarró las manos y se las llevó a los pechos. Para entonces él también jadeaba. Ella empezó a moverse cada vez más aprisa sobre él, y mientras le tocaba los pechos notó que su pelvis daba varias sacudidas seguidas y que ella lanzaba un fuerte gemido. En ese instante, él no aguantó más y se corrió. Tal vez un poco pronto, pero solo podía pensar en lo dichoso que se sentía. Le pasó suavemente una mano por la pierna y quiso guardar ese momento para siempre en la memoria.

—¡Largo! —dijo ella.

3

Francis se vistió a oscuras, salió de la habitación y se dirigió a trompicones hacia la salida de la planta. Steve le abrió la puerta y le preguntó algo, pero él casi ni se enteró. Tenía la cabeza llena de sensaciones y de ruidos y, al mismo tiempo, sencillamente vacía. Se había aprovechado de la debilidad de una enferma; por otra parte, también él se sentía utilizado, agotado, fatal. Le habría gustado contarle a todo el mundo lo que acababa de pasar, y sobre todo le habría apetecido hablar de ello con Anne-May, pero no podía.

En la colonia olía a aceite de motor, a carne a la parrilla y a hierba húmeda. Francis fue a ver a sus vecinos. Los Miller tenían cuatro hijos, y salvo la hija mayor ninguno había conseguido terminar el bachillerato. Todos los viernes organizaban una noche italiana; solía haber espaguetis o pizza, y a veces invitaban también a Francis y a su madre.

Llamó a Toby. A los pocos segundos un tipo de pelo corto teñido de rubio, con pantalones bombachos azules y una camiseta blanca se asomó a la puerta. En el brazo izquierdo se había tatuado una cara siniestra junto a la consigna de «Obedece». Toby tenía veintiún años y, al igual que Francis, vivía sin padre. Por las noches solían quedarse charlando fuera, ante las caravanas; Toby lo invitaba a una cerveza o le dejaba que diera caladas a su porro. A veces le leía pequeños textos o poemas escritos por él. Los llamaba *Diarios del parque de caravanas*. Trataban de que la gente de su colonia vivía encadenada y no lo sabía. O de que todos ellos eran unos zombis apolíticos que oían música con los auriculares y a los que el Gobierno apaciguaba con la televisión, Internet y otras drogas. A Francis los textos siempre le parecían algo confusos y patéticos, pero no le importaba. Desde el principio le había caído bien su vecino.

—Se nos ha roto el aire acondicionado —dijo Toby, señalando un cacharro blanco que sobresalía de la caravana de los Miller—. Y como no tenemos pasta para repararlo, mi madre está de los nervios. Bah…

Francis se preguntó si se le notaría lo que acababa de vivir y si parecería distinto o mayor. Pero Toby hablaba con él como siempre.

—¿Qué pasa, peque? —Era el único al que Francis permitía que lo llamara así—. ¿Te has enterado de lo de Tammy Parks?

—No. ¿Qué ha pasado?

—Anteayer murió su madre. No pudieron pagar la operación y todo fue muy rápido.

—Mierda.

Francis se acordó de cómo la señora Parks le echaba la bronca cada vez que su gato se paseaba por el porche. Y también recordaba a su hija, con la que estuvo saliendo hacía un par de años.

—Qué, ¿ha ido todo bien? —preguntó luego.

Toby asintió y le dio el carné de identidad. Era exactamente igual que el que tenía hasta entonces, con la diferencia de que en este Francis tenía veintiún años. No lo había hecho el mismo Toby, sino uno de los tipos a los que vendía droga, que era el mejor falsificador de la zona.

—¿Por qué te corría tanta prisa? ¿Para qué lo quieres?

A Francis le habría encantado contarle su plan y decirle que para eso necesitaba tener veintiún años, pero prefirió guardárselo para él.

—¡Para mamarme! —dijo solamente, y entornó los ojos—. ¿Cuánto te debo? Mañana tendré dinero y entonces te…

—No me debes nada —dijo Toby.

Francis se acordó de una noche, dos años atrás. Los Miller siempre habían sido unos vecinos ruidosos. Las paredes de sus casas móviles no eran gruesas y se oía casi todo. Por ejemplo, cuando el padre le daba una paliza al chico o a su mujer. Luego, en algún momento, se hacía el silencio. Un silencio angustioso, acompañado del llanto de las niñas. El padre era un borracho que estaba en el paro. Maltrataba a sus hijas; cuando empezaba no había quien lo parara. Y una noche, hacía dos años escasos, mientras Francis veía la televisión, llamaron al timbre de su puerta. Eran las hermanas de Toby, preguntándole si podían pasar la noche en su casa.

—Esta noche no está mamá, y Toby quiere estar a solas con él.

Francis las dejó pasar, pero el asunto le dio mala espina. Al otro lado de la pared se oía un tintineo, luego un ruido sordo, hasta que de repente se hizo el silencio. Durante un momento pensó que alguien había muerto. Pero luego llegó la ambulancia y se llevaron al padre de Toby. A la mañana siguiente, cuando Francis fue a sacar la basura, de pronto Toby apareció en medio de la lluvia, como si fuera un fantasma. Algo había cambiado en él. Francis no pudo distinguir si había llorado o si tenía la cara tan mojada por la lluvia. Se quedaron mirándose fijamente.

—No he sido capaz de hacerlo —dijo finalmente Toby—. Al fin y al cabo, es mi padre. Pero le he dicho que si vuelve a aparecer por aquí, lo haré.

Después de aquello no habían vuelto a hablar del asunto, y nadie había vuelto a ver tampoco al padre de Toby por la zona.

Por la noche, Francis fue a la habitación de su madre y se puso a revolver en sus cosas. Buscaba documentos sobre su engendramiento; pero no encontró nada. Ni debajo del colchón ni en el armario, ni tampoco en la cómoda. A cambio, descubrió en un cajón fotos suyas de niño. En todas parecía contento, y en algunas tenía esa sonrisa de confianza en sí mismo que en los últimos años había desaparecido por completo y que ahora volvía a ver en las fotos como si se tratara de un antiguo amigo casi olvidado. Sus dedos toparon con algo duro y metálico. Escondida debajo de las fotos, estaba la medalla que había ganado por quedar en segundo puesto en un torneo de lucha interregional. No se acordaba de que se la había regalado a su madre.

Francis siguió buscando y en el cajón inferior de la cómoda encontró paquetes de sertralina, codeína y otras píldoras. Y un montón de reclamaciones. Al parecer, su madre llevaba dos meses sin pagar el teléfono ni el alquiler de la caravana. Solo les quedaban unas pocas semanas para saldar las deudas; de lo contrario, tendrían que dejar también esa casa. Francis se quedó mirando las reclamaciones, se sentó en la cama de su madre y se llevó la mano a la boca.

Esa situación tenía que cambiar como fuera. Haciendo acopio de valor, siguió buscando datos, esta vez en Internet. Sobre Donante James no aparecía nada, y sobre el banco de semen de los genios, a menudo llamado «la granja de los genios», solo había unos cuantos artículos. Al parecer, el banco de esperma se había disuelto hacía unos años, al morir Monroe. Todas sus clínicas habían cerrado también, salvo la de Los Ángeles, en la que Francis había sido concebido.

Pasó media noche recorriendo diferentes páginas, pero solo encontró algunos informes sobre Monroe y su socio, el defensor de la eugenesia y doctor austríaco Von Waldenfels, junto con alguna documentación. Cada vez que Francis hacía clic en algún *link,* el artículo correspondiente había sido borrado o, simplemente, decía cosas imprecisas y sin interés. Francis ardía en deseos de enterarse de una vez de la verdad. Siempre había sabido que no era tan tonto como pensaba la gente. Durante los últimos años nadie daba un duro por él, pero tenía un padre genial y algo habría heredado de él. Qué exactamente era lo que se proponía averiguar.

4

Llegó el día señalado. Francis y Anne-May lo habían hablado todo en la clínica. Ahora Grover y él se hallaban junto al Chevy en el aparcamiento, buscando con la mirada a la chica y a su enfermero.

—Les he dicho a mis padres que me voy a Maine a ver a mi primo Donnie y que tú me acompañas —dijo Grover—. Me resulta difícil mentirles de esa manera porque ¿y si nos pasa algo, Francis?

Para animarle le habló de las mujeres tan guapas que sin duda conocerían en la Costa Oeste. Y también le contó todo lo de Anne-May. Al oír la palabra «sexo», a Grover se le dilataron las pupilas, y Francis notó que su amigo se ponía celoso. Francis bostezó. Esa mañana se había duchado con los ojos cerrados; como mucho, había dormido tres horas.

—¡Por ahí vienen! —dijo, señalando hacia la derecha.

Cuando Grover vio a Anne-May paseando por el parque, se quedó boquiabierto. En el fondo, confiaba en que Francis hubiera exagerado. Puede que Grover fuera en todo mejor que él, pero en eso en concreto, que para él significaba más que nada, estaba muy por debajo de su amigo.

Francis tomó aire. El enfermero que acompañaba a Anne-May era el gordo de Steve. Aquello sería un juego de niños.

—¡Pues venga! —dijo—. ¡Al volante!

Grover se sentía incapaz de apartar la vista de ella. Moviéndose con torpeza, se acercó a la puerta del conductor y se sentó en el Chevy. Llevaba una camiseta en la que ponía «Pussymaster», algo así como «El rey de los chochitos», además de sus sempiternas botas negras. El tonto con botas, pensó Francis.

Apagó el cigarrillo y agarró la mochila. En la que Anne-May había metido su neceser, la ropa interior, la foto de su hermano, los CD de Arcade Fire y de la Orquesta Filarmónica de Los Ángeles y su monedero con el carné de identidad. La carta en la que justificaba su huida estaba debajo de la almohada.

En cuanto Francis se subió al coche, Anne-May echó a correr. Desde el Chevy vieron cómo Steve miraba primero hacia atrás y luego empezaba a correr tras ella muy despacio y respirando con dificultad. Pero de nada le sirvió. Anne-May ya se había montado en el coche, cuando él todavía estaba a casi cien metros. Mientras arrancaban y salían zumbando, Francis vio en la distancia su cara de decepción; parecía un niño triste al que le han quitado su juguete. Luego doblaron la esquina y se alejaron.

Esperemos que no venga la Policía. Era en lo que Francis iba pensando todo el rato cuando recorrían la autopista en dirección a Nueva York. Naturalmente, temía que persiguieran el Chevy azul, que los detuvieran y comprobaran el número de matrícula. Aunque en su huida no había habido más testigos que Steve, Francis se planteó que, sobre las ruinas de su existencia, ya de por sí echada a perder, aún pudiera pasar una temporada en el trullo. Pero nada de eso sucedió.

En cuanto perdieron el miedo, se pusieron de mejor humor. Anne-May no paraba de darle las gracias. Y también a Grover, su heroico conductor. Este se puso eufórico, no acaba de creerse que una chica tan guapa como Anne-May le dirigiera la palabra. Empezó a tartamudear y a balbucir, incapaz de articular palabra alguna.

A Anne-May eso le divertía.

—¡El rey de los chochitos nos ha salvado! —decía. O también—: ¡El rey de los conejitos baila el rock!

Francis se reía, y aunque Grover no entendía por qué era tan graciosa su camiseta, también se reía.

Cuando llegaron a Nueva York, se sintieron seguros. A su lado pasaban miles de taxis, oleadas de coches amarillos que recorrían las calles entre las casas. Dejaron el Chevy en un aparcamiento. Mientras Anne-May y Grover iban a un Starbucks, Francis fue en busca de su padrastro para recoger el dinero. Subió en el ascensor y arriba se encontró otra vez con Betty. Esta vez se mostró más recatada; a cambio, no tuvo que esperar tanto.

Ryan lo saludó en la puerta.

—Pasa —dijo un poco demasiado contento, y a Francis le dio miedo de que lo echara con alguna excusa tonta. Pero se equivocaba—. ¿Quieres el dinero en efectivo? —le preguntó.

—Sí, en efectivo sería lo mejor.

—Me lo imaginaba. —Ryan abrió un cajón y sacó un sobre lleno a reventar—. Cinco mil. Puedes contarlo si quieres.

—No hace falta. Gracias.

Ryan asintió con la cabeza.

—¿Qué tal está tu madre?

Francis se disponía a contestarle, cuando su padrastro recibió una llamada. Observó a Ryan mientras hablaba por teléfono. Aunque parecía cansado y tenso, en la conversación daba toda la impresión de dinamismo. Ryan nunca se había quejado cuando perdió casi todo su dinero con sus especulaciones bursátiles. Al día siguiente ya decía que lo recuperaría. Francis estaba seguro de que sí. En un par de años Ryan habría saldado sus deudas y volvería a ser rico. Era capaz de trabajar más que nadie.

Durante un rato Francis lo admiró por ello. Luego Ryan colgó y le hizo una seña para que se acercara. Le echó el brazo por el hombro.

—Lo de los cinco mil —dijo— es solo por esta vez, que quede claro. Yo no soy responsable de ti. Te he dado el dinero porque te lo había prometido y porque cumplo mis promesas. Pero no soy el típico tío al que puedas sablear cuando necesites algo, ¿entendido?

Francis asintió dubitativo y tomó el sobre.

Cuando iba a marcharse, Ryan lo retuvo:

—También se lo diré a Katherine. Llevamos casi cinco años divorciados y tengo mi propia familia y mis propios problemas; no voy a estar toda la vida apoyándoos o pagándolo todo cuando deja de tomar la medicación e ingresa en la clínica. En los últimos años me he gastado un dineral con vosotros.

—Pero es que ella no está asegurada y…

—No hay pero que valga. Si eso te supone un problema, dale tus cinco mil o ponte a trabajar. Tu madre también puede buscarse un trabajo. Cuando estudiaba, nadie le dijo que mandara su carrera a la mierda. Creo que si fuera más independiente le iría mejor.

No te jode, pensó Francis. Eres un rata que permites que nos pudramos en la caravana y, encima, te haces el generoso.

—No puedes hacer eso —se limitó a decir, bajando la vista hacia Ryan—. No tenemos nada.

Ryan señaló el sobre.

—Mi padre murió cuando yo tenía once años. Se desvió de la carretera, chocó contra un muro y murió en el acto. Entonces yo iba al cine con mis amigos y era un chico normal, y cuando llegué a casa, me encontré con que de repente era el mayor de seis hermanos que se habían quedado huérfanos de padre. Tuve que hacerme cargo de todo; no pude permitirme ser tan vago como tú.

Francis quiso decir algo, pero vio que era inútil. Ryan se quedó con la mirada perdida, pensando seguramente en su infancia, que lo había endurecido y hecho fuerte.

Ahora todo sería aún más difícil. Francis pensó en su madre, que estaba en la UCI sin poder defenderse de tales reproches. También recordó al Ryan de antes, cuando lo llevaba de excursión los fines de semana del Primero de Mayo y lo ayudaba a hacer los deberes. Y se acordó del único día que habían hablado de su verdadero padre. «¿Piensas de vez en cuando en él?», le había preguntado Ryan de la manera más discreta posible. Por aquel entonces Francis tenía trece años. Habían estado jugando al baloncesto y después se sentaron a descansar en la pista dura. Era la época en la que Francis estaba en pleno desarrollo físico y Ryan le pasaba en altura. Mientras Nicky se convertía en una versión en miniatura de su padre, él cada vez se parecía más a un hombre que no conocía.

«¿Te has propuesto ir en su busca alguna vez?», había insistido Ryan en un tono afable, pero con la voz extrañamente quebrada.

En aquella época, Ryan y su madre ya habían decidido divorciarse, pero Francis se sentía seguro y dijo: «Sí, alguna vez». Todavía se acordaba de que era un cálido día de junio.

Ryan se había limitado a atarse los cordones de las zapatillas y a asentir con la cabeza. Luego le dio un golpecito en el brazo y se dirigió hacia el coche. Después de aquello, Francis tenía la sensación de haber cometido un error, sin saber cuál. Él nunca le había dado importancia a lo de no ser hijo de Ryan. Por eso había partido siempre de la base de que Ryan tampoco se la daba. Al fin y al cabo, siempre quiso a Ryan. Ahora ya estaba seguro de que su padre biológico tuvo que haber supuesto un problema. Ryan nunca se había manifestado al respecto, pero quizá el matrimonio fallara porque su mujer tenía un hijo que no era de él. Y ahora Francis solo tenía un valor de cinco mil dólares para Ryan, y sus fotos habían sido sustituidas por las de un perro.

Francis apretó los dientes. En ese momento solo deseaba que su padre verdadero fuera diferente de Ryan y que todo saliera bien cuando lo encontrara. Luego se guardó el dinero y se dispuso a marcharse.

Cuando ya estaba junto a la puerta, oyó su nombre. Dio media vuelta.

—¿Qué pasa?

Ryan se lo quedó mirando un rato largo con cara de lástima. Era como si fuera a salirle un bocadillo de los de los cómics lleno de palabras de despedida o con un simple: «¡Mucha suerte!». Y de nuevo sonó el teléfono. Al principio, Ryan dudó un momento, pero luego respondió. Francis salió de la oficina.

Al entrar en el Starbucks, se imaginó la siguiente escena: Anne-May había apoyado la cabeza en la mesa y se había quedado dormida de aburrimiento mientras Grover le hablaba de juegos de rol de fantasía con elfos y jinetes, de *Unreal Tournament* o de problemas matemáticos sin resolver. Más probable, sin embargo, le parecía que Grover estuviera solo, encogiéndose de hombros, porque Anne-May se había largado y ya no quería saber nada de ellos.

Pero cuando entró en el café, los dos estaban sentados en una mesa en un rincón y daba la impresión de que se divertían de lo lindo. Extrañado, Francis se acercó a la caja y pidió un café moca con chocolate blanco. Normalmente, el Starbucks era demasiado caro para él, pero gracias al dinero de Ryan por fin podía entrar allí. Se acercó a los otros con el café.

—¿Qué es eso tan gracioso?

Anne-May tenía la cara completamente roja de la risa.

—Ay, es que Grover me acaba de enseñar a qué animales sabe imitar.

Francis miró desconcertado a Grover, que se puso a imitar con su bocaza a un león, a un papión, a un ratón olisqueando algo y a un cachorro de perro. Francis se sorprendió de lo bien que se le daba. Parecía ridículo, pero tuvo que admitir que era asombrosamente auténtico y divertido. Al mismo tiempo, le molestaba que a Anne-May le hiciera reír otro. Hasta entonces la había tenido para él solo; ahora tenía claro que en el viaje debería compartirla.

Se marcharon. Mientras salían de la ciudad, Francis iba tamborileando con los dedos en la guantera del coche. Era un viaje hacia lo desconocido. Nadie sabía de antemano si el tal Donante James era un solitario catedrático de universidad, un miembro esnob de algún club de campo o un hombre entrañable y familiar. No obstante, Francis sentía que su padre iba a sacarlo de esa mierda. No le cabía la menor duda.

Medio Oeste

1

Habían dejado atrás el estado de Nueva Jersey y ahora atravesaban Pensilvania: un gran bosque dividido por la autopista.

Durante el viaje, Francis se volvió varias veces a mirar a Anne-May. Sentada en el asiento de atrás, iba vestida de negro y llevaba puestas unas gafas Ray Ban. Mientras se mordisqueaba un mechón de pelo, escribía muy concentrada en un cuaderno de apuntes. Francis se pilló a sí mismo mirando unos segundos de más lo guapa que era.

—¿Qué miras tanto? —dijo ella, escupiendo el pelo.

Francis se volvió de nuevo y recordó que le había dicho que no se hiciera ilusiones ni se enamorara de ella. Luego se fijó en que Grover también lanzaba miraditas a Anne-May. Por una serie de confluencias cósmicas, habían conseguido meter a esa mujer en el Chevy, y ahora empezaba a comprender lo distinto que habría sido el viaje si solo hubieran ido ellos dos.

—¿Por qué estabas en la clínica, Anne-May? —le preguntó Grover al cabo de un rato, sin apartar la vista de la carretera, con esa manía suya de repetir el nombre de la persona con la que hablaba.

Anne-May parecía haber estado esperando esa pregunta.

—Porque intenté suicidarme —dijo enseñando los brazos, casi con orgullo.

Grover miró las cicatrices de las muñecas.

—Pero ¿por qué lo hiciste?

—Porque la vida es una mierda. Por eso.

—¿Por qué dices que la vida es una mierda?

Francis meneó la cabeza. Ese momento memorable merecía ser inmortalizado. ¿Había preguntado realmente Grover

Chedwick por qué la vida era una mierda? La prueba ambulante de esa tesis se había puesto a sí misma casi en entredicho. ¿Podía ser que Grover disfrutara de la vida?, se preguntó. Pese a que Brad Jennings se liara a empujones con él por todo el pasillo, pese a que todas las chicas apartaran la vista cuando él las miraba, y pese a que cada vez que se miraba en el espejo viera a esa especie de espantapájaros leptosómico que desgraciadamente era, ¿sería posible que, aun así, amara en cierto modo la vida?

—La vida es una mierda porque la vida es una mierda —dijo Anne-May.

Y punto pelota.

Había niebla y hacía un poco de fresco. Recorrieron la I80WB hasta que tuvieron que pararse a echar gasolina y comer algo en un Taco Bell. Por una vez Francis quería ser generoso en el viaje y los invitó. Cuántas veces le había prestado dinero Grover; ahora, por primera vez en años, tenía nada menos que cinco mil dólares. Y si todo salía con arreglo a su plan, pronto tendría aún más.

Durante el viaje, Anne-May les contó que antes su madre pintaba y era galerista. Cuando mencionó que su padre iba a proyectar un colegio nuevo en Staten Island, Francis se volvió a mirarla. Solo imaginar que su padre se había acostado con ella le hizo sentir tanta ira que tuvo que agarrarse con fuerza al tirador de la puerta.

Para tranquilizarse, se puso a hablar de sus padres. Anne-May le preguntó en broma que cuándo era la última vez que había visto a su padre.

—Hace mucho —dijo Francis—. No lo recuerdo con exactitud. Probablemente la cabina en la que metieron a Donante James para que se hiciera una paja era muy cómoda. Todo fue muy rápido. Me dio tiempo a nadar unos cuantos largos en mi vasito, y luego ya me congelaron. Brrr, qué frío hacía.

Los otros se partían de risa. En cambio, Francis se mareó un poco al darse cuenta por primera vez de que, efectivamente,

—Francis Dean —murmuró—. Viéndote así, se diría que eres mucho más consciente de ti mismo. En los últimos años no te han pasado muchas cosas buenas, ¿verdad?

Francis fue a decir algo, pero tenía la boca como reseca. Anne-May siguió mirándolo tan tranquila e impertérrita como un gato. Luego sonrió.

—Ya sé en qué estás pensando.

—¿En qué?

—En que te gustaría besarme. —Puso su habitual cara de superioridad—. Pero eso tienes que quitártelo de la cabeza, Dean. Eso no entra para nada en el plan. Solo te lo digo para que quede claro.

También Francis sonrió.

—¿Y qué pasa si me besas tú a mí?

—Si de verdad quisiera besarte, lo habría hecho hace tiempo. —Negó con la cabeza—. Esta noche puedes dormir aquí. Pero solo si te comportas.

Se acurrucó junto a él. Francis vio que había cerrado los ojos. Permanecieron un rato el uno al lado del otro. Cuando él se inclinó sobre ella, Anne-May abrió los ojos.

—Tengo miedo —dijo.

Lo había dicho en voz tan baja, que a los pocos segundos Francis ya no sabía si se lo había imaginado. Buscó en la memoria algo especial que confiarle en contrapartida. Que le gustaban tanto las películas porque los actores siempre decían lo apropiado en el momento justo, o sabían expresar con precisión lo que sentían, mientras que él era incapaz. Que cuando se separaron su madre y Ryan, mató un sapo con una piedra gorda y que todavía hoy le daba pena acordarse de que, a medida que lo golpeaba, el sapo andaba cada vez más despacio y, mientras se debatía entre la vida y la muerte, aún intentó marcharse de un salto, pero él siguió pegándole despiadadamente, una y otra vez, con la piedra, hasta que el animal se quedó inmóvil. O que hace unos años él todavía era distinto, mucho más valiente y seguro de sí mismo, de modo que todos pensaban que llegaría a ser un hombre de provecho. Y cómo de pronto todo eso había desaparecido y se había visto obligado a decepcionarlos a todos, uno tras otro. Todo eso quería decirle a Anne-May.

Francis empezó a acariciarle el brazo. Con el dedo le recorrió la piel arriba y abajo, una y otra vez. Esperaba en tensión a que reaccionara. Pero ella no se movía. Cuando finalmente quiso besarla en la boca, ella murmuró:

—¡No lo estropees!

Luego se dio media vuelta y a los pocos minutos se quedó dormida.

2

Sin hacer demasiadas paradas atravesaron Indiana. Llovía sin cesar. Francis se preguntaba qué esperarían en realidad Anne-May y Grover de ese viaje, y por qué habrían ido. Él mismo tenía cada vez más dudas. Hasta hacía poco, su futuro todavía parecía estar escrito con mayúsculas y en negrita: «perdedor», «trabajador eventual», «fracaso escolar». Pero ahora alguien había escrito encima, a todo color, las palabras «genio», «inseminación artificial» y «Costa Oeste», y ya no estaba seguro de qué pensar. Solo quería caerle bien a su padre. Conocerse e, instintivamente, hacerse amigos. Al mismo tiempo, Francis tenía pánico de verse rechazado.

Durante el viaje le vinieron a la cabeza algunas experiencias en las que hasta entonces había procurado no pensar. Recordó cómo lo bañaban de niño y luego veía con su madre películas, en muchas de las cuales aparecía Paul Newman, el actor favorito de ella. O cómo su madre, mientras guisaba, escuchaba viejas canciones de los sesenta. Él le hacía compañía y la ayudaba a cortar tomates y calabacines. Su madre echaba aceite en la sartén y le hablaba de la primera vez que se enamoró o de cómo llegó a Los Ángeles de adolescente sin dinero y tuvo que abrirse camino. A veces se ponían los dos a bailar con la música y después se reían de sus propias gansadas. En la cocina siempre tenía la sensación de que su madre lo quería. No porque fuera su hijo, sino sencillamente porque le caía bien.

El coche frenó bruscamente y Grover se disculpó.

Francis, que estaba a punto de dormirse, guiñó los ojos. Mientras miraba al tráfico, recordó la mañana en que por primera vez vio a su madre en la cama con la cara triste, apática. Sin ningún motivo aparente, como si tarde o temprano tuviera que suceder. Al principio solo estaba deprimida, pero durante los últimos años había pasado también por esas fases maníacas en las que se creía capaz de hacer cualquier cosa. Estaba de buen humor, hacía planes para el futuro, ya no dormía tanto y se apuntaba a *fitness* o a cursos de baile y de teatro sin tener dinero. Todo terminaba entonces en un colapso. Un día hasta se metió groseramente con unos que pasaban por la calle y la Policía la detuvo. Francis se acordaba del día en que se mudaron a la caravana. Sentado en el colchón, vio que por la ventana entraba el suave sol de la tarde; en el rayo de luz danzaban motitas de polvo. Se puso a lanzar contra la pared una pelota de tenis que se había encontrado. Mientras tanto, oía a su madre decir disparates. Llevaba bastante tiempo sin tomar su medicación y estaba fuera de sí. Su cuarto se hallaba pegado a la cocina y todavía olía a las patatas con cebolla que habían comido al mediodía. De repente entró su madre y le dijo que él tenía la culpa de que se hubiera separado de Ryan y que no sabía hacer nada a derechas. Sin decir una palabra, Francis había soportado sus insultos mientras arrojaba una y otra vez la pelota de tenis contra la pared, hasta que la boca empezó a crispársele.

En Chicago se produjo la primera pelea; con Grover. Anne-May había ido sola de compras y habían hablado de ella. Primero en broma, pero luego Francis notó que Grover estaba celoso. Al fin y al cabo, por la mañana lo había visto en la cama con Anne-May. Francis le dijo que se dejara de melindres, pero Grover le reprochó que se estaba aprovechando de la debilidad de la chica. La discusión fue a más.

–Por mí, como si quieres intentar ligártela. De todos modos no tienes ninguna posibilidad –dijo Francis al final.

Enseguida se arrepintió de haber soltado esa frase. Pensó que tal vez debería disculparse, pero si era sincero, se alegraba de que hubiera algo que a él se le diera mejor. En otro tiempo, Grover solía mirarlo con respeto, pero en los últimos años había visto cómo su amigo tenía que mudarse de barrio, fracasaba en el colegio y encajaba una derrota tras otra en la lucha. Francis intuía desde hacía tiempo que sus caminos se separarían; Grover estudiaría en Yale; se doctoraría y se convertiría en un reconocido informático. Se marcharía a otra ciudad; tendría éxito; se haría rico; fundaría una familia y tendría hijos. Y luego solo se acordaría de tarde en tarde de los compañeros del colegio: ¿Cómo se llamaba ese? ¿Franklin? ¡Ah, no, Francis! Y se preguntaría qué sería del tal Francis, si seguiría viviendo en ese pueblo de mala muerte, hasta que un día lo olvidaría por completo.

Pero todavía falta tiempo para eso, pensó Francis. ¡Aún estoy aquí!

Por la noche continuaron el viaje. Grover se había comprado ropa nueva en la ciudad, aunque los colores no le pegaban ni con cola. Llevaba unos pantalones de pana de color amarillo oscuro, unas zapatillas Timberland beis, una camisa roja a la moda, un cinturón con hebilla de plata y una chaqueta negra con el cuello lila. Y, por si fuera poco, las gafas de concha. Sin duda quería impresionar a Anne-May con ese atuendo, pero el tiro le había salido por la culata. Parecía un fantoche o un canario psicópata.

Pernoctaron en un Motel 6. En una tienda de la cadena Freedom Liquor, Francis compró dos *packs* de seis cervezas Coors, una botella de vodka y un pastel Butterfinger para Anne-May. Al pagar se puso nervioso, pero el de la caja solo miró el carné falsificado por encima. En la habitación lo recibieron dando gritos de júbilo. Francis alzó la bolsa con el alcohol como si fuera un trofeo de la Super Bowl. Los otros quisieron pagarle su parte, pero él no les dejó.

—Corre por cuenta de la casa —dijo, disfrutando mientras guardaban el monedero y le daban las gracias.

Empezaron a beber y todo lo que no habían hablado durante el viaje lo hablaron ahora los tres a la vez. Cuando vaciaron el primer *pack* de seis cervezas y media botella de vodka, se dirigieron a la piscina cubierta del motel. Como no llevaban trajes de baño, saltaron desnudos al agua. Apenas llevaban un rato en la piscina, cuando se acordaron de que se habían dejado el alcohol a la entrada. Grover atravesó la piscina a nado con movimientos ágiles pero un poco indecisos y alcanzó la cerveza. Al volverse, los otros pudieron ver su enorme cola. Hasta gente como Brad Jennings, de pura envidia, mantenía el pico cerrado unos segundos cuando se duchaba con Grover después de hacer deporte. Francis miró a Anne-May. Obviamente estaba impresionada, contemplando cómo Grover rodeaba la piscina y se tiraba a su lado. Es cierto que se rio cuando Francis le cerró la boca, pero de todas maneras se sintió molesto.

Esa noche todo parecía posible. A más de mil seiscientos kilómetros de su casa, se dejaron embriagar por su libertad. De vuelta a la habitación, encendieron el televisor y pusieron un canal de música. Anne-May y Francis se empeñaron en hacer bailar a Grover. Al verlo dudar, Anne-May lo agarró del brazo.

—¿Por qué estás siempre tan callado? ¡Sal de tu silencio!

—Es que… no sé. Seguro que hago el ridículo.

—No me vengas con esas. ¿Qué más te da lo que piensen los demás? Creí que eras el rey de los chochitos.

Grover sonrió, pero siguió inflexible.

—No sé hacerlo, de verdad.

Pero Anne-May no se dio por vencida. Le prometió un beso en la mejilla si bailaba para ella. ¡Ahí lo pilló!

Grover se bebió de un trago medio vaso de vodka y se colocó en el centro de la habitación. Ataviado únicamente con los calzoncillos, empezó a hacer movimientos robóticos con los brazos al compás de la música. Tenía una pinta rarísima. Anne-May y Francis se echaron a reír, pero luego lo animaron.

–¡Sigue, sigue! –gritaban, mientras Grover probaba a bailar a lo Michael Jackson.

Como bailaba cada vez más aprisa, le sudaba todo el torso. Al final, se dejó llevar tanto por la música que ya no tenía en cuenta a los otros. Esa noche nadie volvió a pasar ver-güenza. Anne-May le dio un beso en la mejilla, y luego Francis y ella empezaron también a bailar en ropa interior por la habitación. En una ocasión se acercaron tanto, que Francis la agarró por la cintura y ella le puso una mano en el pecho mientras se movían al ritmo de la música. Francis sentía sus piernas cálidas, sus pechos, su respiración. Ella se acercó más y empezó a frotarse contra él, hasta que Francis tuvo una erección.

Entonces ella saltó a la cama, que inmediatamente se convirtió en su escenario, y empezó a pasarse los dedos por los ojos, como Uma Thurman en *Pulp Fiction*. Bailaba haciendo movimientos sinuosos, gráciles, misteriosos, meneando de acá para allá la melena negra. Francis y Grover, cuyos ojos saltones habían adquirido un brillo como de loco, la miraban hipnotizados. Si en ese momento Anne-May les hubiera ordenado que atracaran un banco, le dieran el dinero y luego se ahorcaran, lo habrían hecho.

A Francis lo despertaron unos gritos. De todas maneras dormía mal, soñando una y otra vez que tenían un accidente o que su madre se moría porque él la había dejado plantada. A veces se despertaba empapado en sudor, sin saber dónde se encontraba.

Esta vez se despertó porque la luz estaba encendida y alguien le daba sacudidas. A su lado vio a Grover, muy nervioso.

–Se ha vuelto loca –dijo, señalando hacia la izquierda–. ¡Le ha dado un ataque!

De pie junto a la cómoda, Anne-May daba gritos.

–¡Quédate quieto! –vociferó–. ¡Cuidado, viene alguien!

Tenía la boca ensangrentada y un aspecto horroroso.

–No sé qué hacer –dijo Grover–. No reacciona ante nada.

Francis tardó unos segundos en darse cuenta de que Anne-May se hallaba en medio de una horrible pesadilla. Se levantó de un salto y fue hacia ella.

Anne-May se defendió y le dio una patada.

—¡Déjame! —gritó—. Tú eres uno de ellos. ¡Suéltame!

Francis esquivó sus golpes y la agarró por los hombros.

—Anne-May —repitió varias veces—. Despierta; es solo un sueño.

Ella le escupió y quiso volver a pegarle. Era sorprendentemente fuerte. Francis la puso contra la pared y le sujetó los brazos.

—¡Solo es un sueño! —repitió.

Al ver que no reaccionaba, la sacudió varias veces. Y como tampoco eso funcionó, le dio una bofetada. Anne-May abrió los ojos de par en par.

Cuando al fin comprendió lo que había pasado, se echó a llorar. Francis le acarició la cabeza y notó que ella le pasaba las manos por la espalda. Luego le soltó y fue al baño a lavarse los dientes. Al parecer, se había tropezado con la cómoda y se había abierto el labio. No quiso contarles lo que había soñado, por más que insistieron.

—No quiero volver a dormirme —se limitó a decir.

Dejaron la luz encendida toda la noche mientras se contaban historias. De su infancia, del colegio, de sus familias. Grover estaba tumbado en el suelo, Anne-May echada en su cama y Francis sentado en una silla del rincón. Apenas miraba a sus amigos, pero le gustaba que todos abrieran un poco su corazón.

Al final, hasta él les contó su sueño recurrente, el de la ruleta en Las Vegas y que siempre ganaba. Dijo que para eso había mandado que le falsificaran el carné de identidad y que jugaría en Las Vegas con una parte del dinero de Ryan Wilco.

—Ya sé que suena a locura, pero estoy completamente seguro de que ganaré. ¡Tengo que hacerlo!

Francis temía que se rieran de él, pero se limitaron a asentir con la cabeza. Hasta el amanecer no volvieron a hablar, aun así se sentían muy unidos.

3

Nadie lo dijo en voz alta, pero después de esa noche todos tenían miedo de no estar a la altura del viaje y de que se les fuera de las manos. Grover tomó tres tazas de café y, pálido como la tiza, se puso al volante. Anne-May se sentó en el asiento de atrás, al lado de Francis; iba palpándose el labio. Y Francis colocó el jersey de la capucha a modo de almohada e intentó dormir. Durante las pocas cabezadas que consiguió dar, soñó que Anne-May se reía con la boca ensangrentada, y también soñó con su gato muerto en el interior de la bolsa de plástico. Volvió a soñar que con cuarenta años aún seguía viviendo en la caravana; tenía unos cuantos trabajos mal pagados, su madre había muerto hacía tiempo y sus amigos lo habían abandonado. No le quedaba nada salvo una vida sin el menor sentido.

Se puso a lloviznar. Al pasar por Saint Louis, Francis se acordó de *Las aventuras de Huckleberry Finn,* uno de los pocos libros que se había leído hasta el final. La historia se desarrollaba por esa zona, y de niño solía imaginarse a Huck y a Jim recorriendo el Misisipi en balsa, río abajo, en busca de la libertad. Esa sensación de que en alguna parte había algo que esperaba su llegada, la había tenido desde niño.

Y ahora por fin iba en busca de ese algo.

Después de un fuerte trueno, la lluvia empezó a repicar en el techo y a azotar las ventanillas. Fuera reinaba una completa oscuridad, pero cuando caía un rayo se iluminaba todo el paisaje y, durante unos segundos, divisaban una distancia de varios kilómetros.

Anne-May, que parecía sentirse un poco indispuesta, se arrimó más a Francis.

—Cuando era pequeña —dijo—, siempre que llovía y las gotas se deslizaban por los cristales, pensaba que el coche estaba triste y lloraba. Qué tontería, ¿verdad?

Le sonrió y Francis vio la fila superior de sus dientes. Le habría gustado decirle lo que sentía por ella, pero le parecía ridículo. Aparte de eso, según su vecino Toby, a las mujeres nunca se les debía decir una cosa así. Lo único que querían las mujeres era descubrir todos los misterios de un hombre, y cuando lo sabían todo acerca de él, dejaba de interesarles y lo abandonaban. Francis no tenía ni idea de dónde sacaba Toby toda su sabiduría, siendo un camello que ni siquiera había terminado el bachillerato; sin embargo, era la persona más lista que conocía.

Campos de trigo y de maíz en muchos kilómetros a la redonda. Como Anne-May no quería volver a pasar la noche en un motel de carretera, se salieron de la Autopista Interestatal. Dejaron atrás a un grupo de ciclistas, cruzaron un puente tendido sobre el río Misuri y fueron a parar a Barberton, un pueblo con unas cuantas tiendas anticuadas, graneros e iglesias. Aparcaron el Chevy cerca del río y se tumbaron en la hierba en lo alto de una loma. Mientras Grover sacaba fotos, Anne-May se restregaba los ojos con el puño y Francis observaba cómo, paralelamente al río, un tren de la Union Pacific traqueteaba por la vía. Después de la tormenta el aire se había quedado agradablemente fresco y hasta parecía que olía distinto. Francis se fumó un Chesterfield. Qué paz se respiraba ahí fuera, sin ruido de tráfico ni anuncios luminosos ni caravanas. Tan solo unos niños jugando. Se sentía a gusto.

Estuvieron bastante tiempo en silencio junto al río, contemplando los trenes que pasaban por abajo. Desde lo alto del cielo, el sol bañaba el paisaje de luz y color, y de repente se apoderó de Francis una nostalgia desconocida. Arrancó unos cuantos tallos de hierba. Estaba tan harto de no esperar nada de la vida… Quería ser libre, ser distinto, y era consciente de que en ese viaje tenía la oportunidad de hacer que las cosas cambiaran.

El único bar del pueblo era de lo más cutre, pero al menos había un grupo tocando en directo las canciones clásicas de los Beatles. Francis observó a los miembros de la banda. Todos eran cuarentones, posiblemente amigos de la infancia que nunca habían salido de allí y que pretendían vivir del rock and roll. ¿Qué música escucharía el tal Donante James? Francis trató de imaginarse el aspecto que tendría su padre, cómo se llamaría en realidad. ¿Qué iba a hacer cuando lo encontrara?

En la mesa de al lado había dos hombres que no hacían más que mirarlos. Finalmente, uno de ellos se acercó a su mesa. Llevaba una camisa a cuadros, tenía el pelo castaño, largo, barba de tres días y varios pendientes. Francis le echó unos veintiocho o veintinueve años; irradiaba la misma confianza en sí mismo que esos luchadores contra los que siempre había perdido. Sin mirar a Grover ni a Francis, el hombre se puso a charlar con Anne-May. Ella a su vez empezó a flirtear con él. Grover se quedó como petrificado y Francis tampoco sabía qué hacer. La gente que hablaba bien siempre lo había intimidado, y se sorprendió echando de menos la situación de la clínica, donde todo era tan sencillo.

Cuando el tío, por si fuera poco, le puso la mano en el hombro a Anne-May, Francis dijo en un tono apenas audible:

—¡Pírate!

El hombre se volvió hacia él.

—¿Qué has dicho? —dijo mirándolo como a un chiquillo.

—He dicho que te des el piro.

El hombre todavía parecía de buen humor.

—¿No puede decidirlo ella sola?

Francis miró a Anne-May dando golpecitos con el pie en el suelo.

—¿Qué? —le preguntó en voz baja—. ¿Nos vamos?

Ella lo miró.

—En realidad me lo estoy pasando muy bien.

Luego se volvió de nuevo hacia el hombre y continuó con la conversación.

A Francis se le puso la cabeza como un bombo y se imaginó golpeando a ese tío una y otra vez en la cara. Durante unos segundos permaneció sentado; luego se levantó mostrando toda su corpulencia. Vio que al hombre le entraba cierta inseguridad. Anne-May, por el contrario, se mostró indiferente, y tampoco parecía importarle nada que, acto seguido, Francis se marchara del bar.

Fuera, en soledad, pegó un par de gritos. Como tenía que hacer algo con las manos, recogió unos cuantos pedruscos y los lanzó lo más lejos posible. Luego se encendió un cigarrillo y se acercó al Misuri. Hacía una bonita noche, las estrellas fulguraban en el cielo y el río lanzaba destellos a la luz de la luna. A lo lejos oyó que alguien tocaba la guitarra. Siguiendo la pista de la música, Francis llegó hasta una fogata rodeada de niños y adolescentes del pueblo. Observó cómo hablaban entre ellos mientras acercaban al fuego sus salchichas; una niña señaló hacia un arbusto en el que había encontrado luciérnagas. Allí Francis se sentía arropado. Con las manos metidas en los bolsillos de los vaqueros, se puso a pensar en muchas cosas, y al final ya solo pensaba en Anne-May.

4

Durante los siguientes días atravesaron las entrañas pobres y áridas del país. El Medio Oeste se extendía ante ellos, la carretera se perdía en el horizonte, y el cielo tenía un color azul claro salpicado de plumas blancas. Durante casi todo el trayecto solo hablaron Anne-May y Grover. Cuando cruzaron Kansas, estaban charlando del Día de Acción de Gracias y de cómo lo celebraban siempre con sus familias. Francis iba sentado atrás en silencio; los felices festejos familiares eran un tema al que no podía contribuir demasiado. De vez en cuando los oía reír. No le gustaba que se llevaran tan bien. Miró hacia fuera; kilómetro a kilómetro iban acercándose a su padre. Francis imaginó nombres para él o cosas que podría haber heredado de su padre. De su madre había heredado los ojos azul claro, la piel bonita, siempre ligeramente bronceada, y la manera de ladear la cabeza mientras reflexionaba sobre cualquier cosa. Pero ¿qué tendría de él? ¿Se parecerían en algo? Cuando pasaban por ciudades pequeñas, le gustaba mirar por la ventanilla a los hombres de entre cuarenta y cincuenta años que veía por la calle. Cualquiera de ellos podría haber sido su padre, y se preguntaba si ya se habría cruzado alguna vez con él sin saberlo.

Por la noche se sentaron en el patio interior del motel con varios *packs* de cervezas Budweiser. Grover llevaba una camiseta en la que ponía: «Han Solo disparó primero». Parecía disfrutar del viaje y sentirse cada vez más seguro. El instituto, donde sufría continuas humillaciones, se encontraba a miles de kilómetros, de modo que estaba a sus anchas. Grover sacó las baquetas de la batería, que siempre guardaba en la guantera, y se puso a tamborilear en broma sobre el tablero de una mesa. Llevaba tan bien el ritmo, que los demás se pusieron a acompañarlo dando palmas. Al final, cambió de ritmo e hizo un solo muy concentrado.

Anne-May parecía entusiasmada.

—Eres muy bueno. Deberías tocar en una banda.

—Ya toqué una vez —dijo Grover—. Pero me echaron hace unos años.

—¿Por qué?

—Les parecía demasiado guapo.

Anne-May se echó a reír. De nuevo lo miró con un brillo en los ojos, con lo que a Francis se le ocurrió pensar que quizá Grover no fuera feo del todo, sino que más bien lucía una fealdad fascinante. ¿Y si tampoco eso fuera cierto? ¿Y si después de todo no era tan poco atractivo como él había intentado creer siempre?

Al tercer *pack* de cerveza, Anne-May les inició en su vida amorosa. Con la lengua ya un poco trabada les habló de un baloncestista de color o de los suaves labios de una mujer a la que había besado en una fiesta. Mientras Francis intentaba imaginárselo, se preguntó si Anne-May era de las que iban a fiestas.

Cuando Grover le preguntó por su primera vez, Anne-May se quedó pensativa un rato largo. Finalmente dijo que no quería responder a esa pregunta. Francis no pudo evitar pensar en su padre. ¿Por qué tendrían que pasar esas cosas tan chungas? Luego se levantó y fue al baño. Se tropezó con el umbral de la puerta y al mirarse en el espejo se vio borroso.

Al regresar le pareció que Grover y Anne-May se habían acercado más el uno al otro. De pie delante de los dos, oyó la voz de Grover.

—Cuando tenía siete años, había un chico en clase que siempre me sacaba de quicio. Me quitaba las gafas y me bajaba los pantalones delante de todas las chicas. Cómo lo odiaba. Los demás también participaban, todos se reían a costa de mí, pero el que más él. Una vez lo vi sentado solo en la clase. Me acerqué por detrás y de repente se me fue la olla. No veía más que chispazos, destellos, y de pronto le agarré la cabeza y se la golpeé contra la mesa. Unas veinte veces. Al principio todavía se defendía, pero al poco rato se quedó inconsciente. Lo habría matado de no ser porque en ese momento entró la profesora.

—¿Y qué pasó luego? —preguntó Anne-May.

—Llamaron a mis padres para que vinieran a recogerme al colegio. Estuve dos meses internado en un centro de menores y luego tuve que tomar una medicación durante tres años. No sé... —Se quitó las gafas para limpiárselas—. Las cosas no iban bien. Ni entonces ni ahora.

Cuando iba a ponerse otra vez las gafas, Anne-May le sujetó la mano.

—No siempre tienen por qué ir mal.

Grover la miró sorprendido. Al momento siguiente, ella le dio un beso en la boca. No muy largo, pero lo suficiente. Francis tardó un instante en comprender. Las imágenes se le agolpaban en la cabeza: Grover y Anne-May riéndose en los asientos delanteros del coche; Anne-May mirando pasmada la cola de Grover en la piscina; él tamborileando con las baquetas de la batería. Ver que Anne-May besaba a otro lo ponía enfermo.

—¿A qué viene esa gilipollez?

Ellos se volvieron. Grover, asustado; Anne-May, en cambio, tan tranquila. Entonces Francis comprendió que ella sabía todo el rato que él estaba detrás. Después de mirarla unos segundos a los ojos, se marchó. Mientras vagaba solo por la noche, vio con claridad que Anne-May tenía un instinto destructivo y quería herirlo o provocarlo. Realmente Grover no podía ser un rival; ella lo había besado solo por compasión. Pero por más que intentaba convencerse, no podía quitarse de la cabeza que Grover no vivía en una caravana, sino en una bonita casa o que pronto iría a estudiar a Yale y a él no se lo había contado. Sin quererlo, se fue poniendo cada vez más furioso.

La noche siguiente la situación empeoró aún más. Habían pasado el día callados en el coche. Después de dejar atrás las Montañas Rocosas, en cuanto empezó a anochecer, se alojaron en un hotel de Arizona. En el patio interior solo vieron aparcado un Pontiac azul con una pegatina en la parte trasera en la que ponía: «Apoyad a nuestras tropas» y otra de un águila marina de cabeza blanca. Sobre un aparador de la habitación había imágenes iluminadas de Jesucristo, pero también copas de torneos deportivos y figuritas de personajes, como Battle Cat, Optimus Prime, Boba Fett, Silver Surfer, He-Man, G. I. Joe y Hulk Hogan. Francis fue a abrir la puerta del armario, pero por más que forcejeaba y tiraba de ella, no conseguía abrirla. Cuando ya estaba a punto de desvencijarla, Anne-May lo sustituyó. Sencillamente corrió la puerta hacia un lado y se lo quedó mirando un rato largo.

—¡Mira que eres bruto! —dijo sonriendo, y Grover también sonrió.

Ninguno de los dos pareció darse cuenta de lo mucho que le afectó eso. Sin decir una palabra, Francis sacó sus cosas de la maleta y se tumbó encima de la cama, y cuando alguien le preguntaba algo, solo contestaba con monosílabos.

Los otros se dispusieron a buscar un bar.

—¿Te vienes?

—No —dijo Francis, aduciendo que le dolía la cabeza, cosa que era mentira.

No intentaron convencerlo. Por la ventana vio cómo los dos recorrían la única calle y desaparecían en la oscuridad.

A solas en la habitación del hotel, Francis dio una patada a la pared. Aún le quedaban más de cuatro mil dólares y allí estaba, en medio de la nada. Para distraerse de la pena y de la congoja, releyó un artículo acerca de Warren P. Monroe, el fundador del banco de semen de los genios.

Monroe se hizo multimillonario como contratista y especulador en Bolsa; pronto llegó a adquirir un imperio de clínicas, fábricas y canales de televisión. Sin embargo, su ocupación principal sigue siendo la investigación genética. Ya se ha hecho famosa la frase que Monroe le dijo en una ocasión a un periodista: «En GENial está ya incluida la palabra gen». Como a tantos visionarios antes que a él, a Monroe le irrita la idea de haber sido traído a este mundo y no poder ser él mismo el creador. Finalmente, en 1962 se produjo un encuentro muy productivo. En el simposio de la Fundación Ciba de Londres conoció al que más tarde sería su socio, el doctor austríaco Friedrich von Waldenfels, especializado en eugenesia. A partir de entonces fue solo cuestión de tiempo que decidieran criar a una nueva élite genética. A principios de los años ochenta pusieron en marcha su proyecto. Juntos iniciaron un experimento que les depararía el reconocimiento internacional.

Y él mismo era parte de ese proyecto. Cuanto más lo pensaba, más delirante le parecía todo. Apartó el artículo y se sentó fuera en un banco, delante del aparcamiento. Al poco rato, se le acercó la dueña del hotel. Se llamaba Janis y ya le había sonreído antes, cuando se estaban inscribiendo. Era guapa y, para ser una mujer, relativamente alta; mediría uno ochenta y llevaba el pelo rubio cortado a lo chico. Vestía un pantalón blanco y una blusa de color violeta.

—No parecemos muy contentos, ¿eh? ¿Va todo bien? —le preguntó con mucho acento sureño, y se sentó a su lado.

Le ofreció un cigarrillo y le pasó su encendedor.

Francis dio una calada y le contó que estaba buscando a su padre y, tras dudarlo un momento, también todo lo demás. Al contárselo se dio cuenta de que su padre era un auténtico exalumno de Harvard, mientras que a Ryan no lo habían aceptado en esa universidad.

Cuando Francis mencionó el banco de semen de los genios, Janis meneó la cabeza.

—Eso es una locura, como en la película *Gattaca* —dijo—. Como les dé por empezar a clonar. —Se quedó mirándolo y se echó a reír—. Menos mal que no está aquí mi abuela. Es muy religiosa, una cuáquera. Lo más probable es que te considerara un pobre hombre abandonado por Dios.

Aunque esa frase le hizo daño, Francis disimuló.

Compraron algo para beber en la gasolinera de al lado. Brindaron en un sofá del vestíbulo. Janis le contó que en realidad era de Houston y que regentaba el hotel con su marido, quien tenía un segundo trabajo en Denver y aparecía poco por allí.

—Aquí me muero de aburrimiento —dijo, mirándose las uñas pintadas de rojo.

Por alguna razón, a Francis cada vez le iba cayendo mejor. Janis no tendría ni diez años más que él, como mucho veintiocho, y había acabado allí, encallada en la nada. Su futuro parecía árido, solitario, consolidado. Entendía perfectamente cómo se sentía.

Siguieron bebiendo y contándose historias; ella, de su infancia en Houston y él, de la suya en Jersey City. Francis confesó que de pequeño creía que su madre era inmensamente rica porque cada vez que necesitaba dinero lo sacaba del cajero automático. Se echaron a reír hasta que Janis se apoyó en él. Finalmente Francis, en su borrachera, creyó que la deseaba.

—¿Cuántos años tienes? —preguntó ella.

Sin responder, Francis se inclinó sobre ella para besarla, pero al instante se arrepintió. Cuando sus labios rozaron la boca de la mujer, que le devolvió el beso, se sintió como falso. Y se levantó.

—Lo siento —dijo, saliendo del vestíbulo—. Lo siento de veras.

No se atrevió a volver la vista.

Siguió bebiendo en su habitación. Al ver las copas de los torneos encima del aparador, se acordó de su entrenador de lucha, Brown. Oliver Brown era un hombre de cierta edad que solía entrenarlo a él solo a la salida del colegio y lo llevaba a los torneos. Hasta que, hacía dos años, en una competición interregional, Francis llegó sin demasiado esfuerzo a la final. A su madre entonces las cosas no le iban bien, quizá por su culpa.

—Ya verás, ahora recogeremos el fruto de nuestro trabajo —le dijo el entrenador Brown.

Troy Saunders, su rival en el último combate, era uno de esos campeones convencidos contra los que siempre perdía. Francis dio lo mejor de sí mismo, pero Saunders iba ganando un punto tras otro.

—¡Es más débil que tú, Dean! —vociferó Brown—. ¡Pero si sigues así, te acabará machacando!

De nuevo su rival lo mandó a la lona. Se había defendido, pero una mirada a los ojos serenos y resueltos de Troy Saunders había bastado para vencer su resistencia. Esos ojos le habían dicho: «Déjalo; no tiene sentido», y él se lo había creído. Aún oyó algunos gritos de su entrenador, pero luego se dio por vencido.

Más tarde, tras el homenaje a los vencedores, se hallaba sentado él solo en el banco de madera de los vestuarios con la medalla del segundo puesto colgada del cuello. Su entrenador se sentó a su lado y permanecieron un rato callados.

—Por lo menos he llegado a la final —dijo Francis jugando con la medalla—. Está bastante bien —añadió, como si tuviera que animar a su entrenador.

Brown se limitó a negar con la cabeza.

—No, no lo está —dijo—. Haber estado a punto de ganar es lo que más duele. Para eso, mejor que te hubieran eliminado en la primera ronda. Pero llegar tan lejos y luego perderlo todo poco antes de llegar a la meta, eso es lo peor, créeme.

Luego dejaron de hablar, y al poco tiempo Francis simuló la lesión en la rodilla y abandonó la lucha.

Oyó pasos. Fuera había alguien. Por un momento, Francis pensó que los otros dos ya volvían, pero eran los huéspedes de la habitación de al lado. Sus amigos, en cambio, aún seguían por ahí. Anne-May y Grover, Grover y Anne-May. Dio un trago y se imaginó que estarían riéndose de él y que solo lo veían como un tipo zanquilargo que podía darse con un canto en los dientes si era capaz de sostener un libro del derecho. Pensó en Ryan y en sus anteriores amigos de Jersey City, que lo habían abandonado. Todos eran iguales.

Francis miró la lata vacía que tenía en la mano y apuntó a la papelera del baño. Notó lo borracho que estaba, pero para su sorpresa acertó de lleno. La lata salió volando por la habitación hasta llegar al baño, donde, con un asombroso *¡flop!*, fue a parar a la papelera de plástico.

—Bieeeen —dijo en voz baja, mientras abría la siguiente cerveza.

A la media hora llegaron Anne-May y Grover. Le traían chuches de la gasolinera.

—Bueno, ¿qué has hecho? —le preguntó Anne-May.

Francis fue dando tumbos hacia ella.

—Eres un pendón y una embustera —balbució; le costaba trabajo mantenerse derecho—. Tanto palique como me dabas en la clínica diciendo que te gustaba. Solo has estado jugando conmigo, y en cuanto sales de la clínica te pones a besar a este idiota. ¿Sabes lo chungo que es eso?

—Estás pedo —dijo Anne-May—. Deja de hablarme de esa manera. Además, yo nunca te he prometido nada.

—¿Se puede saber qué te pasa? —preguntó Grover como si la cosa no fuera con él.

En ese momento, Francis lo agarró por la camiseta y lo empotró con tal fuerza contra el estante de las copas y las figuritas, que todas se cayeron al suelo.

—¡Traidor! —gruñó—. ¿Creías que no me iba a enterar de que te vas a largar después del instituto? ¡He visto lo de Yale!

Grover se incorporó.

—Quería decírtelo, Francis. Creí que estaba claro que pensaba estudiar una carrera.

Sin hacerle ni caso, Francis miró a Anne-May.

—Llevo casi cinco años con este perdedor colgado del cuello. Y ahora el tío se larga y me deja plantado. Pero ¿sabes una cosa? No me importa. Estaba hasta los cojones de aguantar esas cenas tan repugnantemente armoniosas en su casa.

Anne-May quiso interrumpirle, pero ya no había quien parara a Francis. Ni él mismo entendía lo que decía, pero tenía claro que esas palabras, vinieran de donde vinieran, contenían unas cuantas verdades.

—Me parece increíble que hayas besado a ese cobarde –dijo–. Grover no se atreve nunca jamás a hacer nada. Al principio, ni siquiera quería acompañarme en este viaje, sino que prefería encerrarse en el sótano de su casa. Grover no cambiará nunca. Aunque acabe teniendo dinero y casándose, siempre seguirá siendo una rata mezquina y deplorable, un mísero y…

De pronto recibió un bofetón. Sorprendido, Francis se llevó la mano a la mejilla y miró a Grover, que esperaba una reacción. Temblaba ligeramente y parecía tener miedo de que le dieran una paliza por la bofetada. Pero Francis estaba tan asustado que no hizo nada.

Anne-May quiso zanjar de nuevo la disputa, pero Francis la apartó.

—¡No me toques! –dijo–. Tú eres igual de falsa que él. A lo mejor os creéis los dos mucho mejores porque pronto os largaréis de Claymont. Pero eso me da igual; de todos modos no os necesito. ¡OS ODIO!

Se hizo el silencio. Francis volvió a tocarse la mejilla y luego salió de la habitación sin volverse.

5

Era por la tarde cuando Francis se despertó con la cabeza a punto de estallarle. ¿Cómo había vuelto a la habitación del hotel? Solo recordaba haber recorrido el aparcamiento haciendo eses y haber vomitado en un arbusto.

Se arrastró hasta el baño y, durante minuto y medio, orinó un pis de color amarillo neón. Le llamó la atención que no estuvieran ni Anne-May ni Grover. Se vistió y salió a tomar el aire.

El Chevy aún seguía allí. Sin mirar a derecha ni a izquierda, se dirigió a la gasolinera, que estaba a unos doscientos metros. Su desayuno consistió en unos *twinkies,* una especie de bizcocho relleno, y analgésicos para el dolor de cabeza. Luego se puso a buscar a Anne-May y a Grover, que no podían andar muy lejos. Hacía calor, la calle estaba flanqueada de arbustos y de cactus; a lo lejos se alzaban unas montañas rojizas. En su camino a trotecitos hasta el pueblo vecino, lo persiguieron, primero, un par de perros y luego cinco o seis. Se pusieron a ladrarle armando un barullo tremendo. Al principio, Francis aceleró el paso, pero luego se detuvo y gritó a la jauría de perros:

—¡Desapareced, bichos asquerosos!

Al cabo de tres kilómetros escasos llegó a un pueblo medio derruido. La pintura de las fachadas estaba desconchada, en la mayor parte de los escaparates se veían tablas clavadas; solo seguían abiertos algunos restaurantes y la gasolinera. En uno de ellos encontró a Anne-May y a Grover. Estaban sentados en una crepería tomando gofres con caramelo. Al verlo, los dos miraron al suelo.

—¡Qué hay! —dijo Francis, pero ninguno le respondió. Se sentó con ellos a la mesa—. No sé lo que me pasó ayer ni por qué os dije todo eso. No quería decir eso.

Grover seguía sin mirarlo.

—Sí querías; eso es exactamente lo que querías decirnos. Al menos reconoce que dijiste la verdad.

Francis asintió con gesto de abatimiento.

—Vale; era la verdad. A veces pienso cosas así. Pero eso es solo una parte. Porque por otra parte eres mi mejor amigo y no quería atacarte de ese modo. Si puedo reparar el daño, decidme cómo y lo haré.

Como ninguno de los dos reaccionaba, Francis se quedó escuchando un rato las canciones de Nancy Sinatra y Fats Domino que atronaban desde la gramola del rincón. Por un momento pensó en su madre; esa era su música.

—No espero que me perdonéis —dijo Francis—. Solo digo que lo siento mucho.

Siguieron sin contestar. Cuando terminaron de comer los gofres, pagaron y regresaron al hotel. Sin decir una palabra guardaron sus cosas y continuaron el viaje. Francis vio por el espejo retrovisor cómo Janis se los quedaba mirando con cara de amargura.

Como Grover estaba empeñado en fotografiar el Gran Cañón se desviaron hacia el Parque Nacional. El barranco abarcaba varios cientos de kilómetros; allí dentro cabrían unas cuantas ciudades grandes y todavía sobraría sitio. Francis lanzó de un puntapié una piedra al fondo del abismo. Aunque hubiera preferido ir directo a Las Vegas, disfrutó del panorama. A su lado había turistas extranjeros y un grupo de Michigan. El viento azotaba con tanta fuerza que a un chico le voló la gorra de la cabeza. Luego, por si fuera poco, empezó a llover. Casi todos los turistas sacaban fotos, pero ninguno tantas como Grover. Fotografiaba cada matojo, cada roca.

—¿Veis eso? —preguntó finalmente.

Miraron hacia un pequeño saliente de roca. Tras él había una profundidad de cientos de metros. Pero a dos o tres metros de distancia sobresalía otra estrecha plataforma de piedra rojiza.

—Desde el saliente quizá se pueda saltar a la plataforma rocosa —dijo Grover—. Desde allí seguro que se pueden sacar unas fotos estupendas.

—¿Estás loco? —le dijo Anne-May—. ¿Y si no caes en la plataforma? Entonces te precipitas al vacío y te matas.

—No digas locuras —le dijo también Francis—. No lo conseguirás. Está demasiado lejos.

—¡No me digas lo que puedo o no puedo conseguir! —dijo Grover.

Y echó a correr hacia el saliente. Cuando miró hacia abajo desde allí, le entró miedo. Pero la roca a la que quería saltar estaba a pocos metros de distancia. En medio, el precipicio. Los otros gritaron intentando detenerlo.

Francis lo agarró por los hombros. Grover se zafó de él.

—¡Déjame! ¡Has dicho que nunca me atrevo a nada, ¿no?! ¡Pues ahora verás!

—Maldita sea, ¿por eso quieres matarte, o qué?

—A ti qué más te da.

Era inútil. No se podía hablar con él. A su espalda se habían congregado unas cuantas personas; habían oído que Grover quería saltar y se quedaron mirando. Francis vio que algunos sacaban las cámaras y los móviles. A lo mejor podían fotografiar al loco que quería lanzarse a la muerte.

Anne-May puso su mano sobre la de Grover. Intentó disuadirlo, pero seguía en sus trece. Era como si quisiera demostrarse a sí mismo, y sobre todo a ella, que de cobarde no tenía nada. Francis notó que Grover, de puro miedo, tenía lágrimas en los ojos, pero ya no podía dar marcha atrás, con tanta gente a su alrededor. Anne-May lo abrazó. Grover se toqueteó las gafas, se colgó la cámara y retrocedió unos pasos para tomar impulso. Francis no sabía qué hacer. En ese momento se dio cuenta de lo mucho que había tenido que sufrir Grover todos esos años. Por las humillaciones de los otros, por su propia cobardía.

Le gritó:

—¡Lo conseguirás!

Grover se volvió un instante hacia él y echó a correr. Francis oyó el murmullo de la gente y vio con el rabillo del ojo cómo un par de turistas lo grababan todo. Y luego pasó lo inevitable. Grover corrió, pero estaba nervioso, no se lo veía ágil, y el suelo mojado por la lluvia estaba resbaladizo. Poco antes del final del saliente casi se detuvo por el pánico, pero al mismo tiempo saltó. Francis vio enseguida que no iba a llegar. Grover había tomado poca carrerilla y no debería haber frenado antes del salto. La gente pegó un grito al darse cuenta de que la cosa no saldría bien.

En el aire, Grover meneó los brazos e hizo todo lo posible por alcanzar la plataforma rocosa, pero no lo consiguió. Se quedó corto, resbaló y se precipitó al vacío. Francis cerró los ojos.

Cuando los volvió a abrir, Grover todavía no había saltado. Durante su breve visión terrorífica, Francis había roto a sudar.

Cuando Grover por fin saltó, no pudo mirar. El corazón se le paralizó un momento.

La gente empezó a aplaudir. Grover había aterrizado en la plataforma de roca. Al principio se quedó como aturdido; luego levantó la cámara y la gente lo vitoreó aún más. Hizo unas cuantas fotos, seguramente con las manos temblorosas, antes de saltar de nuevo hacia el saliente, junto a los demás. El salto fue un poco justo porque esta vez había tenido menos sitio para tomar impulso, pero lo consiguió. Todo el mundo se arremolinó a su alrededor, le sacaron fotos o se fotografiaron con él. Al principio parecía eufórico, pero luego se fue quedando cada vez más callado.

Por fin, se quedaron los tres solos y volvieron al coche. Aunque todo había salido bien, estaban hechos polvo. Cuanto más pensaba en la absurda hazaña de Grover, más culpable se sentía Francis. Se montaron en el Chevy; solo faltaban unas horas para llegar a Las Vegas. Francis sacó el dinero del sobre y volvió a contar los billetes. Esa noche jugaría y tenía que ganar a la fuerza. Cuando dejaron atrás el Gran Cañón, sintió que se apoderaba de él una tensión febril. De camino, desaparecieron los últimos rayos del sol y empezó a oscurecer. Hacía frío.

Las Vegas

1

En Nevada pararon en un área de servicio para camiones. El aire estaba impregnado de olor a carne a la brasa. Ante la entrada había aparcado un coche patrulla de la autopista. Tomaron bistecs con patatas fritas. Luego continuaron el viaje por el desierto. El cielo estaba negro, y tras una cuesta muy empinada llegaron a una loma. De repente vieron un gigantesco mar de luces. Debajo, en el valle, estaba Las Vegas, y Francis sintió que todo le vibraba, una sensación que no había vuelto a tener desde el sueño.

Ocuparon una habitación en el centro de la ciudad. Anne-May se cambió de ropa en el baño. Cuando salió llevaba un vestido verde oscuro, sin mangas y con la espalda al aire. Estaba guapísima.

—Es de Chicago —dijo.

—Te sienta fenomenal —dijo Francis, y por primera vez desde hacía tiempo ella le sonrió.

Grover, en cambio, se puso a ver la tele; echaban los principales clásicos de la historia de las camionetas monstruo: Grave Digger contra Bigfoot. En el siguiente canal daban las noticias regionales. Grover iba a seguir haciendo *zapping,* cuando el locutor del telediario dijo:

«Y ahora otra cosa que nos ha enviado un telespectador. Un joven valiente ha tenido hoy en vilo a varias personas en el Gran Cañón al intentar…»

Mientras el locutor leía el texto, se veían imágenes movidas, tomadas con cámaras de mano, de cómo Grover saltaba desde la roca y era aplaudido por los curiosos al aterrizar en la plataforma. Francis se quedó petrificado. Aquello solo podía describirse como condenadamente genial.

Mientras el Grover de la televisión levantaba el puño, el de la habitación del hotel ponía cara de estar contemplando su propia muerte. Probablemente, hasta ese momento no se dio cuenta de lo peligroso que era el salto. Luego, cuando vio que en la tele la gente aplaudía y las chicas querían sacarse fotos con él, empezó a sonreír.

—Es increíble, Francis.

Luego empezaron a salir las mismas imágenes en más canales, y los comentaristas no paraban de decir cosas como: «El demonio del Gran Cañón», o bien: «El fotógrafo más valiente del mundo». Era como esos vídeos que uno envía a los compañeros de oficina con un comentario como: «Mira, Randy, tenías que haber visto a ese tío tan zumbado del Cañón».

Para celebrar el ascenso de Grover al estrellato en los medios de comunicación, pidieron champán y cigarrillos al servicio de habitaciones. Bebieron y fumaron; hasta Grover dio unas caladas a un pitillo. Para entonces ya había visto su salto diez veces y aún seguía con ganas de más.

Al cabo de un rato, Francis los dejó solos y fue al baño. Al contemplarse en el espejo pensó en su padre, Donante James, cuyo rostro se le representó superpuesto al suyo. A lo mejor en los próximos días por fin averiguaba más cosas de él.

—¿Qué pasa? —dijo Anne-May, entrando en el baño y cerrando la puerta tras ella.

—Nada. —Francis se lavó las manos en el lavabo. Luego se volvió hacia ella—. ¿Por qué lo besaste? ¿Por qué?

Al principio, Anne-May no contestó.

—Por diferentes razones. —Hizo una pausa—. Pero sobre todo porque me daba pena.

Francis notó que se le relajaron los músculos de la cara. ¡Lo sabía!

—¿Por qué te importa tanto?

Anne-May se puso a su lado; los dos se veían en el enorme espejo del cuarto de baño.

—Te lo puedes imaginar —fue todo lo que dijo Francis.

En el espejo vio cómo los grandes ojos oscuros de Anne-May empezaban a pestañear inquietos, como siempre que se sentía insegura.

A Francis ese momento le pareció irreal. Se preguntó si al cabo de veinte años aún recordaría haber estado en ese baño con Anne-May. ¿Qué pasaría con todos esos breves instantes cuando él ya no existiera? Recordó cuando, en el pabellón de gimnasia de Jersey City, con la atmósfera cargada, venció a Adam Landis, el campeón juvenil de lucha, y el abrazo que le dieron luego su madre y Ryan, y que estuvo a punto de reventar de lo orgulloso que se sentía. O lo nervioso que se puso antes de dar su primer beso, que hasta le entró la risa, y el increíble sentimiento de felicidad con el que se fue corriendo a casa para contárselo a todos. ¿Qué sería de esos pequeños momentos, pero tan importantes para él? Nadie conocía sus pensamientos ni sus recuerdos. Cuando él muriera, se olvidarían, y al cabo de unas cuantas vueltas de la Tierra sería como si nunca hubieran existido. Todo se perdería volando por el universo.

—Hace dos meses me encontré con Tony Gould —dijo—. Es un viejo conocido de mi madre. Trabaja en la construcción y me dijo que me daría trabajo en caso de que dejara los estudios. Luego, al llegar a casa, decidí aceptarlo porque necesitamos el dinero y porque no valgo para otra cosa. Pero el otro día, cuando estábamos sentados junto al río Misuri, entonces… —Meneó la cabeza—. Sé que parece una tontería, pero me pregunté si realmente no habría algo mejor para mí.

Esperó a que Anne-May dijera algo, pero permaneció callada.

—Hasta hace poco —continuó— creía que lo mejor era tomárselo todo con humor y no dar tanta importancia a las cosas. —Se interrumpió brevemente—. Pero eso es un error porque llega un momento en que la cosa deja de tener gracia y a uno no le queda más remedio que tomarse la vida en serio.

Francis dio la espalda al espejo y miró a Anne-May directamente a los ojos. Nunca se le había dado bien hablar, pero esta vez había dicho exactamente lo que sentía.

Ella desvió la mirada.

—A veces creo que más adelante me gustaría tener un hijo o una hija —dijo Anne-May—. Pero luego pienso que no me gustaría hacerle nada malo. Quizá la humanidad sencillamente sea mala, o quizá, pese a todas las cosas buenas, al final siempre ocurra algo negativo. Me refiero a que siempre habrá guerras, y hambre, injusticias y mentiras. —Se rio—. Pero por otra parte, me doy cuenta de que encajo muy bien en este mundo. Soy falsa e injusta, y a lo mejor también una mala persona.

—Yo también.

—No —dijo ella—. Tú no eres malo. Te gustaría serlo, pero no lo eres.

Ahora sonrieron los dos.

—En cualquier caso, me gusta tu labio reventado —dijo él—. Te da un aire temerario.

—¿Ah, sí? —dijo ella, acariciándole el hombro antes de salir del baño.

Francis se apoyó en el lavabo y pensó en que enseguida iría a jugar. Buscó seguridad en su rostro, pero no la halló.

2

Cuando se pusieron en camino hacia el casino del MGM Grand, fuera todavía hacía más de treinta grados. Como Anne-May iba delante, Francis veía las perlas de sudor que se le formaban en la espalda desnuda. Todo eran luces que vibraban y parpadeaban como para atraer su atención. Al borde de la calle había ventiladores y personajes dudosos que los invitaban a entrar en los clubes nocturnos. Al fondo, una montaña rusa recorría a toda velocidad una reproducción en miniatura de Nueva York. Casi todos los turistas fotografiaban los edificios espectacularmente iluminados: unos con forma de pirámide y otros del Taj Mahal. El fotógrafo más valiente del mundo también sacaba fotos, y ocurrió lo increíble: reconocieron a Grover.

—Eh, ¿no has salido hoy en la tele? —le preguntaron tres chicos de su edad, que normalmente le habrían tomado el pelo o le habrían dado empujones—. ¿Te podemos sacar una foto?

Grover asintió. Los chavales se pusieron a su lado; aunque Grover intentaba parecer imperturbable, para la foto alzó los dos pulgares.

Llegaron a un cruce. Francis quiso atravesar la calle con el semáforo en rojo, pero, aunque no había tráfico, Anne-May lo retuvo sujetándolo por el brazo.

—¡Maldita sea! —dijo él—. ¿Qué haces?

—¿Estás loco? —Parecía irritada—. No puedes cruzar la calle a la carrera sin más. ¿Y si de repente aparece un coche?

Él la miró pasmado.

—¿Se puede saber qué mosca te ha picado?

Anne-May no contestó. El semáforo se puso en verde y ella fue la primera en cruzar. Francis y Grover cambiaron una mirada interrogativa y la siguieron.

En el vestíbulo del MGM había un león dorado. Cuando entraron en el casino, el barullo casi los echa para atrás. De todas partes les llegaban distintas melodías, tintineos, voces atronadoras. Cientos de pantallas lanzaban destellos. Mucha gente recorría la sala sin rumbo fijo, otros jugaban a las máquinas tragaperras o se arremolinaban en torno a las mesas en las que se jugaba al Black Jack, al póquer y a los dados. Francis observó cómo una mujer ganaba al «Bandido de un solo brazo», recogía impertérrita el dinero y seguía jugando con lo ganado.

—Es allí al fondo —dijo, llevando a los otros dos a la siguiente sala.

En las mesas de la ruleta había tanteadores en los que parpadeaban números rojos y negros y, a veces, también el cero verde. ¡Al fin!, pensó Francis. Allí en cada ronda tenía casi el cincuenta por ciento de probabilidades de ganar, o sea, mucho más que en la vida real. Fue a cambiar dinero. De los cuatro mil dólares que le quedaban cambió dos mil en fichas. El resto lo necesitaba para el viaje y para pagar, como mínimo, una parte de las deudas de su madre. Le salió al encuentro un

121

hombre vestido con un pantalón negro, una chaqueta de color azul marino y una camisa azul clara, el uniforme de los empleados del casino. Francis le preguntó por la apuesta más alta de la ruleta.

—Normalmente, mil dólares.

—¿A qué se refiere con normalmente?

El empleado se lo quedó mirando un rato largo.

—Allí enfrente hay mesas especiales en las que se puede apostar hasta cien mil dólares —dijo finalmente.

—¿Y si se quiere jugar con más dinero todavía?

El empleado meneó la cabeza con gesto divertido y luego señaló el primer piso. Tras unas ventanas opacas, al parecer, había otras mesas de ruleta en las que se podía apostar cantidades de siete dígitos. Pero la apuesta mínima era de cien mil dólares.

Para empezar, Francis se acercó a una mesa con apuestas más al alcance de su bolsillo. A diferencia de la ruleta normal, en torno a la que se arremolinaban turistas, tipos harapientos con sombreros tejanos o amas de casa, en esta solo había gente con trajes caros hechos a medida o vestidos de noche. Francis en cambio llevaba zapatillas blancas, pantalón vaquero y una camiseta oscura. El casino no estaba caldeado; Francis tenía frío. Como no quedaba ningún sitio libre, se puso a observar el juego. Vio cómo una mujer se mordía las uñas, mientras otra ponía tranquilamente sus fichas en los recuadros del tapete. En el momento en que la bola caía en una casilla, el campo de juego se dividía entre ganadores y perdedores. Algunos apostaban ocho mil a un solo número, perdían y, sin pestañear, volvían a apostar otros ocho mil. Otros ganaban setenta mil y dejaban las fichas en el recuadro, como si la cosa no fuera con ellos. Esos locos parecían ignorar lo que era el dinero.

Cuando se desocupó un sitio, Francis se sentó. El crupier quiso ver su carné de identidad, que examinó.

—La apuesta mínima son mil dólares —dijo finalmente.

Francis hizo un gesto de asentimiento. Notaba las miradas de los demás, sobre todo las de las jugadoras. Casi todas eran mayorcitas, iban muy maquilladas y tenían la cara rígida por el bótox. Se sintió incómodo, pero a su lado, de pie, estaba Anne-May; con diferencia, la criatura femenina más hermosa de la sala. Pese a los *piercings,* resplandecía en medio de esos *gremlins* y sus rollizos cuerpos embutidos en trajes de diez mil dólares. Su vecino Toby solía decir que si tienes una novia guapa, te puedes permitir cualquier cosa y ser el mayor friki. Con una mujer como Anne-May al lado se podía conquistar el mundo.

Grover se mantuvo aparte. Había comprado una cocacola y se la estaba tomando, como siempre, con una pajita. Francis puso sobre la mesa sus dos fichas, cada una por un valor de mil dólares. Los demás jugadores lo miraron con regocijo; uno de ellos acababa de perder treinta mil. Francis notaba el rechazo que causaba. En ese momento, Anne-May se inclinó hacia él. Por primera vez sintió sus labios en la boca.

—¡Machácalos! —dijo ella.

Francis no fue del todo consciente de lo que pasó luego. Estaba como en un túnel, ya solo veía el parpadeo del tanteador. El crupier pidió que hicieran sus apuestas. Sin pensárselo demasiado, Francis apostó mil al rojo. La bola dio vueltas. Mientras los crupieres de las otras mesas se limitaban a hacer un movimiento con la mano, el de su mesa dijo:

—*Rien ne va plus!*

Solo entonces Francis se dio cuenta de lo que hacía, y se asustó. ¡Había apostado mil dólares! Pensó en las reclamaciones del pago de la caravana y en las facturas del teléfono sin pagar, mientras veía cómo la bola daba vueltas en la rueda, cada vez más despacio, hasta que iba a parar a la casilla número diez. Negro.

—¡Oh, no! —dijo Anne-May.

Los mil primeros habían desaparecido. Pero eso no podía ser. Había soñado que ganaría. Francis apostó los otros mil. Otra vez al rojo, por obcecación. El disco de la ruleta se puso en movimiento. El crupier lanzó la bola al plato con efecto y en dirección contraria al giro; luego, todos se quedaron esperando en tensión.

—*Rien ne va plus!*

La bola iba cada vez más despacio hasta que se detuvo en la casilla del veintidós. Otra vez había perdido. Francis oyó gritar a un hombre que había apostado cinco mil a ese número y había ganado una fortuna.

—No puede ser —murmuró Francis—. Sencillamente no puede ser.

Se le nubló la vista. Abandonó la mesa. Pero no para regresar al hotel, sino que salió disparado a la caja para cambiar otros dos mil por fichas. ¡Aquello no podía quedar así!

Anne-May fue tras él y le tiró de la camiseta.

—¡Déjalo ya! —le dijo—. Necesitas el dinero. Es todo cuanto tienes y vas a perderlo.

—Tengo que hacerlo. Voy a ganar.

—¿Sabes las pocas posibilidades que tienes?

Francis se detuvo.

—¡ME CAGO EN MIS POSIBILIDADES! —gritó de repente, asombrándose él mismo de cómo había subido la voz—. ¿A qué te refieres con mis posibilidades? ¿A que mi madre se cure, a que encuentre a mi padre y me quiera o a que no sea un puto fracasado?

—Esto es una locura —se limitó a decir Anne-May, mientras él cambiaba el dinero.

Regresó a la mesa de juego y apostó la primera ficha al negro. Le temblaba la mano.

Salió rojo.

Francis no hizo caso de algo que le dijo Grover. Solo le quedaban mil dólares, una única ficha de color violeta. Ya no sabía qué hacer. En su sueño apostaba varias veces, unas al rojo y otras al negro, y siempre acertaba. Al final, en el sueño quería apostarlo todo a un color, pero no sabía a cuál. Entonces veía recorrer el casino a un tipo con un mono azul que le hacía una seña con la mano. A continuación apostaba todo a un color y ganaba.

Pero por allí no había ningún tipo vestido con un mono azul. Por fin Francis decidió probar otra clase de suerte.

—¿Cuál es tu número favorito? —le preguntó a Anne-May.

—El trece. ¿Por qué? —Luego cayó en la cuenta y miró la mesa—. El trece es negro. ¡Apuesta al negro!

Francis depositó la última ficha en el tapete verde. En realidad ya no tenía ninguna esperanza. Se imaginaba perdiendo y retirándose después de la mesa. Cuando por fin salió el negro, Anne-May le dio un codazo, pero él apenas se alegró. Se mordió las uñas y siguió jugando sin decir una palabra. A partir de entonces ya solo apostó al negro, unas veces una ficha, y otras veces cuatro mil. Salvo en una ocasión, ganó siempre.

Luego todo sucedió tan aprisa, que a duras penas se daba cuenta de lo que pasaba. Tan pronto tenía diez mil como solo siete mil. Luego doce mil y, finalmente, dieciocho mil. Francis no sabía cuándo ni cómo había sucedido eso. Pero tenía claro que estaba en racha, y quiso aprovecharla. Así que apostó de una sola vez los dieciocho mil. Anne-May murmuró que no podía mirar.

Entonces pasó algo curioso. Una mujer mayor con un vestido de color púrpura y un chal de seda alrededor del cuello apostó al negro. Debían de ser cincuenta mil.

—Sé que me vas a traer suerte —la oyó decir Francis desde muy lejos.

Los otros jugadores, ocho o nueve, hicieron también sus apuestas. Entonces la rueda de la ruleta empezó a girar, la bola dio vueltas por el plato, cada vez más despacio… hasta que cayó.

No voy a ganar, se le pasó a Francis por la cabeza. A su alrededor se hizo el silencio. De repente se había quedado como sordo. Al principio no entendía por qué, pero cuando Anne-May soltó un grito y se le echó al cuello, volvió a oír las voces y el barullo del casino. ¡Había ganado la increíble cantidad de treinta y seis mil dólares!

Francis se puso a bailar en torno a la mesa dando gritos de júbilo. Luego recogió las fichas y miró a su alrededor. Unos cuantos jugadores le hicieron un gesto de complicidad, y el tío de pelo negro y aspecto muy joven que estaba a su lado se dirigió a él. Le preguntó a Francis que de dónde venía y le contó que él era músico, de Lituania, y que cada dos por tres volaba a Las Vegas para jugar. Se desearon suerte mutuamente. Grover le dio un manotazo en el hombro y Anne-May dijo entusiasmada:

—¡Ay, lo tuyo es una locura!

Y él nunca había estado más contento en su vida. Contemplando las fichas, pensó en la de cosas que se podían hacer con treinta y seis mil dólares. Sobre todo ahora que Ryan ya no iba a darles nada. Le llegaba para pagar las deudas, comprarse un coche pequeño y quedarse con un remanente. Francis imaginó la cara de su madre cuando la sorprendiera con ese montón de dinero. Pero esa noche aún podía sacar más. Lo sabía. Llegaría a los cien mil, subiría al piso de los cristales oscurecidos y saldría de allí con un millón. Así ya no tendría que volver nunca a Claymont.

Todo pasó en pocos segundos. En pleno subidón de adrenalina, miró a Anne-May, que parecía sonreír, e inmediatamente apostó veinte mil a negro; colocó las fichas en ese recuadro, la bola giró y cayó en rojo.

Era como si alguien le hubiera abofeteado.

Francis meneó la cabeza y luego apostó cinco mil, otra vez a negro. Salió rojo. Otros cinco mil y tampoco acertó. ¿Por qué?, pensó. Se pasó la mano por la frente y notó un sudor frío; después apostó dos mil. Por favor, pensó. De nuevo perdió. Los otros le dijeron que se retirara, que esa era su reserva. Pero ya no podía parar. Sabía que iba a ganar.

Francis apostó dos mil y ganó. De puro alivio, dio un grito. Ahora lo recuperaría todo como antes. Pero las siguientes apuestas las perdió todas sin excepción. Al final solo le quedaban mil. Apostó a rojo y apretó el puño hasta que se le pusieron blancos los nudillos.

—No lo hagas —oyó que le decía Anne-May a su espalda—. Por favor.

—Sé que voy a acertar —dijo mirando fijamente la bolita—. Lo intuyo. ¡Vamos allá!

126

Salió negro. Perdió. Se acabó.

Le pidió prestados cincuenta dólares a Grover y, en otra mesa, apostó directamente al trece, el número favorito de Anne-May, pero salió el siete. Todo había acabado definitivamente. Francis salió dando tumbos del casino, con la cabeza llena de números destellantes.

3

Salió disparado al calor del desierto. Por el camino lo interpelaron algunos rufianes y prostitutas. Vio turistas de buen humor paseando por las calles. Hacía un par de horas, él estaba exactamente igual que ellos. Francis pensó en su padre. En su imaginación, se veía visitándolo como ganador: primero se forraría en Las Vegas y luego se presentaría ante él diciéndole: «Mira, papá, lo he conseguido yo solo, sin tu ayuda». Ahora tendría que enfrentarse a él con las manos vacías.

Pasó por una cabina telefónica y estuvo a punto de llamar a su madre. De pronto la echaba mucho de menos. Le habría gustado estar con ella, abrazarla y hablar de todo: de su viaje al Oeste, de su padre, del intento de suicidio de ella. Tenía ganas de besarla en la frente y de oírla reír de nuevo. Pero al final no la llamó.

Lo que hizo fue marcar el número del móvil de Nicky.

—Frankie, ¿dónde estás? —le preguntó este, que parecía recién levantado.

Francis respiró hondo y se sintió feliz de oír la voz de su hermano pequeño.

—Bah, por ahí. —Cerró los ojos y, por un momento, volvió a escuchar el ruido característico de la bola danzando por la ruleta—. Pero dime: ¿qué tal te va a ti?

—Muy bien —dijo Nicky, todavía con la voz adormilada—. En el examen de matemáticas de hoy he sacado la mejor nota. Y eso que no había estudiado nada.

Eso se debe a tus genes, pensó Francis. Pero entonces, ¿por qué iba él tan mal en el colegio? ¡Con ese potencial que tenía! Rápidamente le cruzó un pensamiento por la cabeza: ¿y si en realidad era un superdotado, pero hasta ahora no le había sacado provecho a su talento?

Por otra parte, le fastidiaba la idea de que todo dependiera de los genes y él no pudiera hacer nada.

A lo mejor había heredado las enfermedades psíquicas y la depresión de su madre, solo que aún no lo sabía. En tal caso, quizá le quedaran diez años hasta que de repente la oscuridad se instalara en él, como en ella. Y tal vez no había nada que pudiera hacer contra esa bomba de relojería alojada en su alma.

—Oye, Frankie. —A Nicky todavía le gustaba hacerle preguntas, como cuando dormían juntos en las literas—. ¿Soy demasiado bajito para mi edad?

—¿Cómo se te ocurre pensar una cosa así?

—En clase todos me lo dicen. Hasta Linda, la más bajita de las chicas, es un poco más alta que yo. Sí, la verdad es que soy demasiado bajo.

—Bah, tonterías. De bajito no tienes nada.

Claro que su hermano era bajito, incluso muy bajito. Además, ya empezaba a identificarse con otras personas de poca estatura. Nicky tenía en su habitación varios pósteres del actor que encarnaba a Harry Potter, otros de Frankie Muniz y también uno de Elijah Wood. Su habitación parecía un santuario de gente diminuta.

—Tienes la altura adecuada para tu edad —dijo Francis—. Y estoy seguro de que, dentro de poco, pegarás un estirón.

—¿De verdad? Eso sería guay. ¿Sabes qué? No me gustaría ser tan gigantesco como tú. Solo un poco más alto que Linda. Es tan bajita que todos la llaman ratoncito, y ahora me han empezado a llamar a mí también ratoncito.

Francis no pudo evitar una sonrisa. Se acordaba de cuando jugaba con Nicky al escondite. Nicky casi siempre se escondía en el armario del desván, y bastaba con que él se acercara al armario, para que a Nicky le entrara la risa floja. Se acordó de un día que Nicky se quedó dormido viendo la tele. Él lo llevó a la habitación, lo tumbó en la cama, lo tapó y se quedó un rato mirando a ese pequeño e inocente gnomo, emocionado de que fuera su hermano. Nicky era lo que se dice un buen chico; nunca había hecho daño a nadie. En una ocasión, Francis soñó que se dedicaba a protegerlo, como un auténtico trabajo a tiempo completo. Al despertar tuvo claro que, si tal cosa hubiera sido posible, la habría hecho sin la menor duda. Francis siempre había sabido que su vida no tendría demasiado valor. Nicky, sin embargo, saldría adelante y llegaría a ser alguien; de eso estaba seguro. Un senador tal vez. Podía imaginarse perfectamente a su hermano viviendo en una villa, aún corto de estatura, y a él viviendo también allí para cuidar día y noche de Nicky. Ese era el único trabajo que le habría hecho feliz. Podría estar siempre junto a su hermano pequeño y desempeñar un papel importante, porque lo protegería de todas las mezquindades que había tenido que soportar él.

Después de colgar, Francis recorrió lentamente el Vegas Boulevard y pasó por el hotel Bellagio, cuyas fuentes lanzaban el agua hacia el cielo como si nada hubiera sucedido. Se apoyó en la barandilla y echó la cabeza hacia atrás. Una vez más recordó la idea de Toby de que todos estaban encadenados, solo que no lo sabían. Luego encendió un cigarrillo, pero lo tiró a la mitad.

Entonces alguien se puso a su lado.

Grover y Francis se saludaron con una inclinación de cabeza, pero sin decir nada. Se quedaron observando a los turistas que pasaban junto a ellos.

—Lo siento —dijo Grover al cabo de un rato—. Estaba seguro de que ibas a ganar.

—Vale, no pasa nada. ¿Dónde está Anne-May?

—En la habitación.

De nuevo guardaron silencio. En la esquina de una calle, un hombre tocaba la guitarra y cantaba una canción de Bob

Dylan. «The Lonesome Death of Hattie Carroll.» Francis no supo por qué, pero esa dichosa canción lo puso triste. Necesitaba animarse urgentemente.

—¿Me puedes prestar otros cincuenta dólares?

—Claro que sí. ¿Para qué, Francis?

A los pocos minutos entraron en un garito de una bocacalle, el Acropolis. Nadie les pidió la documentación. Dentro había poco ambiente; aparte de un anciano sentado en un rincón, ellos eran los únicos clientes. Ante ellos, en un escenario, una *stripper* morena bailaba con desgana alrededor de una barra vertical. Pidieron dos cervezas y vieron cómo la mujer se quitaba el sujetador. Francis se aburrió enseguida.

—¿Sigues cabreado conmigo?

Grover, que aún miraba embelesado a la *stripper,* se volvió hacia él.

—¿Por qué?

—Por lo que dije ayer de ti. Sencillamente estaba celoso. No me lo tomes en cuenta, ¿vale?

Grover se encogió de hombros, mientras la mujer reanudaba la danza en torno a la barra.

—Pero tenías razón —dijo. Se quitó las gafas y las limpió con un pañuelo—. Soy un perdedor. Siempre lo he sabido. No creas que no sé que todos se ríen de mí. Pero ¿qué le voy a hacer? No puedo odiar la vida solo porque haya salido feo y más bien cobarde. Me gustaría ser como los demás, pero es que no puedo. —Se volvió a poner las gafas—. Creía que al menos tú me entendías, Francis. Creía de verdad que éramos amigos.

—¿Significa eso que ya no lo somos?

Grover no contestó. Ambos bebieron de sus botellas de cerveza y se pusieron a mirar otra vez a la mujer, que, con cara de aburrimiento, se abría de piernas sobre la barra.

Justo cuando ya se iban, se les acercaron otras *strippers* cuyo atuendo consistía en braguitas, liguero y sostén.

—Danza privada —dijeron, mientras se llevaban a Grover y a Francis a un reservado.

Apenas pudieron ofrecer resistencia, pero a decir verdad, tampoco querían. Francis tuvo mala suerte porque a él le había echado el ojo la *stripper* más vieja; tendría más de cuarenta años y no era precisamente deslumbrante. Una vez que lo arrastró hasta una cabina, se quitó el sujetador y se puso a bailar a su alrededor. Tenía dientes de conejo y un cuerpo flaco y nervudo con unos pechos pequeños; seguramente tomaba drogas, vaya usted a saber. Por último, quiso frotarse contra su regazo, pero él la apartó y se puso de pie, confiando en que Grover hubiera tenido más suerte.

En esto, oyó gritos.

Salió de la cabina. En la habitación de al lado descubrió a Grover rodeado de un racimo de *strippers* que charlaban con él y lo aplaudían. Al principio Francis no entendía nada, pero luego cayó en la cuenta de que algunas debían de haber visto por la tele el salto de Grover en el Gran Cañón.

Francis le susurró al oído a una *stripper* rubia que Grover todavía era virgen y que a ver si podía hacer algo por él. Ella le dijo que eran *strippers,* no putas. Francis sospechó que eso no era del todo cierto y le insistió para convencerla de la urgencia de su petición. Entonces ella lo comentó con varias compañeras y, por fin, una de las *strippers* se declaró dispuesta. Era la morena que antes había bailado en la barra. Dijo que lo haría por setenta dólares.

Francis sacó del bolsillo cuarenta y seis dólares en billetes y algo de calderilla.

—Esto es todo lo que tengo. Por favor.

La chica dijo con un suspiro:

—Bueno, vale.

Se guardó el dinero, agarró a Grover de la camiseta, se metió con él en una cabina y cerró la puerta. Francis se fumó un Chesterfield mientras meneaba la cabeza por lo absurdo de la situación. Decidió no contárselo bajo ningún concepto a Anne-May. Al cabo de dos o tres minutos oyó jadear a la mujer. Todos lo oyeron.

—¿No decías que no lo había hecho nunca? —le dijo la *stripper* rubia.

Francis pensó en el imponente miembro de Grover e intuyó que hasta para una profesional tenía que suponer un reto. A todo esto, ya llevaban esperando un cuarto de hora. Entonces Grover también empezó a gemir. Él y la bailarina se alternaban en los jadeos. Ella lanzaba grititos agudos, a los que él respondía con una especie de bramidos, hasta que al final los dos jadearon al mismo tiempo. Una de las *strippers* estuvo a punto de caerse al suelo de la risa que le entró. Francis, algo abochornado, se puso a jugar con el encendedor.

Por fin se abrió la puerta de la cabina. Primero salió la chica; parecía tan agotada como si hubiera hecho una marcha de cuatro horas por el desierto. Luego salió Grover con la mirada ausente y la cara enrojecida. Francis le hizo una seña con la cabeza y, en silencio, regresaron al hotel.

Antes de entrar se detuvieron a charlar un poco. Unas veces le entraba la risa a Grover y otras a Francis. A ninguno de los dos se le daba demasiado bien hablar de sus sentimientos, pero no les apetecía subir a la habitación sin haberlo comentado todo antes, aunque fuera de pasada.

De repente Grover le golpeó el hombro.

—Esto del viaje ha sido una idea estupenda —dijo, radiante de alegría.

Francis hizo un gesto de quitarle importancia al asunto, pero en el fondo se sentía feliz.

—Qué va.

—Que sí, en serio. Te agradezco que me convencieras para acompañarte. —Se puso a menear los brazos—. Figúrate, aquí en Las Vegas, y esa mujer con la que acabo de… Y todo el viaje… qué locura más fantástica. Es todo tan…

Buscó palabras, pero no las encontró. Al final, se acercó a Francis y simplemente le dio un abrazo.

Francis estuvo a punto de emocionarse.

—¿Qué pasa? ¿Se te ha ido la olla o qué? —le preguntó.

Luego oyó la carcajada de Grover y él también se echó a reír, mientras pensaba en que nunca se habían abrazado hasta entonces. Le dio una palmada a Grover en la espalda y quiso decirle lo contento que estaba de que lo hubiera acompañado en ese viaje y que, pasara lo que pasara, seguirían siendo amigos, pero ese tipo de confesiones le resultaban un tanto difíciles.

—Bueno, rey de los chochitos —se limitó a decir—, subamos a la habitación.

San Francisco

1

En el Valle de la Muerte hacía cincuenta grados, y el Chevy no disponía de aire acondicionado. Francis tenía la boca reseca. El horizonte reverberaba por el calor. Vio que Anne-May se apartaba de la cara unos cuantos mechones húmedos, y se fijó en que Grover, mientras conducía, siempre llevaba, incluso en ese momento, una sonrisa en los labios. Aunque solo estaba permitido ir, como mucho, a ciento quince kilómetros por hora, el cuentakilómetros marcaba ciento setenta. Embriagado por la noche anterior, Grover exprimía el Chevy todo cuanto podía.

—Ya te dije que no apostaras todo —dijo Anne-May, dándole a Francis unos cuantos billetes.

Desde su fracaso en el casino, estaba sin blanca. Con el dinero de Ryan podría haber arreglado provisionalmente su situación, y ahora odiaba la idea de tener que volver a pedir prestado. Recordando su sueño, pensó que algo había hecho mal la noche anterior. Pero ¿qué?

—¿Sabéis lo que me extraña? —preguntó— Que ayer no hubiera un hombre vestido con un mono azul. En mi sueño salía siempre un hombre con un mono azul, pero ayer no había ninguno.

—¡Deja ya de dar la vara con tu sueño! —dijo Anne-May— ¿Acaso lo decías en serio? Tu sueño estaba equivocado, y por eso lo has perdido todo, idiota —añadió furiosa, dándole un pellizco en el brazo.

Francis se pasó la mano por la zona dolorida. Luego releyó el artículo acerca de Alistair Haley, el niño del banco de semen con un coeficiente intelectual de 189. El titular decía:

137

«El chico que surgió del frío». Además ponía que, para entonces, Alistair se había retirado a vivir a San Francisco. La fama que tuvo de niño, sus apariciones en el programa de entrevistas de Oprah Winfrey, las expectativas de la opinión pública: todo eso había dejado huella en él. A continuación decía que varios de los hijos nacidos del banco de semen de los genios habían emprendido la búsqueda de Alistair. Como era el único de nombre conocido, lo habían buscado para intercambiar opiniones con él.

«Todos acuden a mí», dice Alistair, y no sabemos si se alegra o si le molesta.

También Francis tenía unas ganas locas de conocerlo. Le dio a leer el artículo a Anne-May.

–Quizá el tal Alistair sea medio hermano mío –le dijo en broma.

Pero luego se quedó callado al darse cuenta de que a lo mejor tenía razón.

Durante el resto del viaje Anne-May escribió en su cuaderno, hasta que en una parada llamó por teléfono a sus padres. Grover y Francis, un poco apartados de la cabina telefónica, oyeron que al principio hablaba normal, pero cada vez iba subiendo más el tono. Empezó a moverse de acá para allá y de repente gritó:

–No, no os voy a decir dónde estoy. No. ¡Volveré cuando quiera!

Al colgar, parecía hecha polvo. Les contó que nunca se había enfadado así con sus padres y que tendría que regresar pronto a casa. Francis intentó consolarla, y como no lo consiguió, Grover se puso a imitar con su bocaza a un orangután, hasta que a ella le dio la risa.

–¿Son muy estrictos tus padres, Anne-May? –preguntó Grover, mientras continuaban el viaje.

Ella miró por la ventanilla.

—Desde que tengo memoria, siempre lo han controlado todo. Todavía recuerdo la primera vez que llevé a casa a una amiga, Stella Mosley. Sus padres eran un poco esotéricos, y Stella llevaba vestidos raros que parecían túnicas. A mí me daba igual; yo estaba contenta de que alguien pasara la noche conmigo por primera vez. Sin embargo, mis padres se rieron de Stella, de su ropa y de su familia. Todo sonaba muy cortés y educado, pero en realidad lo decían con mala leche. Y después me preguntaron si en mi clase no había otras niñas que pudiera llevar a casa. Por aquel entonces yo tenía ocho años y mi hermano todavía vivía. Cuando murió, perdieron los nervios por completo. Ahora tienen una idea exacta de cómo ha de ser mi vida, y cualquier cosa que no les encaje en ese esquema queda despiadadamente descartada.

Francis escuchó atentamente y se preguntó qué actitud adoptarían los Gardener con él. Luego cayó en la cuenta de que Grover no se había sorprendido al oír hablar a Anne-May de su hermano muerto, de lo que dedujo que ya se lo habría contado a él también.

Al anochecer refrescó. Ante ellos se extendían los campos de cereales de California; la luz del sol poniente proporcionaba unos tonos rojizos a las gavillas de heno. Dentro del coche, el ánimo de todos mejoró; sacaron las manos por las ventanillas, comieron sándwiches, escucharon la radio y cantaron «Brown Eyed Girl», de Van Morrison. Cuando oscureció, se registraron en un Best Western y pagaron con la tarjeta de crédito de Grover. Los Chedwick se la habían dado solo para la gasolina, pero no tenían por qué enterarse. Metieron su ropa en una lavadora automática y se sentaron en un *jacuzzi* al aire libre. El aire estaba fresco; el agua, calentita, y por la hierba pasó como un rayo una ardilla gris de las Carolinas. Bebieron alcohol en vasos de plástico y brindaron. Francis se recostó; llevaban exactamente siete días de camino, era increíble la cantidad de kilómetros que habían recorrido. Claymont quedaba en la otra punta del país, a una distancia de años luz.

—¿Qué harás si tu padre es inmensamente rico? —le preguntó Anne-May.

Francis dio un trago.

—Sería guay.

—¿Y si es un gilipollas que no te quiere ver?

—Le quemo la casa.

—¿Sabes en qué me he fijado? —preguntó ella—. Cada vez que hablas de tu padre o de ese banco de semen, te brillan los ojos y no paras de sonreír.

—Bah, qué chorrada.

—En serio; ahora mismo te está volviendo a pasar. Tengo la impresión de que te gusta formar parte de ese disparatado proyecto. En el fondo te alegras de pertenecer a ese banco de esperma tan elitista.

—Qué gilipollez. ¿Quién en su sano juicio se alegraría de una cosa así?

Francis se sumergió en el agua y le dio un mordisco a Anne-May en la pantorrilla. Desde abajo la oyó dar un chillido.

Más tarde, los tres se tumbaron en la cama de la habitación del motel; mientras se comían las chocolatinas M&M's que había en el minibar, hablaron de experiencias bochornosas y vieron películas. Por un momento, todas las peleas parecían olvidadas, y Francis se dio cuenta de lo maravilloso que era estar con ellos dos recorriendo mundo.

Al día siguiente, cuando se plantó delante del letrero de la puerta de Alistair Haley, en San Francisco, se puso nervioso. Grover y Anne-May habían ido a echar un vistazo a la ciudad en lugar de acompañarlo. Francis apretó el timbre. A lo mejor se encontraba directamente con el hombre que sabía cómo se llamaba su padre. Después de esperar medio minuto, la escalera seguía a oscuras.

Llamó de nuevo.

Según la guía telefónica, en la ciudad vivían dos Alistair Haley, pero en el artículo ponía que el «niño prodigio» vivía en el distrito Sunset, y allí solo había uno. Francis se preguntaba intrigado quién le abriría. Tal vez un tío trajeado que le cerraría inmediatamente la puerta en las narices. Pero a lo mejor Alistair no estaba en casa.

Entonces oyó pasos.

El hombre que le abrió tendría unos veinticinco años, tenía el pelo corto teñido de rubio, llevaba gafas y una barba bastante impresionante. Era pálido como las paredes blancas de su casa, y en su apartamento olía tanto a hachís, que Francis tuvo la sensación de que solo con respirar se pillaría un globo de mucho cuidado.

—¿Qué quieres? —preguntó Alistair Haley.

Francis le enseñó el artículo sobre los genios que habían surgido del frío.

—¿Y bien? Ya no doy entrevistas.

—No he venido por eso. ¡Soy como tú!

—Vale, eso ya es otra cosa. Pasa.

En el apartamento no parecía que hubiera nada más que montañas de libros, dos portátiles, un tablero de ajedrez y unos cuantos instrumentos musicales extraños. De la pared colgaba solo un cartel en el que aparecía el número 137 escrito en rojo. La vivienda parecía modesta y estaba sin amueblar; seguramente Alistair acababa de mudarse.

—Eso es un *sitar* —dijo, señalando el instrumento que Francis sostenía entre las manos—. Procede de la India. Hay que practicar muchas horas al día para dominarlo a la perfección.

—¿Hace cuánto que vives aquí?

—Cuatro años. —Alistair sacó costo de un cajón para liarse un peta—. ¿Quieres tú también?

—No —dijo Francis, y se sentó—. O bueno, sí.

Le habló de la carta de despedida de su madre y de cómo esta había averiguado la identidad de su padre.

—Entonces ¿fue tu madre? —Lo interrumpió enseguida Alistair—. Todavía recuerdo lo furioso que se puso Monroe cuando se descubrió a uno de los donantes.

141

—Sí, fue mi madre —dijo Francis.

Y siguió contándole el viaje a Los Ángeles, cómo había dado con él en un artículo y que tenía que encontrar a su padre como fuera, solo que no sabía cómo se llamaba.

Por último, le preguntó a Alistair sin rodeos si sabía qué nombre se ocultaba tras el apodo de Donante James. Francis no quería que Alistair notara lo mucho que significaba para él su respuesta; no obstante, le tembló la voz. Cerró los puños y paseó la mirada por la habitación; en el rincón vio dos grandes paquetes.

—Por desgracia, nunca he tenido acceso a los documentos de los donantes —dijo Alistair—. Tampoco conozco los códigos para descifrar sus apodos.

Francis se tumbó en el suelo y resopló decepcionado.

—Sin embargo, sé cómo se llama tu padre.

Francis se incorporó inmediatamente.

—¿Cómo? ¡Dímelo!

Con los ojos cerrados, Alistair parecía cavilar profundamente, como si su cerebro estuviera bobinando y rebobinando.

—Cuando robaron los documentos del despacho de Monroe, yo era un niño. Todavía recuerdo perfectamente el jaleo que se armó a costa de eso. Y un día, desde la puerta, oí una conversación entre Monroe y un asistente. Hablaban de un tal doctor Doble y de si deberían llamarlo por teléfono. Monroe dijo que no era necesario, que «ella» guardaría silencio. En el transcurso de la conversación me di cuenta de que Doble tenía que ser el nombre del donante cuyos documentos habían sido robados. —Alistair le pasó el porro y le dio fuego—. Monroe me pilló escuchando y, nada más verme, supo exactamente en qué estaba pensando. Finalmente, solo dijo: «Doble no es tu padre». Nada más. Esa frase se me quedó grabada hasta hoy.

Francis dio una fuerte calada.

Alistair echó humo por la nariz.

—Si a eso añadimos lo que me acabas de contar de tu madre, Doble es con bastante seguridad el apellido de tu padre.

142

2

Siguieron fumando en silencio. Al cabo de un rato, se apagó el canuto. Francis lo volvió a encender, pero como estaba tan ensimismado en sus pensamientos, no logró encenderlo hasta el tercer intento. Después de esperar tanto tiempo para enterarse del nombre de su padre, ahora lo único que sentía era extrañeza.

—¿Tú qué crees? —preguntó Alistair.

—No sé. Supongo que tienes razón. Pero ¿y si te equivocas?

—Se llama Doble; estoy segurísimo. —Alistair alcanzó el encendedor—. ¿Qué vas a hacer ahora? ¿Sabes que cuando murió Monroe cerraron el banco de semen?

—Sí. Pero en Los Ángeles aún queda una clínica. Puedo preguntar allí. Si mi padre, efectivamente, se apellida Doble, eso podría facilitar la búsqueda.

Alistair se encogió de hombros, cosa que hacía con frecuencia. De nuevo fumaron en silencio. Doble, Doble, Doble. Cuanto más repetía Francis ese nombre para sus adentros, más apropiado le parecía. Se imaginó al doctor Doble como un tipo con buen aspecto, elegante. Le habría gustado pensar en todo eso con la cabeza despejada, pero se dio cuenta de que ya estaba demasiado colocado.

—¿Vienen a verte muchos como «nosotros»? —preguntó.

—Alguno que otro. Al principio me sacaba de quicio, pero ahora tengo claro que no me queda más remedio. Ni a vosotros ni a mí.

Francis no supo bien cómo interpretar esas crípticas palabras. Alistair sonrió.

—Toma —dijo—. Dentro está todo lo que he conseguido reunir acerca del banco de semen. Yo lo llamo el cajón del conocimiento inútil. En cierto modo, es una bendición que todo eso pasara antes de que existiera Internet; de ahí que solo haya unos pocos artículos antiguos.

Se acercó a la cómoda y sacó una pila de periódicos. Francis se quedó con la revista *Time,* que estaba arriba del todo.

143

En la portada salía retratado Alistair de niño. «¿El hombre del futuro?», rezaba el titular.

Francis se puso a leer inmediatamente. A los siete años, Alistair Haley era una estrella mediática. Acababa de escribir una obra de teatro sobre una familia de perros, jugaba al ajedrez con un nivel muy alto y discutía con su mentor Warren P. Monroe acerca de complicados problemas de matemáticas y física.

—¿Y cómo era el tal Monroe? –preguntó Francis–. ¿Un loco?

—No necesariamente. En cualquier caso, estaba obsesionado con la idea de traer genios al mundo. No tengo ni idea de por qué. En su opinión, cuando se cultiva una planta no se escogen las semillas más débiles, sino las más fuertes. –Alistair se acercó al reproductor de CD y puso música–. Un sinsentido, si me lo preguntas. Programas de eugenesia ha habido siempre, pero a Monroe lo criticaron y lo llamaron el doctor Frankenstein o el Hitler de los genes. Me parece congruente. La cuestión es que él fue el primero que tuvo esa idea. De no haber sido él, lo habría hecho cualquier otro.

Francis asintió en silencio.

Ahora Alistair parecía estar en su elemento. Con el canuto en la mano, se puso a hablar de científicos, como Robert Edwards y Craig Venter, y dijo que todos ellos llegarían hasta donde fuera posible.

—Lo que pasa es que la gente olvida que cuando una puerta se abre, ya no se puede volver a cerrar –dijo–. Todo lo que es factible, se hace, independientemente de lo peligroso que sea. Mira la bomba atómica.

—¿Y qué tal te entendías con Monroe? –preguntó Francis, por retomar el tema.

—Bien. Comíamos juntos una vez a la semana. Me recogía con su Studebaker Cabrio y discutíamos durante horas. Yo encarnaba lo que él anhelaba.

—¿Y fue él quien te llevó a todos esos programas de entrevistas?

Alistair enseñó los dientes.

—No, fue mi madre.

Le contó cómo se había criado. A los dos años ya hablaba a la perfección; a los cuatro, se sabía de memoria *El rey Lear*. Y cuando cumplió siete años le hicieron un test y averiguaron que tenía un coeficiente intelectual de 189.

—A partir de ahí, según Monroe, comenzaba la siguiente etapa de la humanidad y de la evolución. Para él yo era un prototipo, el mejor de su cosecha.

—Tienes que odiarlo.

—Si pusiera en entredicho el modo en que fui engendrado, tendría que ponerme yo mismo en entredicho. Los dos podemos estar contentos de existir. En la naturaleza no habríamos existido. Así que también me parece congruente —repitió.

—¿Y qué es de tu madre?

Alistair se pasó la mano por la barba y puso cara de acordarse de algo medio olvidado, doloroso.

—No sé exactamente —dijo por fin—. No tenemos mucho contacto. Además, vive muy lejos.

—¿En la Costa Este?

—En la India. —Se quedó mirando un rato a Francis—. ¿Y la tuya?

—Ahora mismo está ingresada en una clínica. Tengo que llamarla cuanto antes. Pero seguimos teniendo mucho contacto. Vivo con ella. —Hizo una pausa—. Hay una cosa que tengo que preguntarte: ¿sabes quién es tu verdadero padre? ¿Has querido verlo alguna vez?

El rostro de Alistair permaneció inexpresivo, pero a Francis le pareció que ocultaba una profunda amargura, un vacío.

—No, a mí no me interesa saber quién es mi padre. Al fin y al cabo, para él no significo nada. He salido en todos los periódicos y canales de televisión; si se hubiera interesado por mí, me habría llamado. Aquella vez, cuando Monroe me dijo que Doble no era mi padre, fue la única vez que me pregunté quién podría ser. Pero luego se me pasó.

Alistair se tumbó en el suelo cruzando los brazos bajo la cabeza. Francis recorría la habitación arriba y abajo. Intentó no pensar más en Doble y echó un vistazo a los numerosos libros cuyos títulos no le decían nada. Algunos eran novelas;

otros parecían ensayos de matemáticas y física. Luego descubrió el montón de libros que había junto al colchón.

—¡No me digas que lees cosas de estas!

De pronto la cara de Alistair se iluminó.

—Me encanta *El señor de los anillos* —dijo, aún tumbado en el suelo—. He leído esos libros veinte veces como mínimo. El que más me gusta es Gandalf.

A Francis le entró la risa al ver su mirada de entusiasmo.

—¿Qué tienes ahí dentro? —preguntó, señalando los dos grandes paquetes del rincón.

—Una cama y una estantería. Las encargué hace siglos, pero todavía no he visto el momento de montarlas.

Francis se ofreció a ayudarlo. Se pusieron manos a la obra, pero Alistair era bastante torpe con el trabajo manual. En una ocasión, por descuido, ensambló dos piezas que no tenían por qué ir juntas y estalló en una carcajada propia de la marihuana. Francis se contagió y los dos se echaron a reír hasta que tuvieron que sentarse en el suelo de puro agotamiento. Francis, en cambio, incluso en ese estado, podía fiarse de sus diestras manos. Cuando terminó de atornillarlo y montarlo todo, contempló su obra con orgullo.

Alistair, que se había ido a la cocina, volvió con dos latas de cerveza. Le arrojó una a Francis.

—Toma, manitas, te la has ganado.

Brindaron y después Alistair colocó la estantería en su sitio. Subió al desván y bajó con varias cajas de discos de vinilo.

—Son de mi tío. Siempre me he propuesto echarles un vistazo y colocarlos en la estantería. Así podría ser el típico menda enrollado y colgado de los vinilos, ¿no te parece? —dijo con una sonrisita.

Francis no estaba seguro de si entendía esa clase de humor, pero asintió amablemente. Luego se puso a leer otra vez los artículos de los periódicos. Casi todos trataban de Alistair; recogían toda su vida. Al principio lo habían considerado un premio Nobel de las matemáticas en ciernes. En unos lo llamaban «El hijo del diseño» y en otros «El pequeño Einstein». Lo que más le gustaba a Francis era la descripción del engendramiento de Alistair. Su madre era *hippy,* se había manifestado ante el Senado en contra de la guerra de Vietnam, había tomado drogas, ido a Woodstock y viajado a la India. Sin embargo, en todos esos años no había encontrado un hombre con el que casarse. Fue una de las primeras en presentarse al anuncio de Monroe. Meses después, cuando le llegó un paquete con la ampolla de esperma nitrogenado, Paula Haley llamó a un ginecólogo para que fuera a su casa y filmó el engendramiento con una cámara Super-8.

A Francis le molestó que el esperma hubiera sido enviado por correo. Se imaginaba a una madre soltera colocando la ampolla de un posible genio –congelado hasta la eternidad– en un estante, entre tarros de pepinillos y mermelada caducados, hasta que se decidiera a llevar a cabo el proceso.

Por último, dio con un artículo que trataba de los niños que habían salido del banco de semen de los genios. «Almas procedentes del hielo.» Unos años atrás, una periodista había buscado a algunos de los niños geniales, para entonces ya adultos, con el fin de averiguar qué había sido de ellos. Francis leyó con tanta atención, que le rechinaban los dientes. Lo más interesante era la historia de una niña llamada Laura, cuya madre también averiguó el verdadero nombre de su padre donante. De todos modos, seguramente se diera mucha maña, pues el asunto nunca salió a relucir.

Cuando Laura cumple dieciséis años, su madre muere en un accidente de tráfico. Su padrastro es un bebedor colérico. Sabe lo del banco de semen de los genios y no puede soportar que, en el pasado, su mujer se quedara embarazada de un hombre que evidentemente era más listo, más sano y más atractivo que él. Laura padece sus estallidos de violencia y cada vez anhela más a su padre biológico, Donante Michael.

Tras el cierre del banco de semen, Laura empieza a buscarlo. Dado que es un reconocido científico que ha sido nominado varias veces al premio Nobel, a Laura no le cuesta mucho encontrarlo. Lo llama dos veces por teléfono, pero el hombre cuelga inmediatamente las dos veces.

«Al final llegó incluso a amenazarme con llamar a la Policía. "Usted no es mi hija", dijo gritando.» Laura mira al suelo.

147

Acaba de cumplir veinte años; es una mujer hermosa que ríe con frecuencia y, sin embargo, parece seria. "Y entonces comprendí que quizá tuviera una familia que no sabía que él había donado su semen", declara. "Seguro que le daba pánico que yo pudiera irrumpir en su idilio familiar. No obstante, mi deber era verlo. Tenía la sensación de que, si no lo veía, siempre habría un agujero en mi vida."

Así pues, a los dos días, Laura decide ir en coche a Oregón. Allí, en una calle lateral de las afueras de Portland, ve por primera vez a su padre. Observa con reverencia cómo se dirige al trabajo y regresa horas más tarde. Por la noche se monta en el coche con su mujer y sus dos hijas, y Laura decide seguirlos. Van a un restaurante del centro de la ciudad.

«Yo estaba nerviosísima. Los cuatro se sentaron en una mesa en un rincón, y yo ocupé una mesa al lado. Me sentía como en una película de detectives. Al principio no me atrevía a mirarlos. Mi padre parecía un hombre alegre y cariñoso; vi cómo besaba a su mujer y hacía el ganso con sus hijas. Mis medio hermanas, se las podría llamar. De hecho, la hija mayor se parecía tanto a mí que nos podrían haber confundido: la misma nariz, la misma boca. Oí cómo ella hablaba de una película que yo también había visto. Fue un momento surrealista. Qué felices parecían todos. Cuanto más tiempo permanecía sentada junto a esa familia, más me apetecía acercarme y charlar con ellos. Pero sencillamente no podía hacerlo, puesto que no pertenecía a ella. Por fin pagaron. Muy emocionada por la velada, me quedé mirando cómo se alejaban. De repente mi padre, que se había dejado las gafas, volvió. Cuando se las puso, me miró directamente. Yo apenas podía respirar; estaba como paralizada. Pensé que tenía que darse cuenta de cómo me parecía a su hija y reconocer que yo también lo era. Pero enseguida apartó la vista y se marchó.»

El artículo terminaba diciendo que, tras ese encuentro, a Laura le cambió la vida. Se mudó de Minneapolis a Oregón para estar más cerca de su familia imaginaria. Escribió a su padre biológico una carta y se quedó esperando la respuesta llena de expectación.

–Él nunca le contestó –dijo Alistair.

Francis se levantó de un salto. No se había dado cuenta de que lo observaban mientras leía.

—¿Conoces a la tal Laura? —preguntó.

—Sí, la conozco muy bien. Ha venido a verme dos veces.

—¿Y qué tal es?

Alistair agarró la pelota de baloncesto que estaba en el suelo y se puso a driblar por la habitación.

—Un encanto —dijo—. Una chica realmente simpática, pero el asunto de su padre la ha cambiado. En cierto modo, Laura se ha quedado… destrozada. Hasta el fin de sus días tendrá la esperanza de que su verdadero padre dé señales de vida, pero no las dará nunca. A veces pienso que eso acabará con ella.

Alistair le lanzó la pelota.

—¿No se puede hacer algo al respecto? —dijo Francis, devolviéndosela.

—No sé cómo. Sencillamente su vida ha ido por malos derroteros, desde el principio. Laura se ha aferrado demasiado al asunto de su padre. Es una verdadera pena porque me cae muy bien. A veces me manda correos, siempre con unos *links* muy raros de gatos jugando o de las canciones que le gustan.

Después de botar unas cuantas veces más la pelota por la habitación, Alistair se sentó en la cama y abrió un portátil.

Francis, en cambio, siguió inmóvil durante otro rato. En el artículo decía que a los niños del banco de semen también los llamaban «ángeles congelados». Se quedó mirando esas dos palabras hasta que se le nubló la vista y sintió necesidad de tumbarse. Entonces llamaron a la puerta.

Alistair, que estaba jugando una partida de ajedrez contra un gran maestro de Chequia y, al mismo tiempo, navegando por la red, se levantó y fue a abrir.

—Creo que es para ti —le gritó a Francis desde el pasillo.

3

El primer encuentro entre Alistair Haley y Grover Chedwick le hizo mucha gracia a Francis. Ambos tenían el mismo modelo de gafas, iban igual de mal vestidos y, sin venir a cuento, empezaron a hacerse una especie de interrogatorio sobre problemas matemáticos. Parecían dos perros olisqueándose. Francis solo pillaba retazos de la conversación como «la conjetura de Collatz» o «el algoritmo de Hasse». Pero al mismo tiempo tenía la impresión de que a Grover le costaba seguir el hilo, mientras que Alistair seguía jugando la partida de ajedrez y, al parecer, ganándola.

Anne-May les hizo una foto con la cámara de Grover mientras discutían: Grover, muy concentrado, y Alistair, fumando tan tranquilo, con el ordenador en su regazo. Dentro de cuarenta años, pensó, cuando los dos hubieran ganado el premio Nobel, esta foto tendría muchísimo valor.

—Qué amigo más interesante tenéis —dijo Alistair, sin dirigirse a nadie en particular, cuando al fin interrumpieron la conversación. De nuevo se volvió hacia Grover—: ¿En qué universidad estudias?

—Todavía no he empezado. Pero seguramente vaya a Yale.

—Ah, es estupenda. Me ofrecieron una beca para estudiar allí.

—¿Y cuándo estuviste allí, Alistair?

—No fui.

—¿Dónde entonces? ¿En Harvard?

—Estudié la carrera en Mills College.

—No me suena —dijo Grover.

—Está en Oakland.

Se hizo una pausa.

—¿Y cómo es que fuiste a una universidad totalmente desconocida, pudiendo haber estudiado en cualquier otra? —preguntó Anne-May.

—No lo sé; supongo que me faltaba ambición. Sí, creo que fue eso.

Alistair sonrió. Aunque notaba las miradas de los otros, parecía disfrutar siendo un poco pasota. Con el cigarrillo en la boca, agarró el móvil.

—¿A alguien más le apetece comida china?

Encargaron algo en un telechino y eso fue lo que comieron al mediodía. De fondo sonaba un álbum de los Doors.

150

Para su enorme estupor, Grover se acababa de enterar de que Alistair no conocía el *Unreal Tournament,* y se lo recomendó encarecidamente, mientras Anne-May miraba los libros y los instrumentos. Cuando le pasaron un porro, ella declinó el ofrecimiento.

—Gracias; eso ya lo he superado.

Sentado un poco aparte, Francis pensaba que él y los otros niños habían sido producidos en el mismo lugar y conservados en depósitos frigoríficos, a pocos centímetros de distancia unos de otros. Seguramente tuviera muchos medio hermanos de los que no sabía nada. Y seguro que tanto Alistair como la tal Laura del artículo se habían intentado convencer mil veces a sí mismos de que les daba igual quiénes eran y de dónde venían, y luego sin embargo se habrían tirado noches enteras pensando en lo mismo.

Miró a Alistair, que en ese momento fumaba en pipa de agua y decía para sus adentros:

—Desde un punto de vista objetivo, la muerte es lo mejor que le puede pasar a una persona. La muerte te obliga a enfrentarte a la vida, a disfrutar cada segundo de ella y a realizarte. Es el único final que tiene sentido; además de necesaria, la muerte es un fuerte estímulo. —Hizo una pausa—. Naturalmente, desde el punto de vista subjetivo es una puta mierda.

Por la tarde, Alistair dijo que tenía que ir a trabajar. Como no hizo amago de revelar en qué consistía su trabajo, nadie se lo preguntó. Grover y Anne-May se despidieron de él y le dieron sus direcciones de correo electrónico. Mientras ellos se adelantaban para marcharse, Francis se quedó un momento rezagado.

—Gracias por montarme la cama y la estantería —le dijo Alistair.

—Ha sido un placer. Gracias por darme el nombre de mi padre.

—Ha sido un placer. —Alistair le dio a escondidas un papel en el que estaba anotada la dirección de la ciudad costera de

Carpintería–. Ahí vive el doctor Von Waldenfels –dijo–. No sé si querrás verlo. Fue el eugenista del banco de semen de los genios; lo hizo casi todo él solo. Ahora es viejísimo y he oído decir que se ha vuelto loco. Pero a lo mejor tiene los documentos de esa época, junto con las direcciones y los datos de los donantes. Además, seguro que su mujer se alegra de recibir una visita porque está bastante sola. Yo lo intentaría.

Francis guardó rápidamente el papel en el bolsillo del pantalón.

–Hay una cosa que no entiendo –empezó, y le daba vergüenza decirlo–. ¿Cómo es que... se me da todo tan mal? Con mis genes tendría que ser mejor, ¿no?

–Tal vez. Pero ¿has pensado alguna vez que podrás desarrollar tu potencial en serio cuando sepas quién eres?

–Me parece congruente –contestó Francis con una sonrisita.

Se estrecharon la mano.

–En cualquier caso, espero que encuentres a tu padre y que todo vaya bien –dijo Alistair–. Con Laura he visto lo que puede pasar cuando sale mal una cosa así. Ella tenía demasiadas esperanzas depositadas en... –Se interrumpió–. Bueno, espero de verdad que a ti te vaya mejor.

–¡Gracias! –Francis iba a darse la vuelta, cuando se detuvo junto a la puerta–. Dime una cosa: ¿qué estudiaste en Mills?

Alistair se encogió de hombros.

–Ciencias de la religión.

4

Después de la visita, Francis no podía pensar más que en el apellido de su padre: Doble. Para entonces estaba seguro de que Alistair tenía razón. No parecía de los que se equivocan. Los otros también opinaban que sonaba plausible. Habían buscado Doble en Internet, pero salían demasiadas entradas diferentes. Además, cabía la posibilidad de que el padre de Francis fuera un investigador retirado que no apareciera en la red. En cualquier caso, necesitaban saber su nombre de pila y tener más información.

Los tres juntos fueron a visitar el casco antiguo de la ciudad. Anne-May decía que necesitaba urgentemente ropa nueva para ir a ver a su abuela. En Macy's se compró una blusa y unos vaqueros de color azul claro. Se cambió y se quitó los *piercings*. A Francis le pareció que estaba más guapa que nunca. Parecía la típica chica formalita e increíblemente bella de la casa de al lado. El tipo de chica, por cierto, que normalmente no vive en la casa de al lado.

A última hora de la tarde bajaron a la playa. Se quitaron los zapatos y recorrieron la orilla descalzos, cada uno pensando en sus cosas.

Francis tenía la sensación de que, tras tantos días de viaje, había llegado el momento de hacer un alto. Enterró los dedos de los pies en la arena húmeda, respiró hondo y estiró los brazos. El sol bañaba su cara mientras soplaba una suave brisa. Francis intuyó que ese era un momento feliz de su vida, y miró a la lejana inmensidad del océano Pacífico.

Mientras Grover sacaba fotos, Anne-May y Francis se sentaron en la orilla. Francis le preguntó si no tenía miedo de que su abuela se chivara a sus padres. Anne-May negó con la cabeza.

—Mi abuela es muy enrollada; nunca haría una cosa así. Ya me ha ayudado otras veces cuando he tenido problemas con mis padres.

Durante un rato contemplaron las olas, las gaviotas que pasaban volando o a unos adolescentes que jugaban al vóley-playa.

Luego, Anne-May agarró un puñado de arena y la dejó caer poco a poco sobre el brazo de Francis.

—¿Piensas en tu padre? —le preguntó—. ¿Tienes miedo?

Mientras Francis reflexionaba, ella se acercó tanto a él que le costaba trabajo no tocarla. De nuevo le llamó la atención lo blanca que tenía la piel. Observó su antebrazo bronceado y lo comparó con el de Anne-May.

—No demasiado —dijo él finalmente—. Ya te encargarás tú de cuidar de mí.

Anne-May sonrió.

—La primera vez que te sentaste a mi lado en el cuarto de la televisión de la clínica y te disculpaste, pensé: Qué mono es.

—¿En serio? Pues no abriste la boca en todo el rato.

—Sí, eres alto, y también me gustó tu voz tan grave. Además, a veces eres muy gracioso. Me gustan los hombres con sentido del humor.

—Y yo que creía que solo te interesaba mi dinero.

Ella se echó a reír. Luego se levantó de un salto y se metió en el agua. Francis se quedó acariciando la huella que había dejado.

Por la noche, Anne-May fue a ver a su abuela. Como a Francis y a Grover no les apetecía acompañarla, se sentaron en un bar. En las pantallas que había en la pared ponían jugadas de béisbol. Francis le contó que, en su diario, Anne-May dibujaba historietas con ratones parlantes que tenían unos nombres rarísimos. Como Grover también los había visto, se pusieron a hacer chistes sobre los ratones parlantes de Anne-May.

Luego empezaron a imaginarse lo peor del padre de Francis. Por ejemplo, que el doctor Doble fuera más feo que Picio, y cheposo, y que midiera un metro cincuenta y rodara en su finca películas porno con animales. Esa noche por fin volvieron a confraternizar.

Pero luego Grover habló de su carrera en Yale y le dijo que, más adelante, quería tener una familia y una casa, y una vez más Francis constató que él no entraba en sus planes de futuro.

Cuando Anne-May volvió, reservaron dos habitaciones en una pensión del centro de la ciudad. Grover se acostó temprano, pero Anne-May y Francis se quedaron charlando en el vestíbulo hasta medianoche. Ella le contó que Jerome, su hermano pequeño, quería ser piloto.

—Por desgracia, nos peleábamos con frecuencia. A él le dejaban hacer muchas más cosas que a mí a su edad, y eso me ponía negra.

Cuando Francis se disponía a preguntarle cómo había muerto su hermano, Anne-May ya había cambiado de tema. Después de alabar las virtudes de Marlon Brando de joven, le contó que antes sus padres la obligaban a ir a clase de esgrima o a hacer cursillos de verano, y que le daba muchísima rabia tener que someterse a sus órdenes. Francis se recostó con los brazos cruzados mientras asentía comprensivamente y sacaba bíceps para parecerse lo más posible a Marlon Brando.

Anne-May propuso dar un paseo. La ciudad estaba bastante muerta. Pasearon por las empinadas calles bajo una noche luminosa. Anne-May se agarró de su brazo, cosa que a Francis le encantó. Hablaron sobre todo lo habido y por haber, y él incluso le confesó que estaba al tanto de sus ratones parlantes.

Anne-May reaccionó sorprendida.

—¿Cómo lo sabes?

—Te he visto dibujarlos en tu diario. ¿A qué vienen esos nombres tan raros? Sir Aldous Pettigrew, Miss Ella Knoxley…

—Se llama Elaine Knoxley —dijo ella—. No es más que un cómic tonto y absurdo. Lo empecé de niña, cuando me fascinaba Inglaterra. Entonces me inventé esos personajes y, de vez en cuando, sigo dibujando ratones cuando me aburro. Pero no tiene nada de particular, ¿vale? —Anne-May le lanzó una mirada severa—. Y quítate esa sonrisita de la cara.

Regresaron muy relajados, dándose empujones, y a veces Anne-May se apoyaba en su hombro. Mientras ella hablaba y gesticulaba, Francis la miraba y disfrutaba de su compañía.

—Mi abuela me da mucha pena —dijo ella—. Tendrías que haber visto cómo se ha alegrado de mi visita. Desde que murió mi abuelo, está más sola que la una. Y a mí esta ciudad me gusta; me encantaría vivir aquí e ir a verla con frecuencia. Una casa como esa estaría bien.

Efectivamente, pasaron por una casa preciosa en un barrio muy bonito. Estaba en venta; Francis calculó que costaría seiscientos o setecientos mil dólares. Imaginó cómo sería haberse criado en esa casa y haber llevado otra vida, sin preocupaciones de dinero, sin la enfermedad de su madre, sin problemas. Estaría a punto de estudiar una carrera y, después, quizá tuviera un trabajo normal, unos cuantos amigos y, tal vez, una mujer como Anne-May.

Francis no podía apartar la vista de la casa.

—Si hubiera ganado en Las Vegas, la compraría ahora mismo y me trasladaría aquí con mi madre —dijo.

—Y yo me apuntaría.

—¿Quién ha dicho que te dejaría vivir aquí?

—Yo —dijo Anne-May con una sonrisa—. Lo digo en serio, ¿eh? Me vendría con vosotros.

—Yo también lo digo en serio. Me la compraría de verdad.

—Ay, Dean —se limitó a decir ella—. No digas tonterías.

Cuando llegaron a la pensión, había transcurrido ya la mitad de la noche. En el pasillo se planteó la cuestión de cómo seguiría la cosa. A la izquierda estaba su habitación y la de Grover, y a la derecha la de Anne-May.

—Bueno, ¿qué? —preguntó él—. ¿A tu habitación o a la mía?

En realidad, Francis lo había preguntado en broma, pero ahora apenas podía respirar de lo pendiente que estaba de su respuesta.

—A la mía —dijo ella.

Y lo más bonito fue que lo dijo sin ironía, tomándolo simplemente de la mano.

El cuarto estaba en penumbra, únicamente iluminado por la luna. Mientras Anne-May se desnudaba, Francis la observaba directamente, sin disimulo. Ella se dio cuenta, pero no pareció importarle.

Luego se metió en el baño. Como tardaba, Francis se asomó a la ventana y miró hacia la calle. Un anciano doblaba la esquina con un perro que ladraba; a lo lejos vio las luces rojas y blancas de los coches, y la playa. En ese momento tuvo otra vez la sensación de que ese viaje acabaría mal.

Anne-May salió desnuda con una caja de condones en la mano.

–¿Qué miras? –preguntó.

Francis se volvió y se acercó a ella.

–Nada –dijo–. Es que fuera había…

Lo agarró del brazo, y él notó sus fríos labios en los suyos.

Todo fue mucho más lento y concienzudo que la primera vez. Anne-May le quitó la camiseta y le rozó los hombros con la boca. En la habitación olía a los polvorientos muebles tapizados y al perfume de ella. La besó; en la oscuridad vio el destello de sus dientes. Francis tiró sus bóxer al suelo y se tumbó en la cama. Anne-May le pasó los dedos por la tripa. Le hacía cosquillas; luego sus dedos siguieron bajando en busca del pene. Lo agarró con la mano y le pasó lentamente la lengua por la punta. A Francis se le aceleró la respiración mientras repetía el nombre de Anne-May, sin saber qué hacer con las manos.

Finalmente, se incorporó y tumbó a Anne-May boca arriba. Se besaron de nuevo. Luego ella le agarró la cabeza y la puso entre sus piernas. Él cerró los ojos y se dejó llevar, mientras ella le agarraba el pelo con las manos.

Al cabo de un rato, oyó que ella decía algo, pero no entendió qué. Apresuradamente, intentó ponerse un condón, pero primero le costó sacarlo de su envoltorio y luego no consiguió ponérselo. Por último, miró a Anne-May con tal cara de indefensión, que ella se echó a reír. Arrancó con los dientes el envoltorio de otro condón y, después de ponérselo a Francis, se tumbó otra vez boca arriba. Conservó su típica sonrisa de superioridad incluso cuando él la penetró. Pero cuanto más aprisa se movía él en su interior, más seria se fue poniendo, hasta que empezó a respirar descontroladamente. De nuevo pestañeó y movió los ojos de acá para allá, hasta que los cerró.

Hicieron el amor varias veces. Francis quería repetir siempre; después de la segunda, Anne-May lo rechazó, pero se dejó convencer todas las veces. Cuando finalmente él se le acercó de nuevo, a ella le dio la risa.

—Por Dios, Dean, ¿es que no te cansas nunca? —dijo, rodeándolo con las piernas.

—Sé lo que estás pensando —dijo él—. Estás imaginándote cómo sería con Grover.

Sus piernas lo abrazaron con más fuerza.

—Ni siquiera tengo que imaginarlo. Sé que sería fantástico.

Él fue a besarla, pero ella se apartó y lo miró muy seria.

Luego sonrió e hicieron el amor por última vez esa noche.

Después, se quedaron tumbados en la cama hasta que amaneció. Guardaron silencio. Francis le pasó los dedos por las cicatrices de las muñecas. Ella lo miraba pensativa. Francis cayó en la cuenta de lo que decía Toby de las mujeres: que solo querían descubrir los secretos de los hombres; ahora Anne-May lo sabía todo sobre él, pero él apenas sabía nada de ella. De todos modos, no le preocupaba. Su vecino Toby opinaba también que cuando una mujer se te queda mirando un rato pensativa, no significa nada bueno, pero, en eso, seguro que se equivocaba. Anne-May y él estaban ahora increíblemente unidos; nunca se había sentido tan hombre como en ese momento. De repente todo le pareció muy sencillo.

—Te quiero —dijo.

Ella no contestó.

Los Ángeles

1

Anne-May había desaparecido. Al despertarse, no se había quedado en la cama junto a Francis. Primero pensó que habría salido un momento a traer el desayuno, pero las horas pasaron y siguió sin aparecer. Grover y él se sentaron en el *hall* preguntándose qué habría pasado y si los culpables serían los padres de ella. ¿Y si, después de todo, la abuela había llamado a casa de Anne-May? Pero en el fondo Francis temía que tuviera que ver con él.

Pasaron otras dos horas; poco a poco la idea de que a Anne-May le hubiera pasado algo les atemorizó. Se pusieron cada vez más nerviosos y hasta pensaron en llamar a la Policía. Francis se reprochó haberla sacado de la clínica y haberla llevado de viaje.

Sin embargo, a última hora de la tarde Anne-May apareció cuando menos la esperaban. Iba con gafas de sol y entró en el vestíbulo a grandes zancadas. Al ver a los otros, se quitó las Ray-Ban.

—¿Dónde estabas? —exclamó Francis, y salió corriendo a su encuentro.

Quiso abrazarla, pero ella lo esquivó. De repente, tenía una mirada ausente, hostil.

—Larguémonos —dijo tan solo, sin mirarlo.

Recorrieron la escarpada costa rocosa en dirección al sur. En una emisora de radio ponían música popular mexicana. El aire olía a sal y a algas. El sol, ya muy bajo, bañaba con una suave luz la carretera serpenteante. A la derecha, rielaba el océano. Francis, sin embargo, no tenía ojos para nada, solo pensaba en Anne-May. Una vez intentó agarrarle la mano, pero la retiró de inmediato.

—¿Te he hecho algo? —le preguntó.

Negó con la cabeza, y cada vez que quería hablar con ella, esta se limitaba a decir: «No pasa nada». O bien: «Solo estoy cansada».

Se detuvieron en una cala solitaria para bañarse. Aunque Francis había tenido prisa por llegar al Oeste, ahora en el fondo se alegraba cada vez que hacían una pausa en el camino hacia su padre. ¿Y si no le caía bien? ¿Y si lo rechazaba? Lo que más le habría gustado era pasarse toda la vida en su busca, sin llegar a encontrarlo nunca.

Se arrojaron desnudos al Pacífico, pero el agua estaba fría y tanto Grover como él volvieron corriendo a la arena. Solo Anne-May se quedó en el agua. Francis observó cómo se sumergía en las olas heladas, emergía de nuevo y se apartaba de la cara el pelo mojado. Luego contempló cómo le brillaba el cuerpo desnudo a la luz del sol. En una ocasión, Anne-May miró hacia ellos; luego se volvió y siguió nadando en otra dirección.

—Voy a perderla —dijo Francis.

Grover no respondió.

—Conoce todos mis secretos —empezó de nuevo Francis—. Por eso la he perdido.

Para pasar la noche buscaron un motel cerca de la playa. Francis permaneció un rato largo despierto, oyendo la música y las risotadas de la habitación de al lado. Seguro que eran los bronceados surfistas que había visto al hacer la reserva. Eran unos años mayores que él y no habían dejado de mirar a Anne-May. Con el barullo que armaban no podía dormirse; tenían la música demasiado alta, y como las paredes eran tan delgadas, oía hasta el tintinear de las botellas de cerveza. Con el ruido de la fiesta querían atraer a Anne-May; aquello parecía el canto de las sirenas. Pero ella estaba durmiendo en su cama. Menos mal. Francis volvió a cerrar los ojos y por fin se durmió.

Y luego, aproximadamente a las dos de la madrugada, se despertó y de pronto notó un dolor sordo. Un dolor en el corazón como nunca había tenido hasta entonces. Francis no sabía a qué se debía. Miró a su alrededor en la habitación.

La cama de Anne-May estaba vacía.

Se la imaginó en la otra habitación tomando una cerveza mientras le metía mano uno de esos gilipollas de la Costa Oeste. Seguro que ella se dejaba; a lo mejor hasta le hacía una mamada. Francis volvió a oír risas y le pareció que se reían demasiado alto y con demasiada frecuencia. Si en ese momento hubiera tenido un arma, se habría levantado y habría entrado con ella en la habitación contigua. Imaginó a los tipos esos contando un chiste; la puerta se abriría y entraría un tío alto con una escopeta. A uno de los surfistas aún le daría tiempo a decir: «Eh, tío, no jodas», pero inmediatamente después le metería un balazo en el cuerpo y, luego, a todos los demás; cargaría y dispararía una y otra vez; pillaría incluso al que saliera en ese momento del baño.

Pero por desgracia no tenía escopeta. Y para ser sincero, tampoco habría hecho nada aunque la hubiera tenido. A cambio, se hizo a la idea de que lo de Anne-May no tenía sentido. Era casi dos años mayor, tenía experiencia y resultaba inalcanzable para él. No obstante, a Francis le daba la impresión de que no lo quería porque le faltaba algo en concreto. Pero ¿qué? ¿Tal vez el don de conmover a la gente? Bah, qué tontería, pensaba, aunque la idea no se le quitaba de la cabeza.

Se levantó de un salto y buscó el diario de Anne-May entre sus cosas. Quería ver con toda claridad por qué no lo quería, y rebuscó por su maleta, por el edredón y también debajo de la almohada. Pero no lo encontró. De repente, Grover soltó un fuerte ronquido que lo asustó. Francis adquirió conciencia de lo que estaba haciendo y volvió a meterse en la cama. Ya de mañana, cuando Anne-May volvió dando tumbos, se hizo el dormido.

2

Carpintería era una pequeña ciudad de Santa Bárbara, con avenidas llenas de palmeras, restaurantes mexicanos, heladerías y una playa. El doctor Von Waldenfels vivía en una finca grande a las afueras de la ciudad, al menos según la dirección que le había dado Alistair. Francis se quedó contemplando la puerta blanca de la verja. Se apeó del coche un poco indeciso. Anne-May y Grover le dijeron que irían a un café y volverían en una hora y se marcharon.

Pulsó el timbre. Nada. En la vecindad, un perro ladraba absurdamente. El sol le quemaba en la nuca. Estaba muerto de sueño. En ese momento sintió más nítidamente que nunca su falta de perspectivas. Lo único sensato sería dar por concluido el viaje. De inmediato. A Francis le pasó por la cabeza traicionar a sus dos amigos. Podría largarse y pedirle a Ryan que le enviara dinero a través de Western Union para el vuelo de vuelta. En caso de apuro también podía mendigar pasta para comprarse un billete de autobús o hacer autoestop. De todos modos, seguro que el encuentro con su padre era una decepción.

En esto, se movió el objetivo de la cámara.

—¿Quién es? —preguntó una voz de mujer.

—Quisiera ver al doctor Friedrich von Waldenfels —se oyó decir Francis.

—Lo siento; ya no recibe visitas.

La puerta siguió cerrada.

Francis se volvió y dio unos pasos en círculo.

—¡Joder, joder, joder! —gritó, viendo que su osadía no le había servido para nada.

De la rabia que le dio, volvió a tocar el timbre. De nuevo transcurrieron unos segundos hasta que se movió el objetivo de la cámara de nuevo.

—¡Escuche, por favor! ¡Es muy importante!

Zumbido del telefonillo.

—¿Por qué tiene tanta urgencia en hablar con él?

—Es algo muy personal. He venido en coche desde Jersey solo para esto. Alistair Haley me ha dado su dirección, es él quien me envía y…

La puerta se abrió.

La villa, encalada de blanco, era enorme. En el jardín silbaban los aspersores del riego. En el garaje abierto había un Stingray rojo de los años sesenta y un Mercedes plateado. El viejo Waldenfels debía de estar forrado. En el preciso momento en que Francis se disponía a pulsar el timbre de la entrada, le abrió una señora mayor muy bajita. Tendría unos setenta y cinco años, llevaba el pelo muy estirado hacia atrás y recogido en la nuca, pero tenía una cara agradable. Dijo que era la mujer de Waldenfels y lo invitó a pasar.

Francis la siguió por una sala de estar muy luminosa, con el suelo revestido de baldosas de cerámica de color claro. El espacio se hallaba dominado por estanterías repletas de libros y una chimenea en el rincón.

—¿Es usted escritora? —preguntó Francis, señalando una mesa con varios dibujos y hojas de papel.

La señora Von Waldenfels parecía orgullosa.

—Pues sí. Ahora mismo estoy escribiendo un libro infantil. Pero lo hago más bien por diversión; todavía no sé si lo quiero publicar.

Se sentaron en el sofá. Francis le contó por qué tenía que hablar con su marido.

De repente parecía contenta por su visita.

—Perdóneme si antes lo he tratado con brusquedad —dijo—. En otro tiempo, en esta casa siempre había mucho ajetreo. Pero desde que Fritz está tan mal, muy rara vez recibimos invitados. Además, hemos tenido algunas visitas no deseadas de periodistas. Pero por los amigos de Alistair hago con gusto una excepción. ¿Qué tal le va?

—Creo que bien. Lo ayudé a montar sus muebles.

La señora Von Waldenfels se echó a reír.

—Con las manos nunca ha sido muy mañoso. Sin embargo, era la criatura más lista que he conocido jamás, un genio de las matemáticas. Lástima que no le haya sacado partido. Me han dicho que trabaja de gerente en un restaurante vegetariano. ¿No le parece una locura?

Francis no supo qué contestar.

La señora Von Waldenfels esperó unos segundos antes de levantarse.

—Bueno, voy a traer a Fritz. Mientras tanto, le diré a Armando que le prepare unos sándwiches. Si quiere, puede ver la televisión.

Francis la oyó subir las escaleras. Al cabo de cinco minutos llegó un mexicano joven y colocó en la mesa un plato de sándwiches de jamón.

—Gracias —dijo Francis.

El mexicano le preguntó que de dónde era.

—¿Y de verdad quieres hablar con el viejo Waldenfels? —le preguntó finalmente.

—Sí, necesito que me dé cierta información.

A Armando le dio la risa.

—No sé si lo sabes, pero el viejo ya no puede darte nada. Ha cumplido ochenta y seis años y padece demencia. Por las noches tiene pesadillas y grita en sueños. Parece que lo persiguen las caras de no sé qué niños.

—¿Qué niños?

—No lo sé, y si quieres que te diga la verdad, tampoco me importa.

Mientras Francis pensaba en eso, el mexicano salió de la habitación. Él se quedó mirando las revistas que había apiladas sobre la mesa de cristal del televisor. *Esquire, Star* y *Vanity Fair*. Al lado vio un monedero negro de piel; alguien se lo habría olvidado. Francis se puso a leer una de las revistas, pero al poco rato le parecía que todas las letras formaban la palabra «Doble».

A los pocos minutos oyó voces. Fue hasta la escalera del *hall* y vio cómo, en la planta de arriba, la señora Von Waldenfels sentaba a su marido en la silla salva-escaleras. A continuación, el anciano descendió entronizado en su asiento. A Francis le pareció que bajaba a cámara lenta, con lo cual le dio tiempo a observarlo bien. Waldenfels llevaba un traje de pana oscuro, pero iba mal afeitado; tenía un pelo gris ralo, la boca torcida y el cordón del zapato izquierdo desatado.

Cuando la silla se detuvo ante él, el anciano lo miró.

—¡Qué poca vergüenza, volver a presentarse en mi casa! ¡Todo esto es una ignominia, como usted muy bien sabe!

Francis miró con gesto interrogante a la señora Von Waldenfels, que bajaba en ese momento la escalera. Entre los dos ayudaron a su marido a sentarse en la silla de ruedas.

—Por desgracia, Fritz confunde con frecuencia a las personas —se disculpó ella—. Usted debe de recordarle a alguien.

Empujó la silla hasta la sala de estar; Francis los siguió y se sentó en el sofá. La señora Von Waldenfels agarró a su marido del brazo.

—Este es Francis, un amigo de Alistair.

El doctor Von Waldenfels arqueó una ceja y se quedó pensativo un rato largo.

—¿Alistair Haley? —preguntó finalmente.

—Sí, eso es —contestó Francis—. Me ha dicho que le haga una visita.

La señora Von Waldenfels parecía emocionada.

—¿De verdad que le ha dicho eso? Ha de saber que antes, cuando Warren todavía vivía, a veces traía consigo a Alistair, y luego se quedaba horas discutiendo con Fritz en su despacho. Por desgracia, tras la muerte de Warren perdimos el contacto. Además, el estado de salud de Fritz ha ido empeorando. Pero eso de que le haya enviado a vernos. ¿Lo has oído, Fritz?

El señor Von Waldenfels asintió con simpatía.

—Alistair era un chico muy inteligente y sumamente dotado para las matemáticas —dijo con un tono de voz de una firmeza desconcertante—. Ojalá hubiéramos tenido más de su casta. Pero salió demasiada chatarra. —De repente parecía completamente despejado—. El resto de niños eran más bien mediocres. Y algunos, un desastre. Me resulta completamente incomprensible. Uno utiliza los mejores ingredientes y lo que cría son fracasados. No es de extrañar que tuviéramos que echar el cierre.

Al decir estas palabras, taladró a Francis con una mirada que a este le pareció un rayo. Pero a los pocos segundos, Waldenfels volvió a recluirse en sí mismo y permaneció callado.

Armando sirvió el té para todos. La señora Von Waldenfels le dio las gracias y luego se volvió de nuevo hacia Francis.

—¿No decía usted que también es un... cómo lo diría yo, un niño probeta?

—Sí, mi madre participó en el proyecto. ¿Es cierto lo que dice su marido? ¿Es verdad que, salvo Alistair, los demás niños salieron más bien mediocres? ¿Por esa razón se cerró el banco de semen?

—Pues sí, la mayor parte de los niños no eran nada del otro mundo. Pero el banco de semen no se cerró por eso, sino porque fue objeto de demasiadas críticas. Al señor Monroe y a mi marido los insultaron y les echaron en cara que querían criar una nueva raza superior. Sin embargo, si queremos curar enfermedades o seguir teniendo agua y energía suficientes en el futuro sin destruir el planeta ni estar en pie de guerra, hace falta la ciencia experimental.

Miró un momento a Francis, como buscando su aprobación.

—De todas maneras —continuó—, hubo unos cuantos percances desafortunados. Por ejemplo, se descubrió a algunos donantes en contra de su voluntad. A eso se añadió que a mi marido lo acusaron de trabajar para los nazis durante la Segunda Guerra Mundial —dijo con tono de amargura—. Todo eso es mentira. Fritz odiaba profundamente a los nazis; nunca trabajó para ellos. Yo lo conocí poco después de que emigrara a América en los años cincuenta, y llevo viviendo con él cuarenta y ocho años. Le puedo asegurar que esos rumores son absolutamente falsos.

Francis apartó la mirada de ella y la dirigió hacia su marido, que miraba al vacío; se hizo un silencio violento. Pero luego, de repente, el señor Von Waldenfels se incorporó en la silla de ruedas y alcanzó su taza. Dio un trago apresurado de té y miró la hora.

—Bueno, señores, lamentablemente tengo que despedirme de ustedes dos —les dijo a su mujer y a Francis—. Me espera una reunión con Warren P. Monroe.

La señora Von Waldenfels acarició afectuosamente su mano arrugada.

—Cariño, Warren lleva seis años muerto.

Su marido, que hacía un rato parecía lleno de brío, tardó unos instantes en asimilar esa información, que desbarataba todos sus planes. Se limitó a asentir y luego, sumido en sus pensamientos, clavó la vista en la ventana.

Francis consideró que ese era el momento adecuado para preguntarle si aún estaban en la casa los documentos de los donantes y si les sonaba el nombre de Doble.

—Siento decepcionarlo —dijo la señora Von Waldenfels negando con la cabeza—. Fritz nunca ha poseído ningún documento; todos se guardaban en casa del señor Monroe. Poco antes de morir los quemó todos para proteger a los donantes. Además, nunca he oído hablar del tal Doble. Me temo que no podemos serle de ninguna ayuda.

Francis vio cómo en cuestión de segundos se desvanecían todas sus esperanzas.

—¿Y sabe quién podría ayudarme?

—No, lo siento, pero no puedo…

Su marido tosió.

—Habría que discutir —empezó sin más— cómo se puede aprovechar todo el potencial de una persona. En un solo ser humano tiene cabida la energía de treinta bombas atómicas, pero faltan los medios para dar salida a esa energía. Si se pudiera encontrar la manera, se resolvería el problema de la energía en el mundo. A los menos capacitados, sencillamente se los podría utilizar como baterías.

Miró a los demás con gesto interrogante, pero antes de que apartaran la mirada avergonzados, ya lo había olvidado todo. Le tocó la rodilla a su mujer y le dijo con sorprendente amabilidad:

—¿Podría tomar una taza de té, cariño? Llevo horas sin beber nada y con este calor me voy a deshidratar.

En su mano izquierda aún sostenía la taza medio vacía.

3

De nuevo se hallaban en la autopista, a ciento sesenta kilómetros de Los Ángeles.

—¿Qué tal ha ido todo? —preguntó Grover.

Francis admitió que todavía no sabía si su padre realmente se apellidaba Doble. Que además se hubieran quemado todos los documentos fue un duro golpe. Ya solo dependía de que lo ayudaran en la clínica Monroe. Pero ¿y si no podían o no querían?

Como siempre que las cosas se le ponían difíciles e iba a darse por vencido, pensó en lo que le dijo una vez su vecino Toby, estando emporrado: «Lo más importante es que atrapes todos tus malditos sueños y esperanzas y no los dejes escapar nunca. Puedes gritar, puedes desesperarte o lloriquear. Pero aunque ya no creas en ti, no debes soltar amarras. Porque si lo haces, se acabó, pequeño. A partir de ese momento dejarás de vivir. Aún podrás corretear por el mundo unos años, pero en el fondo estarás muerto; como casi todos nuestros vecinos».

Llegaron a Los Ángeles a mediodía. En la ciudad hacía un calor espantoso. La contaminación lo teñía todo de gris, y el tráfico, distribuido en varios carriles, avanzaba con lentitud. Grover estuvo a punto de chocar con un Chrysler. En la radio sonaba una canción de Eric Burdon and The Animals. Francis le prestó atención; era una de las favoritas de su madre. La recordaba en la cocina cantándola:

When I was young	Cuando era joven
It was more important.	*Aquello era más importante.*
Pain more painful,	*El dolor, más doloroso*
The laughter much louder	*La risa, más alta*
When I was young.	*Cuando era joven.*

Francis se avergonzó de no haber llamado todavía a su madre. Se lo había propuesto mil veces. Sabía que a ella le gustaría mucho más vivir en el Oeste, donde había nacido. Pero después de perder el dinero en la ruleta, todo quedaba reducido a una quimera.

Al atravesar la ciudad, Francis iba mirando de nuevo a todos los hombres que podían haber sido su padre. Cuando se detuvieron ante un semáforo en rojo, descubrió al fin la silueta de un hombre alto, cuadrado, de unos cuarenta y ocho años, que se le parecía bastante. Iba trajeado y llevaba unas gafas sin montura. ¡Ese es!, se le ocurrió a Francis. Pero luego el hombre volvió la cara y Francis vio que se había confundido.

La clínica Monroe se encontraba en el centro de la ciudad. Cuando Francis se dirigió al edificio, la fachada oscura lanzaba destellos por el sol. Regresar al lugar en el que nació y fue engendrado le provocaba una extraña sensación. Intentó imaginarse a su madre escuchando una conferencia de Monroe junto con las otras mujeres, cuando todavía era muy joven; o al doctor Doble recorriendo el aparcamiento dos décadas atrás. Todo lo que hasta entonces parecía tan tranquilizadoramente lejano, de repente lo tenía ahí al lado.

En el mostrador de información, Francis se enteró de que ahora la clínica se había especializado en cirugía estética. Por el vestíbulo discurría un riachuelo artificial, de los altavoces salía la música y había pantallas planas, dispensadores de agua y plantas por doquier. Enseguida fue consciente de lo absurdo que era su plan. El edificio era como un laberinto; cada secretaria de recepción lo mandaba a otra secretaria.

Todo lo que podía presentar se reducía a unos cuantos artículos sobre el banco de semen de los genios, que además ya no existía. Durante más de una hora cruzó varias veces la clínica, pero no encontró a ningún médico de aquella época; la mayor parte habían sido sustituidos tras la muerte de Monroe. Ahora allí trabajaban hombres jóvenes de piel bronceada y cuerpos musculosos. Nadie había oído jamás el nombre de Doble.

Por fin, Francis se encontró con un empleado que conocía el banco de semen de los genios. El médico lo miró de arriba abajo y le dijo que allí no podrían ayudarlo. Que aunque hubiera documentos, estaban obligados a guardar el secreto profesional.

—¡Pero si estoy buscando a mi padre!

—Lo siento, pero no hay nada que hacer.

Sin dignarse a mirarlo de nuevo, el médico siguió su camino.

Pues vaya, pensó Francis, conteniéndose para no dar un grito por la decepción. ¿Cómo se le había ocurrido pensar siquiera por un segundo que alguien ayudaría a una persona como él? Qué ingenuo había sido por confiar en que, nada más entrar en esa clínica, tendría acceso a unos documentos que probablemente habían dejado de existir hacía mucho tiempo.

En el vestíbulo se encontró con Grover y Anne-May. Al verlos, hizo un gesto de negación con la cabeza. Todo había salido mal: había perdido en el casino y a su padre no lo encontraría nunca. Había recorrido miles de kilómetros para nada. Pero quizá fuera mejor así. De esta manera se ahorraba el terrorífico encuentro con alguien que de todos modos no querría verlo.

—¡Venga, vámonos! —dijo.

En el momento en que se disponían a abandonar la clínica, entró por la ventana un rayo de sol tan cegador, que deslumbró a Francis. Se tapó los ojos con la mano y apartó la vista.

Entonces vio a un médico mayor que salía de una consulta y se dirigía al ascensor. Era lo suficientemente anciano como para haber estado trabajando allí en la época del banco de semen. Después de dudarlo un momento, salió corriendo hacia él.

—Pues sí que tiene usted prisa —dijo el hombre, de buen humor.

Francis le enseñó uno de los artículos sobre el banco de semen de los genios. El médico lo miró detenidamente. Era la primera persona de esa clínica que parecía saber algo del asunto.

—¿Y cómo puedo ayudarlo?

—Busco a mi padre, que fue uno de los donantes y probablemente se apellide Doble. Tengo que encontrarlo sin falta, y he venido desde Nueva Jersey expresamente para eso, pero no sé dónde vive. ¿Trabajaba usted aquí cuando todavía existía el banco de semen?

—No, lo siento; solo llevo dos años aquí.

Cuando el médico vio la desesperación de Francis, añadió:

—Pero Andy Kinnear debería saberlo, pues lleva veinte años trabajando en esta clínica.

Un tipo insignificante llamado Andy, que estaba enamorado de mí, se le pasó a Francis por la cabeza.

—¿Y dónde está?

—Esta semana libra. Vive en Hollywood. Debería tener su dirección en mi despacho, Andy es amigo mío, de modo que no tendrá ningún problema.

Recorrieron el pasillo; Francis iba tan nervioso que ni se atrevía a hablar. Ante una de las últimas puertas, el médico se detuvo.

—Cinco minutos —dijo, y desapareció.

En el letrero de la puerta ponía: «Doctor Greg Hucksta- ble». Le recordó a la serie de Bill Cosby, que antes veía con frecuencia.

Junto a la habitación había un banco con dos chicas sentadas. La que leía una revista de moda lo miró brevemente; la otra parecía hipnotizada mirando la pantalla plana de la pared: el presidente Bush pronunciaba un discurso en la CNN.

Habían muerto otros ocho soldados. Francis se sentó al lado de la chica que veía la tele.

—¡Jódete, Bush! —dijo ella—. Se supone que no lo ha votado nadie, pero ha ganado en la reelección.

—Mis padres lo han votado, como bien sabes —dijo su amiga en tono de aburrimiento, sin dejar de leer la revista.

—¿Ah, sí? Siempre he creído que estaban en contra de la guerra.

—La guerra les da completamente igual. Para ellos Bush hace buenas leyes de impuestos, nada más.

—¿Os puedo preguntar una cosa? —interrumpió Francis, porque estaba tan nervioso que sencillamente tenía que hablar con alguien.

Las dos lo miraron.

—¿Sobre qué?

—¿Cómo es que estáis aquí?

La que sostenía la revista puso los ojos en blanco y siguió leyendo; la otra se lo quedó mirando.

—Yo por la nariz —dijo—. ¿Y tú?

—¡Yo fui engendrado aquí!

La chica lo miró boquiabierta. En ese momento salió de su despacho el doctor Huckstable y le dio un papel.

—Tome; esta es la dirección de Andy. A poder ser, vaya a verlo mañana temprano, hacia las ocho y media, que es cuando vuelve de correr. Si lo desea, le anunciaré su visita.

A Francis le entraron ganas de dar un abrazo al anciano médico. Este por si acaso retrocedió medio paso, pero lo hizo sonriendo.

—Siempre me ha fascinado la historia del banco de semen de los genios. ¿Puedo hacerle una pregunta? ¿Es usted superdotado?

Las dos chicas siguieron la conversación con interés.

—No lo sé.

—Bah, solo era por curiosidad. Seguramente se pregunte por qué le doy la dirección de mi colega sin ponerle ninguna traba. Pues ha de saber que los médicos tenemos discrepancia de opiniones. Unos dicen que es una irresponsabilidad

174

revelar el nombre de los donantes de esperma, porque se les arruina la vida. Yo sin embargo opino que, de lo contrario, se arruina la vida de los hijos. Al fin y al cabo, el donante de semen sabía lo que hacía, conocía los riesgos. Los niños, en cambio, fueron traídos a este mundo sin que nadie se lo preguntara y luego se han visto obligados a afrontar su destino sin un padre. A mí eso me parece irresponsable. Si Andy conserva los documentos, me encargaré de que usted los reciba. ¿De acuerdo?

Francis asintió con la cabeza. La sonrisa le llegaba desde Los Ángeles hasta Claymont.

4

Después de darle las gracias al doctor, Francis regresó co-rriendo junto a los otros. Estaba triunfante; incluso le dio igual que Anne-May solo se alegrara con él un instante y luego adoptara una actitud ausente. Encontraron un motel en las afueras de la ciudad. Olía a ropa limpia y a detergente. La mujer de la recepción llevaba unas gafas con forma de mariposa y los miró con recelo. Mientras los otros dos pagaban, Francis observó los folletos que había desplegados sobre una mesa del comedor.

Más tarde, cuando Anne-May fue a ducharse, le dio un codazo a Grover.

—¿Qué pasa, Francis?

—Esta noche me gustaría hacer una cosa yo solo con Anne-May. ¿Te parece bien?

Grover lo miró a través de sus gafas y asintió.

Luego se quedaron un rato sentados encima de la cama en silencio. Francis notaba que en los últimos días su amistad se había enfriado. Quiso decir algo que los volviera a unir, pero como no le se daban bien ese tipo de cosas, no se le ocurrió nada. De modo que se puso a escuchar el repiqueteo del agua de la ducha.

175

—No sé si quiero ir a Yale —dijo en ese momento Grover.

—¿Cómo dices? —Francis lo miró extrañado—. Pero así podrás salir de una vez de nuestro poblacho.

—Eso sí. Pero a lo mejor no quiero. Siempre me ha gustado vivir en Claymont. Tenías razón; me resulta difícil empezar cosas nuevas.

—Bah, gilipolleces. Todo saldrá genial. Podrás vivir en un campus, donde seguro que habrá mucho ambiente. Durante la semana estudias y los fines de semana te vas con tus amigos a tomar algo por ahí o a alguna fiesta. —Francis no podía parar de imaginárselo; ya de niño le fascinaba la vida en el campus—. ¿Y qué me dices de las mujeres que habrá en Yale? —preguntó—. Las mejores. Guapas y, al mismo tiempo, increíblemente listas. Perfecto para ti.

Grover sonrió.

—Quizá. Pero ¿y si en Yale tampoco le caigo bien a nadie y me encuentro completamente solo? En Claymont al menos te tengo a ti.

—Y me seguirás teniendo. Pero me parece que nos conviene conocer a gente nueva de vez en cuando. Y nosotros nos veremos cuando tengas las vacaciones del semestre, también puedo ir a visitarte.

Aunque Grover asintió, no parecía muy conforme. Llevaba una camiseta de la película *Napoleon Dynamite,* en cuya parte delantera ponía: «Vota a Pedro». Se quedó pensativo, mordiéndose el labio inferior.

Francis intentó animarlo.

—Oye, ¿te acuerdas de cómo comparábamos de niños las series y las películas? Por ejemplo, decíamos: ¿quién es más fuerte, American Fighter o Karate Tiger?

Grover picó inmediatamente.

—Sí. O ¿quién ganaría: Stallone como Rocky o Stallone como Rambo? Tú siempre estabas a favor de Rocky, pero seguro que no tendría ninguna posibilidad frente a Rambo.

Francis meneó la cabeza y dijo que ¡claro que Rocky habría tenido posibilidades! Empezaron a discutir, se inventaron nuevas preguntas y jugaron por última vez a ese juego tan tonto.

Anne-May se había arreglado para ir a la ciudad. Cuando ya se disponían a salir, Grover dijo que tenía un dolor de cabeza horroroso. Lo hizo de manera muy convincente, diciendo que prefería pasar la noche en el motel y acostarse pronto. Disimuladamente, Francis le hizo con el índice y el pulgar el gesto de OK, y Anne-May y él regresaron a la ciudad en autobús.

—Umm, a ver qué podemos hacer hoy —dijo, cuando se apearon en el Centro Cívico.

Como Anne-May asintió con frialdad, Francis intuyó que le había calado a Grover su maniobra, no precisamente genial, y que ahora se lo haría pagar. La verdad es que era demasiado lista para él.

A su lado pasaban zumbando miles de coches. Parecían ser los únicos que iban a pie en esa ciudad.

—¿Te apetece algo en concreto? —preguntó él.

—No.

—Venga, cualquier cosa. Haremos lo que tú quieras. Podemos jugar al billar o ir a un club o a un restaurante o al cine.

—Decide tú —dijo ella, y él notó que no le apetecía ninguno de esos planes.

En la clínica la tenía para él solo. Allí bastaba con que fuera a su habitación y le hiciera compañía. En cambio, fuera no tenía ninguna oportunidad, pues ella lo encontraba aburrido. Sin embargo, aunque Anne-May no hiciera nada, él la quería cada vez más. Si se hubiera puesto a comer una manzana, se habría entusiasmado. Él, por el contrario, tenía que esforzarse muchísimo. ¡Y esa noche lo haría!

Pasaron junto a varios cafés, clínicas y bancos y doblaron por la Grand Avenue. De repente llegaron a un complejo arquitectónico de acero que él ya había visto en un folleto en la pensión. Con sus airosos arcos, el edificio se asemejaba a un gigantesco barco de vela plateado. Docenas de personas afluían hacia él; Francis se sumó a la marea. Anne-May lo siguió más bien de mala gana.

—¿Sabes de quién es el edificio? —le preguntó él.

—Mi padre es amigo del arquitecto, Gehry.

Cuando ella mencionó a su padre, Francis se estremeció.

—Sí, pero ¿sabes qué contiene ese edificio? —siguió preguntando.

—Claro. ¿Por qué?

Por fin, Francis reconoció en su mirada un atisbo de emoción.

Y enseguida llegaron a un soporte publicitario con el cartel que anunciaba: «La Orquesta Filarmónica de Los Ángeles».

Francis llevó a Anne-May a rastras a la ventanilla. Esperaba precios altos, pero lo que vio superaba con creces sus expectativas.

—Francis, ¿se puede saber qué haces?

—Siempre has deseado escuchar a la Filarmónica de Los Ángeles, ¿no? Al menos, eso me dijiste en la clínica. Y he visto que hoy había concierto.

—Pero si cuesta un dineral y estás sin blanca —dijo ella, cada vez más entusiasmada.

—Eso ya lo veremos.

Francis sacó un monedero grande del bolsillo.

—¿De dónde has sacado eso?

—A ti qué te importa —dijo, abriendo el monedero de piel del doctor Von Waldenfels.

Hacía unas horas que se había llevado un chasco al comprobar que dentro no había tarjetas de crédito ni números de teléfono importantes. A cambio, encontró seiscientos dólares. Una pequeña compensación por el delirio de su engendramiento.

Sacó varios billetes y compró dos de las entradas más caras para el concierto.

—Chaikovski —susurró Anne-May mientras entraban—. Lo adoro.

La sala estaba llena a reventar; se oían murmullos de voces por todas partes. Las butacas rodeaban el escenario. Se sentaron a pocos metros de los músicos. Francis disfrutaba viendo la mirada expectante de Anne-May, que de repente le empezó a contar que cuando era pequeña, antes de dormirse, escuchaba a la Filarmónica de Los Ángeles y que muchas veces se había imaginado este momento. Cuando los músicos terminaron de afinar sus instrumentos y el director alzó los brazos, Anne-May, emocionada, le dio un codazo y miró embelesada el escenario. En ese momento, a Francis le pareció una cría de diez años.

La música invadió la sala. En la orquesta había brotado algo que volaba de los violines a los oboes y a las trompetas, acariciaba las cornetas, los clarinetes y los timbales y luego se elevaba hacia los arcos de madera del techo. Finalmente, voló hacia los espectadores; no los pilló por sorpresa y, sin embargo, los conmovió intensamente, a cada uno de una manera distinta. Cuando atrapó a Anne-May, se le pusieron los ojos brillantes, y cuando llegó a Francis, miró la mano que tenía a su lado. Palpó con cuidado los dedos de Anne-May. Al principio, ella no reaccionó, pero luego esa mano se despertó y agarró la suya.

Después del concierto, Anne-May comentó con entusiasmo la excelente acústica de la sala y, radiante de alegría, le dio las gracias por la invitación.

–De niña no me gustaba el *Concierto para violín* –dijo–. Pero ahora me ha encantado. ¡El violinista era prodigioso!

Aunque Francis le dio la razón, lo que en realidad le interesaba era ver que ella lo había vuelto a agarrar del brazo. En un restaurante italiano pidieron espaguetis con marisco, acompañados de vino tinto. Por primera vez, a Francis no le costaba ningún esfuerzo hablar. El éxito por lo de la Filarmónica y el hecho de que quizá conociera pronto a su padre, le provocaban un estado de euforia embriagadora. Tenía la sensación de no haber estado nunca tan a gusto. Se vio chistoso, replicando con agudeza, y le parecía que Anne-May se estaba enamorando de él. Durante el postre, ella le mencionó sus poemas favoritos; se sabía de memoria unos cuantos de un tipo llamado Whitman, o algo parecido, y se los recitó. Él desde luego no tenía ningún poema favorito; solo se sabía las series y las pelis. Pero esa noche se notaba capaz de cualquier cosa, y se le ocurrió algo que era mucho mejor que los poemas de ese tal Whitman.

—¿Has visto *Blade Runner*, en la que sale Harrison Ford? —le preguntó—. Hay una escena en la que el replicante muere y se ve que en realidad era más humano que todas las personas. Sus últimas palabras no son poéticas, pero sí bastante filosóficas. Te gustarán.

Anne-May dijo que no la había visto y lo miró expec-tante.

—Verás; los replicantes son personas criadas artificialmente. Pero algunos no saben que son replicantes; creen que son personas de verdad. A casi todos los persiguen hasta matarlos. Y al final de la película hay una escena en la que Harrison Ford atrapa al líder de los replicantes. Es de noche, y el replicante está moribundo. Durante toda la historia, uno cree que es un robot sin sentimientos. Pero luego, en medio de una lluvia torrencial, poco antes de morir, dice lo siguiente:

> He visto cosas que vosotros, humanos, jamás podríais imaginar. Atacar naves en llamas más allá de Orión. He visto Rayos C centelleando en la oscuridad, cerca de la Puerta de Tannhäuser. Todos esos momentos se perderán en el tiempo, como lágrimas en la lluvia.
> Es hora de morir.

Francis se lo sabía de memoria porque la escena lo había conmovido bastante la primera vez que vio la película. No sabía por qué, pero cuando oyó esas palabras se le humedecieron los ojos. En aquella época rebobinaba una y otra vez esa escena y pensaba: Eso es. ¡Eso es exactamente!

Miró a Anne-May con una sonrisa radiante.

—¿Ese es todo el poema? —preguntó ella.

Francis asintió.

—Debes de estar zumbado. ¡A quién se le ocurre comparar *Blade Runner* con Walt Whitman! —dijo ella, pero Francis notó que le había gustado.

Cuando llegaron al motel, Grover ya estaba dormido en su cama. Francis se quedó mirando a Anne-May un rato largo. Luego se acercó a ella y la besó. Se amaron en el cuarto de baño, y aunque resultó bastante complicado, Francis sabía que ahora las cosas volvían a estar bien. Por fin era suya. En la cama, Anne-May puso el brazo sobre la tripa de Francis, y este se durmió enseguida, como hacía meses que no le pasaba.

A las cuatro de la mañana se despertó al oír que alguien sollozaba. Anne-May ya no estaba tumbada a su lado. Francis la encontró en el baño, sentada en el suelo y llorando. En el brazo izquierdo tenía unos cortes de los que manaba sangre y goteaba sobre las baldosas blancas.

5

—¿QUÉ HACES AHÍ? —gritó Francis levantándola.

Por suerte los cortes se los había hecho solo en el antebrazo, no en las muñecas. En el suelo vio una navaja abierta. La cerró y se la guardó.

—¿Por qué haces esto? ¿Por qué?

Ella seguía llorando.

—Es que… no puedo más…

—¿Qué ha pasado?

—Yo no te quiero, Francis. Sencillamente no te quiero.

Mierda, pensó él, y se quedó como paralizado, murmurando distraídamente que esa no era una razón para hacerse lo que se había hecho.

Anne-May se desplomó de nuevo en el suelo; él se sentó a su lado, mientras ella se sonaba con papel higiénico.

—Todo lo que te he dicho era mentira.

—¿Qué era mentira? —preguntó él.

—Mi padre nunca me ha violado.

—¿No?

—No; no ingresé por eso en la clínica.

—Entonces, ¿por qué?

—Pues porque… —Esbozó una sonrisa, pero resultaba falsa, como una mala imitación—. No quería morir, de verdad que no. Pero tampoco quería seguir viviendo así.

Ella notó su mirada de irritación y meneó la cabeza.

—Yo tenía once años cuando atropellaron a mi hermano —dijo—. Jerome había cumplido siete, y fue culpa mía, por no haberlo vigilado. Mi padre viajaba con frecuencia a Nueva York por trabajo, y mi madre también estaba muy ocupada. De modo que me dejaban al cargo de Jerome. Una vez tuve que llevarlo conmigo al centro comercial, cosa que me crispaba los nervios. Además, estaba celosa de él porque mis padres le consentían todo, mientras que a mí a su edad no me dejaban ir al centro comercial sin un adulto. Por eso iba deliberadamente unos pasos por delante, sin vigilarlo. Ya estábamos de vuelta. Jerome era muy travieso, se distraía con cualquier cosa. Y de repente quiso cruzar la calle en busca de algo. Para cuando me volví, ya había echado a correr. Como me encontraba muy lejos le vociferé que tuviera cuidado, y de repente oí un golpe sordo. Lo vi tumbado en la calzada y me acerqué. Tenía un aspecto tan horrible… —Cerró los ojos como si quisiera ahuyentar las imágenes.

Francis apoyó la cabeza en la pared.

—No es culpa tuya —dijo, aunque sonó poco convincente—. Hay otros mil casos en los que esa situación no acaba en un accidente. Y además, tú también eras solo una niña.

Anne-May apenas reaccionó.

—Dejaron su habitación tal y como estaba y aún sigue así —dijo ella—. Mi padre se puso a trabajar mucho; casi nunca estaba en casa, y mi madre se hizo extremadamente religiosa. Lloraba mucho, y mi padre de vez en cuando también. La única que no lloraba era yo. En el periódico publicaron un artículo sobre la muerte de mi hermano; lo leí una y otra vez maldiciéndome por no estar tan triste como debiera. En aquella época tenía la impresión de ser cada vez más insensible. No sabía amar ni llorar, ni tampoco ser feliz. Sencillamente era demasiado fría. Eso me ponía enferma porque ¿a quién le gusta ser así? Me recluí en el colegio y dejé de tocar el piano. Cuando dibujaba personas, les hacía ojos sin pupilas, completamente vacíos. Me gustaban más así, aunque sabía que eso no era normal. Luego empecé a dibujar ratones, en los que eso no llamaba tanto la atención. –Se sonó de nuevo la nariz–. Con el tiempo, todo empeoró –dijo–. Se sumó la presión que ejercían mis padres sobre mí, porque querían tener al menos una hija que fuera doña Perfecta, o yo qué sé. Una vez estuve en tratamiento por anorexia; además me emporraba con frecuencia. Me odiaba por no estar nunca triste o, por lo menos, enfadada. Y porque mis padres podían hacer conmigo lo que quisieran. Entonces empecé a preguntarme dónde estaría en ese momento Jerome y qué pasaría después de la muerte. Y por último, llegó esa noche en la que fumé demasiado y escuché demasiada música siniestra y, al parecer, me pasé siete pueblos. –Se incorporó–. Pero da igual. En cualquier caso, no me han violado y quiero que lo sepas.

Francis no sabía bien cómo debía reaccionar. Estaba incómodo sentado en el suelo y le empezaba a doler la espalda.

–No sé qué responder a todo eso –dijo finalmente–. Lo siento porque me gustaría decirte algo bonito y edificante.

–No hace falta que te disculpes por nada, Francis. Eres el mejor hombre que pueda imaginar. –Puso la mano sobre su brazo–. Y a veces me siento muy atraída por ti. Pero sencillamente no te quiero, y por eso incluso te odio. Había decidido explicártelo estos últimos días. Pero luego me has invitado hoy a la Filarmónica y eso ha sido maravilloso por tu parte. Quería probar contigo y hacer como si sintiera lo mismo por ti que tú por mí, pero sencillamente no puedo.

Francis contemplaba el grifo que goteaba. Intentaba cerrar los ojos antes de que cayera la siguiente gota. Esa noche en Los Ángeles había dado todo lo que tenía, pero al parecer seguía sin ser suficiente.

Se quedaron otro rato sentados.

—Lo de tu padre, en cualquier caso, me tranquiliza —dijo él en mitad del silencio—. Hace poco, cuando no quisiste responder a la pregunta de con quién lo habías hecho la primera vez, pensé que sería con tu padre.

Ella negó con la cabeza.

—La primera vez fue contigo.

—¿Qué?

—En la clínica, sobre el piano. Aún era virgen; también era mi primera vez.

—¿Qué?

—Odio a la mayoría de los hombres. Nunca he querido tener novio. Siempre me ha repugnado cómo me miran los tíos. Tú también me mirabas un poco raro, pero eras distinto, no sé por qué. Maldita sea, ya no estoy segura de nada.

—¿Y a qué vino entonces el numerito de la ninfómana?

—Para protegerme. Más vale ser la mayor puta del mundo que una rarita a la que no le gustan los hombres.

Francis se mordió el labio y se quedó pensativo.

—Vale, pues ahora te voy a decir una cosa. Sé que tú y yo encajaríamos bien. Mejor de lo que tú crees. Te quiero tanto, que con eso nos bastaría a los dos. Puedes no quererme si quieres; me da igual. Basta con que estés a mi lado y no te muestres tan fría como en los últimos días. No tienes que hacer el paripé ni fingir sentimientos. Sé quién eres; ahora conozco tus secretos como tú los míos.

Ella se mordió las uñas.

—De todas maneras no puede ser, y tú lo sabes —dijo—. Mis padres no te aceptarían nunca. No te soportarían y te harían la vida imposible. No los conoces; no sabes cómo pueden llegar a ser. Aparte de eso, no nos haríamos ningún bien el uno al otro. Tú eres un perdedor del parque de caravanas y yo, una paciente con amenaza de suicidio que no sabe amar. Tú estás trastornado y yo estoy trastornada.

—Menos por menos igual a más, Anne-May.

Ella sonrió mientras le caían las lágrimas.

—Menos por menos igual a más —repitió, y agarrándole la cabeza lo besó en la boca—. No sabes la cantidad de veces que he pensado últimamente en la casita esa de San Francisco. Si pudiéramos mudarnos allí y dejarlo todo atrás…, yo lo haría. Inmediatamente. Pero la vida no es tan sencilla, y tú lo sabes también.

—¡Pero yo QUIERO HACERLO! —dijo él, casi gritando.

—Tú siempre quieres demasiadas cosas, Dean —dijo ella, apretándole la mano.

Ese fue el momento en que Francis intuyó que perdería a Anne-May.

Ella se enjugó las lágrimas.

—Tendrías que haber ganado esos millones en el casino; ahora todo sería más fácil.

—Sí, qué rabia me da no haberlo conseguido. Los que jugaban a mi lado tienen la culpa, por haberme puesto nervioso.

Sonrió, mientras Anne-May se secaba la sangre del antebrazo y se ponía una tirita. Luego se acostó. Francis la siguió, y ella se arrebujó junto a él bajo el edredón. Curiosamente, durmieron bien.

6

Andy Kinnear vivía en una casa pequeña en Hollywood. Allí todo el mundo tenía un jardín, donde jugaban los niños; todo era verde, apacible y familiar. El Paseo de la Fama, los zombis de la cirugía estética y el Teatro Kodak, en el que se entregan los Óscar, solo distaban unos kilómetros; pero allí no se notaba nada de eso.

Francis se frotó los ojos. Pese a que la noche anterior había sido intensa y demasiado corta, ahora se sentía decidido y cargado de energía. Anne-May y Grover seguían durmiendo, pero él a las ocho y media en punto se plantó ante la puerta de la casa de Kinnear y llamó al timbre. Le abrió una pelirroja de unos treinta años.

—Hola. Soy Francis Dean y me gustaría ver al señor Kinnear.

–Hombre, Francis. Greg avisó ayer de que vendrías. Mi marido debería haber vuelto ya; a esta hora va siempre a correr. Pero pasa. Soy Lorraine.

Le dio la mano y lo condujo al cuarto de estar. Era luminoso y acogedor, pese a que reinaba cierto desorden. Por todas partes había juguetes, y al poco rato apareció un niño pequeño. También era pelirrojo y tendría unos tres o cuatro años.

–Hola –dijo Francis.

–Hola –respondió el niño, después de dudarlo un poco.

–Este es Miles –dijo la señora Kinnear–. Y esa es Katherine –dijo señalando una cuna del rincón en la que dormía un bebé.

Al oír el nombre de su madre, Francis dio un respingo.

La señora Kinnear le preguntó si quería beber algo y desapareció en la cocina. Al quedarse solo, Francis notó que el niño no le quitaba ojo, y él empezó a hacerle muecas. Para su alivio, funcionó, pues el niño se echó a reír.

Cuando la señora Kinnear regresaba con un vaso de zumo, entró también su marido por la puerta de la casa. Llevaba un chándal azul y estaba completamente sudado.

–Lo siento, he ido a comprar una cosa –le dijo a su mujer, dejando una bolsa de Trader Joe's sobre una mesita. Luego miró a Francis y se quedó petrificado.

–Cómo se parece –dijo–. Increíble.

Cuando se quedaron solos, Andy y Francis se sentaron en el sofá, frente al televisor. Andy Kinnear era un hombre de aspecto afable, tipo Matthew Perry, de cuarenta y muchos años, claramente mayor que su mujer. Para su edad, parecía en plena forma; aún conservaba una buena mata de pelo castaño sin ninguna cana.

–Te pareces muchísimo a tu madre –dijo–. Me recuerdas a ella en muchas cosas. Solo tienes distinta la barbilla. Ayer, cuando Greg me habló de ti y me contó tu historia, al principio no caí en la cuenta de quién eras. Pero al decirme el apellido Dean, inmediatamente supe de quién se trataba. Al fin y al cabo, ese apellido tiene para mí un significado muy especial. —Suspiró—. De repente me vino todo a la memoria.

Francis señaló la cuna del rincón, donde estaba la pequeña Katherine.

Andy asintió con la cabeza.

—Tu madre fue el primer gran amor de mi vida. En cuanto la conocí por aquel proyecto, me volví loco por ella. Y luego se puso a coquetear descaradamente conmigo para tener acceso a esos documentos. No tenía por qué hacerlo; de todas maneras, habría hecho cualquier cosa por ella. Además, después me quedé peor. Tu madre era tan fogosa, que podía hacerle a uno el hombre más feliz o más triste del mundo. En mi caso, por desgracia, fueron las dos cosas.

Francis pensó en la mujer de cuarenta años que ahora guardaba cama en un clínica a miles de kilómetros. Tenía ganas de preguntarle enseguida si su padre realmente se apellidaba Doble, pero al mismo tiempo le daba un miedo atroz que Andy se lo quedara mirando con cara de incomprensión y le dijera que no con la cabeza.

Así que por el momento, Francis solo le preguntó si quería saber lo que hacía ahora su madre. Para su sorpresa, Andy dijo que no.

—Conservo de ella una imagen congelada que solo pertenece al pasado.

—Congelada —dijo Francis—. Esa es la palabra clave.

Andy se echó a reír.

—Por lo menos te lo tomas con humor. Hay demasiados hijos de genios que no acaban de aceptar su destino.

—Bueno, al principio se me hacía raro. Pero si he de ser sincero, ahora incluso estoy orgulloso de haber formado parte de ese proyecto. —Esquivó la mirada sorprendida de Andy—. No se lo puedo decir a mis amigos porque me tomarían por loco. Pero desde que sé que pertenezco al banco de semen de los genios siento como que soy alguien. Tengo un padre genial y, al parecer, mi vida es importante para la ciencia y ese tipo de cosas. De repente, es como si todo tuviera un sentido.

Andy lo miró pensativo.

—Lo mejor es que te dé la documentación sobre tu padre.

Se metió en el cuarto de al lado y volvió con una carpeta.

—El doctor Ian Doble, también conocido por el apodo de Donante James.

Ian, pensó Francis. ¡Su padre se llamaba Ian!

Se levantó un momento, pero enseguida volvió a sentarse. Tan numerosos eran los pensamientos que se le agolparon, que tenía ganas de chillar, correr, reír. Sin embargo, se contuvo.

Andy leyó el documento en voz alta:

—Esta es la parte oficial, la que quizá ya conozcas: «El Donante James se doctoró en Harvard, tiene un coeficiente intelectual de 170, es amante del deporte, no fumador convencido, toca el violonchelo y juega al *lacrosse*».

Francis se quedó mirando fijamente el documento hasta que Andy se dio cuenta y se lo entregó. Eran pocas páginas y contenían datos clínicos sobre el esperma, así como información acerca de Ian Doble y su madre.

—Como es natural, a nuestros clientes solo les dimos una breve descripción de los donantes. Ahí tienes todo lo que reunimos sobre Doble.

Francis contempló la foto de su padre y notó un cosquilleo y una sensación cálida en el estómago. ¡Era la primera vez que lo veía!

Le pareció que tenía muy buen aspecto. Un poco como Paul Newman en *La gata sobre el tejado de zinc,* y comprendió que a su madre le hubiera gustado ese hombre. Doble llevaba traje, tenía un brillo picarón en los ojos y exactamente la misma barbilla acusada con hoyuelo que su hijo. «Doctor Ian Doble», leyó Francis, que hasta ahora no se lo había creído del todo. Debajo de la foto ponía que su padre era una eminencia en el campo de la neuroquímica.

—Un neuroquímico —dijo Francis meneando la cabeza, pero fascinado; le sonaba como de otro mundo.

Siguió leyendo la biografía de ese hombre, que hasta hacía dos semanas le era completamente desconocido y que, de pronto, se había convertido en la persona más importante de su vida. Medía un metro ochenta y nueve, era atlético, se había doctorado en Harvard defendiendo una tesis doctoral calificada *summa cum laude* y era un excelente investigador. Buena posición económica. Sin embargo, su actual paradero en Santa Mónica había sido tachado. Francis intentó dejar de sonreír como un loco, pero no lo consiguió porque se sentía inmensamente feliz por tener un padre así. Por primera vez era hijo de alguien de quien se podía estar orgulloso.

—¡Joder, mi padre es el típico superhéroe! —se le escapó.

Hasta entonces temía haber sido engendrado por un fracasado o por un criminal, y ahora resultaba que era hijo del mejor de todos los padres. Francis se sentía como en una nube.

Andy señaló el documento.

—Ian Doble fue uno de nuestros donantes más activos. En total se decidieron por él siete mujeres.

A Francis le costó un rato bajar de la nube y comprender: de repente tenía otros seis hermanos.

Andy se dio cuenta del error que había cometido.

—Los nombres de tus hermanos y todo lo concerniente a ellos no te los voy a dar. Con tu padre puedo ayudarte, pero eso…

—Vale, no importa. Ni siquiera conozco a mi padre, de modo que ellos proceden de una parte de mi familia que no me dice nada. Y casi prefiero no verlos.

Quizá más adelante se arrepintiera de esas palabras, pero por el momento a Francis solo le interesaba su padre.

—Y aunque quisiera —añadió Andy—, no podría decirte los nombres de tus hermanos. Nadie puede hacerlo ya, puesto que Monroe quemó todos los documentos. Esto de aquí —dijo señalando la delgada carpetita del señor Doble y la señora Dean— solo lo tengo porque lo robé del archivador de Monroe para tu madre. Por diferentes razones, no lo he tirado en todos estos años. Para ser sincero, sobre todo porque me gustaba mucho leer la página que habla de tu madre.

Al oír esto, Francis apartó los documentos sobre Ian Doble y echó un vistazo a los datos acerca de Katherine Angela Dean. Ponía que era especialmente apropiada para el proyecto y que obtendría una beca del banco de semen de los genios. Tenía un coeficiente intelectual por encima de la media y, además, había superado todas las pruebas de manera deslumbrante. En el capítulo «profesión» ponía: estudiante de Derecho, y en una nota decía que fue animadora de los Lakers. Como aficiones constaban la lectura, oír música y bailar. En la foto tenía veintidós años y era la chica más guapa del mundo. A Francis le vino de nuevo a la memoria la canción favorita de su madre:

When I was young,   *Cuando era joven*
My faith was so much stronger then. *Mi fe era más fuerte*
I believed in fellow men.   *Creía en las personas.*
And I was so much older then.   *Y era mucho más viejo.*
When I was young.   *Cuando era joven.*

No sabía lo que le habría pasado a su madre en la infancia, si habían abusado de ella o la habían pegado o humillado, como a casi todos en este puto mundo enfermo. Solo sabía que llegó un momento en que no aguantó más y se largó de casa siendo una adolescente. Durante toda su vida se había propuesto hacerlo todo mejor. Había querido tener un hijo que fuera un pequeño genio y construir con él algo «nuevo». Así mismo lo había expresado ella. Siempre se había sentido fascinada por eso «nuevo», como si fuera lo más misterioso y emocionante que existía.

Francis se quedó mirando un rato largo la foto de su madre, y de repente le entró una rabia tremenda de pensar que la vida pudiera destruir de ese modo a una persona. Que pudiera convertir a la chica de sonrisa radiante de la foto en la mujer de la caravana, que seguramente todavía anhelara algo «nuevo», pese a que llevaba mucho tiempo atrapada por el pasado.

Francis apartó la página que hablaba sobre su madre.

–¿Qué pasó con el esperma cuando cerró el banco de semen? –preguntó–. Quiero decir que a lo mejor tengo muchísimos más hermanos.

–Se eliminó.

Francis se incorporó.

–¿Qué? ¿Así, sin más?

–Como sabes, el experimento fue un fracaso. Aunque la mayor parte de los hijos de genios estaban dotados de una capacidad por encima de la media, ninguno salió tan genial como Alistair Haley. En modo alguno se creó una élite genética. Warren P. Monroe, al parecer, perdió la paciencia. Quemó los documentos y, cuando murió, se cerró el banco de semen porque además pasó otra cosa.

Francis miró extrañado a Andy.

–Que los niños no respondieran a las expectativas de Monroe no fue la única razón del cierre –dijo este–. Hubo también un escándalo cuando uno de nuestros donantes fue descubierto por la prensa y se supo que era un racista convencido. A eso se añadió el jaleo que se armó en torno al doctor Von Waldenfels, el eugenista del banco de semen. Circulaban rumores de que, de joven, había trabajado para los nazis, cuando, durante la Segunda Guerra Mundial, se llevaron a cabo ensayos clínicos con niños deportados. Waldenfels negó siempre su colaboración, que tampoco pudo demostrarse. De todas maneras, cuarenta años después, cuando se dedicó a la práctica de la eugenesia en Estados Unidos, el asunto dio lugar a muchas críticas. Por último, tras la muerte de Monroe, nadie más quiso financiar o encargarse del banco de semen, y entonces se cerró.

A Francis le retumbaba la cabeza. Por un lado, seguía mirando la foto de su padre y sintiéndose increíblemente feliz y, por otro, no podía dejar de pensar en los niños sometidos a ensayos. Cuando Andy le puso la mano en el hombro, se sintió aliviado. Se recordó sentado en la cafetería del colegio con sus amigos cuando aún no tenía ni idea de nada, y le pareció que desde entonces habían pasado siglos.

—Desde la perspectiva actual, el banco de semen de los genios parece anticuado —dijo finalmente Andy—. En la biología sintética ya se fabrican genes de forma artificial; bien pudiera ser que algún día se críen personas exclusivamente en un laboratorio.

Habló acerca del diagnóstico de preimplantación y de niños optimizados, y se puso a filosofar al respecto preguntándose si una persona de laboratorio tendría alma y si pensaría, sentiría y soñaría como las otras personas, o si sería algo completamente distinto.

Francis intentó prestarle atención, pero cada dos por tres se distraía.

—¿Qué fue lo que aportó el banco de semen de los genios? —preguntó.

—Resulta difícil decirlo. Porque la herencia de la madre también es un factor considerable, y eso apenas se tuvo en cuenta. Más que nada, lo que reveló el experimento fue que el origen genético no lo es todo. Es cierto que en nuestro archivo de donantes más tarde tuvimos también músicos y deportistas de élite, cuyos hijos salieron muy dotados en los campos musical y atlético. Y en círculos científicos se parte también de la base de que la inteligencia es, efectivamente, heredable. Pero eso no lo es todo, como tampoco lo es en el caso de una semilla plantada en la tierra. La educación, la familia y el entorno en el que se cría un joven desempeñan un papel importante; son, por así decirlo, el abono. De lo contrario, todos los niños habrían salido igual de geniales que Alistair Haley.

—Trabaja de gerente en un restaurante —objetó Francis.

—Lo sé. A mí me caía muy bien. Por aquel entonces, todos creían que revolucionaría las matemáticas, y ahora se encarga de que los clientes reciban su hamburguesa de tofu.

—Pero ¿por qué?

—Su inteligencia nunca le ha hecho feliz; no ha sido capaz de estar a la altura de las expectativas. Que entre todos los niños el superdotado fuera él, siempre le ha parecido una lamentable casualidad. –Andy se reclinó en el asiento–. ¿Sabes una cosa? Siempre se dice que con trabajo duro y aplicación se puede alcanzar todo, pero a menudo se olvida que la suerte o la mala suerte desempeñan en la vida un papel aún más decisivo. Dependemos de la casualidad más de lo que queremos creer.

Francis pensó en la moneda que había lanzado hacía unos meses en la clínica para decidir cómo acabarían las cosas. Ahora se lamentaba de no haber mirado lo que había salido.

El pequeño Miles, que hasta entonces había estado jugando tranquilamente con su camión de madera en la alfombra, se inquietó. Francis observó cómo Andy tomaba a su hijo en brazos, le acariciaba la cabeza y lo besaba en la frente. Esa familiaridad le dolió.

–Qué locura –dijo–. Me he pasado años sin que me interesara quién era mi verdadero padre, y ahora no pienso en otra cosa.

–Es completamente normal. –Andy cambió de postura a su hijo para poder sentarse más cómodamente–. Eso mismo les pasa a otros muchos niños probeta. Es cierto que el banco de semen de los genios fue muy peculiar, entre otras cosas, porque de ahí solo salieron unos doscientos niños, pero niños probeta los hay a montones. Cada año nacen treinta mil en este país; a estas alturas habrá ya un millón de ellos.

–¿Tantos?

–Es que no es un proceso complicado. Un poquito de trabajo manual en una cabina, otro poco de nitrógeno líquido en depósitos metálicos para congelar el esperma a 196 grados bajo cero, y listo. De este modo, el esperma se conserva casi infinitamente.

Francis asintió con la cabeza y se quedó mirando un rato cómo jugaba Andy con su hijo.

–Lo que no entiendo de todo ese asunto… –se oyó decir de repente con voz engolada–. ¿Ninguno de ustedes se preguntó cuando hizo el experimento cómo nos íbamos a sentir los otros niños y yo?

Andy lo miró primero a él y luego al techo, mientras reflexionaba.

—Por aquel entonces estábamos todos tan entusiasmados... —empezó.

Y no dijo nada más.

Después de llevar los vasos a la cocina, Andy le preguntó si tenía hermanos. Francis le habló de Nicky y le dijo que su hermano pequeño no acababa de crecer y que él lo quería mucho.

Cuando le mencionó que tanto él como Nicky eran fans de los Knicks, Andy exclamó entusiasmado:

—¡Me encantan los Knicks! Aún conservo en alguna parte una camiseta firmada por Ewing. Mi madre es de Forest Hills; siempre ha sido una fanática del baloncesto.

—En mi caso el fanático era mi padrastro —dijo Francis—. Flipaba con los Knicks; siempre nos llevaba a verlos jugar. Una vez incluso nos sentamos tan cerca del equipo que casi podíamos tocar a los jugadores del banquillo.

—Estás de cachondeo, ¿no?

—¡Qué va! Es verdad.

Ryan solía decir que había jugado con los Knicks, y que fue el jugador más bajito en la historia de la NBA. Cuando Francis alcanzó la edad suficiente, Ryan lo inició en el deporte, y a partir de ese momento él también afirmaba que Ryan había sido un famoso baloncestista. Por aquel entonces, Nicky se creía a pie juntillas todo lo que le contaban. «¿En serio?», preguntaba con verdadero fervor y no había quien lo callara. Aunque Francis estaba más cerca que nunca de su verdadero padre, por un momento deseó que todo fuera como antes, cuando vivía con Ryan, que, con su gorra de John Deere, mascando chicle y siempre de buen humor, les iba contando historietas sentado al volante mientras los llevaba a todos al Madison Square Garden.

Luego miró la hora. Ya eran las diez menos cuarto.

Andy se percató.

—Supongo que tendrás que irte, ¿no?

Francis asintió. Señaló la hoja con la dirección de su padre.

—Santa Mónica está tachado.

—Sí; ya no vive allí. Anoche averigüé para ti dónde está ahora. Créeme, hice cantidad de llamadas. Estuve hablando con unos y con otros hasta que por fin di con alguien que conocía el paradero actual de tu padre. Doble está viviendo en Tijuana, en México. Al principio se me hizo raro, pero luego vi en Internet que precisamente allí se está construyendo un gran instituto de bioquímica y neuroquímica. Es un prestigioso proyecto de una multinacional farmacéutica, y seguramente tu padre colabore en él. Tengo aquí la dirección de alguien que te podrá ayudar. —Andy se metió en su despacho y volvió con una página arrancada de un cuaderno—. Toma. Esto es todo lo que puedo hacer por ti.

Francis alcanzó la hoja y la guardó en la carpeta junto con la documentación.

—Gracias por su ayuda.

—Lo he hecho con mucho gusto. —Andy lo acompañó a la puerta—. Pero hay una cosa que quiero preguntarte. ¿Ha hablado tu madre de mí en todos estos años?

—Sí, a menudo.

Andy sonrió.

—Mentiroso.

A Francis también le dio la risa.

—Como decía que no le contara nada de mi madre… Pero hay una cosa que quiero decirle, creo que mi madre habría sido infinitamente más feliz en la vida si hubiera estado con usted.

La sonrisa de Andy desapareció y dio lugar a un gesto de preocupación. A Francis le dio la impresión de que todavía sentía algo por ella. Al principio, parecía que Andy iba a contestar, pero luego se limitó a asentir con la cabeza. Se estrecharon la mano. Francis le dio las gracias por última vez, luego salió de la casa, tomó el autobús y fue a reunirse con sus amigos.

Tijuana

1

Hacía un calor asfixiante. Los asientos de cuero ardían. Aparcaron en las afueras de Los Ángeles. Mientras Anne-May y Grover compraban en la tienda de la gasolinera, Francis esperaba sentado en el Chevy. Su mirada recayó en los insectos que se pegaban al parabrisas. Ya llevaban once días de camino y pronto llegarían a la meta del viaje. De puro nervioso, sacó otra vez los artículos que llevaba consigo y se llenó la cabeza de números y datos.

… El futuro, no obstante, parece incierto. Aún se hallan en depósito en nuestras clínicas más de doscientos mil niños potenciales, a la espera de que alguien los demande, aunque probablemente queden para siempre encerrados en relucientes cubetas metálicas. El Cryobank de Los Ángeles, California, el mayor que existe, alberga esperma suficiente como para poder traer bebés al mundo durante los próximos mil años. Según el catedrático Dilbert, del Instituto Tecnológico de Cambridge, se trata de una idea un tanto extravagante:

«Imaginemos a un niño que fue creado en el año 2005, pero que no viene a este mundo hasta el año 3005, y cuyo padre lleva ya 950 años muerto», afirma. «De todos modos, ya Muller, galardonado con el Premio Nobel, sostenía que esta sería probablemente la única manera de atajar el conflicto de un niño probeta con su padre.»

Al fin y al cabo, según Dilbert, ya hay muchos de esos niños destrozados por su destino. «Salir del tubo de ensayo y no conocer al propio padre, eso no le gusta a nadie. Es una herida que nunca se cierra del todo.»

199

Sin darse cuenta, Francis asintió al leer esta última frase. En efecto, así era. Mientras que otros sabían de dónde venían y quiénes eran sus padres, él había arrastrado esa herida durante toda su vida. Sin embargo, ahora que tenía la documentación sobre su padre en la mano, notó que todo había cambiado.

Salió del coche y dio unos cuantos pasos a lo largo de los surtidores. Desde siempre le había gustado el olor a gasolina. Mientras hacía ejercicios de relajación, se preguntó qué debía hacer. Una posibilidad era recoger la documentación sobre su padre y regresar tranquilamente a casa. Sería lo más sensato, pues quizá se estuviera haciendo demasiadas ilusiones, y a saber cómo transcurriría el encuentro con el tal Ian Doble. Pero luego vio a un padre que entraba con su hijo en la tienda. Como el niño estaba cansado, el padre lo llevaba en brazos. Los dos pasaron a su lado, y él no pudo apartar la mirada. Y entonces Francis recordó al chico alegre y despreocupado que había sido en otro tiempo. Puedo volver a ser así, pensó, si todo sale bien. Puedo volver a ser así. En ese momento decidió seguir con la búsqueda.

Iban hacia el sur por la autopista, en dirección a Tijuana. Por el camino, Francis recordó que Anne-May había dicho que, con toda seguridad, sus padres rechazarían a alguien como él. Gracias a su padre —si este lo apoyaba— seguro que impresionaría a los Gardener. Pero ¿acaso no era también probable que el encuentro con él resultara un desastre? Solo ahora cayó en la cuenta de que su madre era depresiva y de que su padre, como neuroquímico, quizá investigara los medicamentos antidepresivos. Francis miró por la ventanilla. Solo faltaban sesenta y cinco kilómetros para llegar a la frontera.

—¿De qué te ríes? —le preguntó Anne-May al cabo de un rato.

Francis se volvió hacia ella.

—Nada, que me estaba acordando de que mi hermano pequeño tiene un juego para hacer experimentos químicos y se interesa muchísimo por ese tipo de cosas. Y entonces he pensado en llevarlo a Tijuana algún día para hacerle una visita a mi padre en su instituto. Pero luego he caído en la cuenta de que Nicky siempre vomita en los viajes largos en coche.

Pararon en un In & Out. Mientras comían, Francis no dejó de hablar de Ian Doble. A Anne-May le entusiasmaba que tocara el violonchelo y le parecía que Ian era un nombre muy bonito. Francis, en cambio, se imaginó lo impresionado que se quedaría su padre si viera a Anne-May a su lado. Con la *cheeseburger* en la mano decía en broma que a partir de ahora quería que lo llamaran solo doctor Doble junior, y luego les contó que su padre había estudiado en Harvard, que era adinerado y con buen aspecto, y cuando los otros dos quisieron ver el documento, no se lo dio porque eso solo le pertenecía a él.

Dejaron el Chevy en un aparcamiento anterior a la frontera porque Grover tenía miedo de que se lo robaran al otro lado. Era el único coche con matrícula de Nueva Jersey en kilómetros a la redonda.

A lo lejos destacaba el arco de triunfo de Tijuana. Por un puente llegaron andando a México. Francis miró la carretera de ocho carriles que había debajo de ellos. Miles de coches atascados se dirigían a Estados Unidos, el país que ellos acababan de dejar. Y que también su padre había abandonado. Nadie les pidió la documentación; posiblemente los tomaran por adolescentes americanos que iban a agarrarse una cogorza. Francis miró asombrado a su alrededor. Era la segunda vez que salía al extranjero. De niño estuvo una vez con Ryan en Calgary, pero solo se acordaba de que nevaba. Nada más pasar la frontera, fueron asaltados por los primeros taxistas. Pasaron por multitud de bazares en los que se podían comprar imágenes de santos, sombreros mexicanos, otras baratijas típicas del país, comida y ropa a buen precio.

En un local de la calle principal llamado La Revolución tomaron unas enchiladas muy grasientas. Los adolescentes de la mesa de al lado se dirigieron a ellos y les contaron que venían de Ciudad de México y estaban sorprendidos por lo cutre que era Tijuana, pero que por las noches se podían hacer unas fiestas estupendas. Iban de camino a San Diego, a casa de unos amigos, y habían hecho un alto en Tijuana.

—¿Y vosotros qué hacéis aquí?

—Vamos a ver a mi padre —dijo Francis—. Trabaja aquí, en el Instituto de Bioquímica recién inaugurado.

Una de las mexicanas alzó las cejas en un gesto de respeto y dijo que había leído algo acerca del instituto. Francis asintió tímidamente. Hablar así de su padre era completamente nuevo para él. Ian Doble podía estar en ese momento instalándose en su villa, o cortando el césped, o trabajando en el instituto o discutiendo con sus empleados y dándoles instrucciones. Y luego se mirarían por primera vez a los ojos... Imaginó ese momento tan esperado. Se acercaría lentamente a su padre y, en tono amistoso, le diría cualquier chorrada del tipo: «¿Qué hay, papi? Hace un huevo que no nos vemos, ¿eh?». Francis tenía la sensación de que le bastaría con mirar una sola vez a su padre, o con hablar o tocarlo, para que su vida cambiara por completo. Entonces estaría por fin en condiciones de dar salida a todo su potencial y de salvar a su madre y a sí mismo.

Desde una cabina telefónica llamó al instituto, pero allí reinaba el caos porque todavía no habían concluido las obras. Como nadie pudo ayudarlo, se vio obligado a buscar la dirección que le había dado Andy: «Calle San Antonio». Preguntaron a los transeúntes por esa calle, pero nadie la conocía. Por último, tomaron un taxi. Aunque el taxista tuvo que pensárselo un rato largo, por fin arrancó el motor y Francis respiró aliviado.

En el trayecto estaba tan nervioso que se le aceleró el pulso y rompió a sudar. No hacía más que imaginarse una situación tras otra, a cada cual más horrorosa: su padre en paradero desconocido, o asesinado, o imposible de encontrar, o llamándolo hijo descastado, o negándose a verlo. Al cabo de unos minutos que le parecieron una eternidad, el taxista se detuvo. Era un barrio sórdido del extrarradio. La acera estaba llena de neveras rotas, basura y muebles quemados. Los coches aparcados al borde de la calle eran del año de la pera o pura chatarra; por los alrededores vagabundeaban unos cuantos perros y gatos feísimos. Junto a unos edificios medio desmoronados había chabolas de uralita. Unos adolescentes mexicanos en vaqueros y camiseta se les acercaron y los miraron con mala cara, hasta que reventaron de risa. Francis soltó un taco a voz en grito. ¿Dónde demonios habían ido a parar? ¡El taxista les había tomado el pelo!

Entonces descubrió el letrero de la calle en el cruce: «San Antonio».

De modo que allí vivía el tipo que supuestamente podía decirle dónde estaba su padre. Tal vez fuera un obrero del instituto. Según la dirección que le había dado Andy, vivía en el número 224. Era una casa más bien grande y tenía todas las persianas bajadas. Al lado, en el garaje, un vagabundo trasteaba con un viejo Dodge. Francis llamó al timbre. Oyó voces. En una persiana se abrió una rendija por la que asomaron dos ojos que lo miraron.

Luego se hizo el silencio hasta que se abrió la puerta y se les acercó un hombre calvo. Llevaba un pendiente de oro, mascaba chicle y andaba con los brazos cruzados. En el pantalón, bien a la vista, asomaba una pistola. Dijo algo en español. Luego salieron más tipos a la puerta, todos ellos armados, o al menos esa impresión daba. Probablemente fueran una banda de criminales. A Francis le dieron ganas de salir zumbando, pero ya no podía echarse atrás. No te des por vencido. No hay que soltar amarras, pensó.

Dijo que allí tenía que haber alguien que supiera dónde estaba su padre. Los otros lo miraron sin decir una palabra.

—Ian Doble —dijo— ¿Sabe alguien dónde está Ian Doble? ¡Soy su hijo!

Por fin alguien reaccionó. Un chico gordinflón que llevaba una camiseta del grupo Wu-Tang Clan.

—¿Iwan? —preguntó.

—¡No, Ian!

—¡Iwan! —repitió el chico.

Francis suspiró.

—Bueno, vale, pues Iwan. ¿Dónde está?

El gordo señaló hacia el vagabundo del garaje.

—¿Iwan? —volvió a preguntar Francis— ¿Ese tío sabe dónde está Iwan?

El chico de la camiseta de Wu-Tang asintió con la cabeza.

Francis dio las gracias, pero los otros hombres no le hicieron ni caso. No habían parado de mirar a Anne-May, que les sostenía la mirada, durante toda la conversación. Luego la puerta se cerró y Francis se dirigió al obrero borracho, que seguía trasteando en el Dodge. Suspiró para sus adentros ante la idea de tener que sonsacarle a esa ruina humana una información tan decisiva sobre su padre.

—Disculpe —le dijo.

El hombre dejó la llave inglesa y bebió un trago de cerveza.

—¿Oiga? —empezó de nuevo Francis— ¿Podría ayudarme?

Entonces el tío tosió varias veces, pero siguió sin hacer amago de responderle.

—Estoy buscando al doctor Ian Doble —dijo Francis—. ¿Sabe usted dónde está?

Por fin el hombre se incorporó, y con los andares torpes de un borracho, se acercó a Francis, que ahora pudo ver lo alto que era.

—¿Qué queréis de él? —preguntó.

Le faltaban dos dientes. Vestía unos vaqueros viejísimos manchados de pintura; iba con el torso desnudo y en el pecho tenía pelos igual de grises que los de la barba y las greñas de la cabeza. Desprendía un olor ligeramente ácido; olía a una mezcla de aguardiente peleón y pintura de barniz. Pero esa no era la razón por la que a Francis le dio un escalofrío por toda la espalda.

La razón era que de repente había adquirido conciencia de la verdad. Una verdad que no le gustaba. Una verdad que no podía ser cierta, que en modo alguno podía ser cierta.

Francis se quedó mirando un rato al vagabundo.

—¿Papá? —preguntó.

2

Algo había oscurecido. No era el cielo, que seguía de un color azul tan resplandeciente como antes. La oscuridad estaba dentro de él. De repente, todo adquirió sentido para Francis. Desde que se había enterado de que su padre era un genio, lo acompañaba la sensación de no poder estar a la altura del coeficiente intelectual de un hombre extraño llamado Donante James o Ian Doble.

Ahora en cambio reconoció que era un fracasado exactamente igual que el vagabundo borracho que estaba ante él, que tenía el mismo hoyuelo en la barbilla y que, por lo que se veía, vivía en un garaje como subinquilino de unos camellos o delincuentes del tipo que fueran.

Francis empezó a contar la historia, pero Doble apenas mostró interés; se limitó a mascullar algo incomprensible para sus adentros. Finalmente regresó al garaje, su hogar. Una parte del espacio lo había separado mediante sábanas colgadas, tras las cuales había un camastro, un saco de ropa y varias cajas vacías de cerveza sobre las que Francis vio un par de revistas porno y cómics baratos de Johnny Canuck. Del techo colgaba una bombilla desnuda. De debajo de la cama salieron unos bichos diminutos que desaparecieron por una grieta del suelo. Olía a moho, a plátanos podridos y a ropa sucia. A Francis le impresionó tanto esa pesadilla, que durante unos minutos se quedó sin habla.

—¿Quieres… te gustaría tomar un café? —preguntó finalmente.

Su padre lo miró; era difícil saber lo que pensaba. Luego asintió. Fue hasta una tina que había en el rincón y se lavó el torso y la cara. A continuación se puso una camiseta gris, apuró la botella de cerveza y salió al exterior, desde donde les hizo una seña.

Francis lo siguió dubitativo. Anne-May y Grover lo acompañaron; de no ser por eso, se habría derrumbado.

Unas calles más allá había un bar. Eran los únicos clientes y se sentaron en una de las mesas del fondo. Al principio no hablaba nadie. Francis no le quitaba los ojos de encima a su padre en busca de semejanzas. Doble adoptaba la misma postura y tenía la misma mirada que él. Sin duda, eran padre e hijo. Pero ¿por qué no decía nada? A cada minuto que pasaba, aumentaba la decepción de Francis. Miró a Grover y a Anne-May, pero parecían igual de incómodos y tenían la mirada baja.

La camarera, una mujer rolliza de pelo negro con una blusa rosa demasiado estrecha, se acercó a su mesa. Anne-May, Grover y Francis pidieron una coca-cola cada uno, su padre se pidió un café, un zumo recién exprimido y, pese a que ya era por la tarde, un desayuno completo. Probablemente, hacía mucho tiempo que nadie lo invitaba a nada.

Mientras la camarera se metía en la cocina, Francis se quedó contemplando una mosca que fue a parar a la mesa. Intentó atraparla, pero se le escapó. Entonces su padre lo imitó y la cazó. Luego esbozó una sonrisa que tenía su lado simpático a pesar de que le faltaban dos dientes. Se podía intuir que en realidad era un tipo de buen aspecto. Si se cortara el pelo, se afeitara y se vistiera decentemente, sería como el tipo encantador que interpreta Paul Newman en *El golpe,* que le tomaba el pelo a todo el mundo, pensó Francis. A su madre le encantaba esa película; a ella también le habían tomado el pelo.

Su padre señaló la mano cerrada en la que tenía atrapada a la mosca.

—¿Vida o muerte? —preguntó, con una voz grave y sorprendentemente clara.

—¡Vida!

Soltó a la mosca.

—Lo mismo ocurrió por aquel entonces contigo —dijo.

La camarera trajo las bebidas y el desayuno: magdalenas, gofres y huevos con beicon. Doble se abalanzó sobre la comida.

A medida que comía, mejoraba de humor y su cara adquiría una expresión más viva. Se bebió el zumo de un trago.

Llegó un momento en el que Francis ya no podía más.

—Eres un estafador —dijo.

—Soy un artista de la supervivencia —contestó su padre, encogiéndose de hombros.

—Sí, ya se nota.

Doble le clavó la mirada.

—Hijo mío —dijo luego con una sonrisa—, a veces la gente necesita dinero, y aquel trabajo, en cualquier caso, era más agradable que donar sangre. —Puso cara pensativa—. El hombre de aquel del banco de semen de los genios, el tal Walter Munchkin...

—Warren P. Monroe.

—Por cada donación de semen solicitada por una mujer, Warren aflojaba la friolera de cinco mil dólares. ¡Cinco mil por cada donación de semen! Pagaba cincuenta veces más que en los otros bancos de semen.

Si en ese momento Francis hubiera dado un trago de cocacola, se habría atragantado.

—¿Los otros bancos de semen? —preguntó—. Entonces, ¿a cuántos hijos has engendrado de esa manera?

Doble se encogió de hombros.

—A dieciséis o diecisiete; no lo sé con exactitud.

Francis miró a Anne-May y a Grover, sentados a su lado en silencio. ¡En menudo berenjenal se había metido!

—Y aparte de esos, ¿tienes más hijos?

—Alguno que otro.

—¿Qué significa eso?

—Son nueve, si es que quieres saberlo con precisión. De seis mujeres, si no me equivoco.

Doble le hizo un gesto de complicidad, como si se conocieran de toda la vida. Dos lobos de la misma camada; él, Butch Cassidy, y Francis, Sundance Kid.

Cuando Doble percibió la mirada colérica de su hijo, cambió de actitud.

—Escucha, chaval. En este mundo hay mucha gente que no puede o no quiere tener hijos. Yo estoy aquí para compensarlo. Soy un dispensador de vida.

—Lo único que querías era la pasta.

—¿Quieres presentar una queja? Entonces no existirías.

—Suena a chantaje.

—Solo es la verdad.

—No obstante, eres un estafador. Mentiste a todas las mujeres. Que si doctor, que si neuroquímico, que si violonchelista. ¿Qué hay de verdad en todo ello?

—Sinceramente, nada. Lo de la neuroquímica fue lo que más me gustó porque acababa de leer un artículo sobre el tema. En el fichero no había ningún otro neuroquímico.

—¿Y cómo lo hiciste?

—El tal señor Monroe tenía tantas ganas de conseguir donantes que apenas me examinaron. Yo entonces vivía en Alburquerque y conocía a un tío que sabía falsificar cualquier cosa. Carné de identidad, documentos, premios, galardones…

Francis pensó en Toby y en su carné falso. ¿Habrían influido ahí los genes?

—En cualquier caso, ese tío me consiguió todo lo necesario, incluso una nueva identidad.

A Francis le sobrevino una sensación de impotencia. A cada frase que decía su padre, se le abrían nuevos abismos.

—¿Una nueva identidad? Entonces ¿ni siquiera te llamas Ian Doble?

—No del todo —dijo este.

—¿Cómo que no del todo?

—¡Me llamo Iwan Doblinski!

3

Su padre quería tomarse otra ración de huevos con beicon, de modo que Francis lo invitó. Después de mirar el ventilador del techo, enterró la cabeza entre sus manos. Luego notó que Anne-May le pasaba la mano por la espalda.

Al cabo de un rato, se reincorporó.

—Supongo que de tu genial coeficiente intelectual de 170 también habrá que olvidarse, ¿no? —dijo.

Su padre dio un sorbo de café y se zampó otro bocado de huevos revueltos.

—No creas —discrepó, masticando—, en una ocasión hice un test de esos y me salió un coeficiente intelectual casi de genio.

—¿Ah, sí? ¿Qué puntuación sacaste?

—108.

—¿CIENTO OCHO? —La voz de Francis retumbó por todo el bar—. Eso no es de genios. ¡Eso es de tontos; está por debajo de la media!

—Te equivocas —dijo su padre tan tranquilo—. Está por encima de la media. El promedio es de cien.

Parecía no entender que «casi un genio» no era suficiente. Francis meneó la cabeza. Tras esas mentiras y esas bromas se ocultaba la vida miserable e insignificante de la que él quería huir.

Francis se hartó y se puso de pie.

—¡Venid! —les dijo a los otros— ¡Vámonos!

Su padre lo agarró del brazo.

—¡Quédate!

Curiosamente tenía una autoridad natural.

Francis se volvió a sentar.

—¿Qué quieres?

—Ya que has venido, te quedas a oírlo todo. Quizá no sea el padre superdotado del fichero, pero a cambio puedo contarte la verdad.

A Francis le habría interesado saber qué edad tenía el tal Doble o Doblinski. Le echaba entre cuarenta y cincuenta años. Resultaba difícil saberlo si no pasaba antes por un túnel de lavado.

Su padre se rascó la barba de seis días.

—Mis abuelos huyeron del hambre después de la guerra —empezó—. Emigraron de Europa a América cuando mi padre todavía era un niño. Los viejos Doblinski nunca aprendieron inglés y vivieron como inmigrantes en Pittsburgh. Mi padre tuvo una infancia difícil; siempre fue un marginado, con trabajos mal pagados, y cuando cumplió diecinueve años, nací yo. Mi madre era una ucraniana de diecisiete años. Mi padre nunca estaba en casa, empezó a beber, me pegaba, hasta que un día se esfumó. Como en casa no había dinero, tuve que abrirme camino como lo habían hecho mis padres y mis abuelos. Dejé los estudios, trabajé tres años en un portacontenedores y conocí el mundo. Sabía que jamás tendría dinero y, sin embargo, intenté disfrutar de la vida. He amado a las mujeres, he sido un carpintero y artesano pasable y con eso me he mantenido a flote. He visto casi todos los continentes, y pese a no tener techo, he recorrido muchos kilómetros en trenes por todo el país, pasando etapas buenas, incluso muy buenas y, naturalmente, también malas. Este año, hijo mío, es un mal año, pero las cosas volverán a cambiar. Tuve problemas en Estados Unidos; por eso me refugié aquí. Es posible que pronto regrese a Alburquerque. Y también tengo pensado ir a Europa.

Le pidió un cigarrillo a la camarera. A Francis le vino a la memoria que en la documentación decía que no fumaba. La camarera miró despectivamente a su padre, y cuando ya le iba a decir que no con la cabeza, Doblinski le dijo en español algo que sonó precioso mientras le lanzaba una mirada profunda, y entonces ella se llevó la mano al bolsillo trasero del pantalón, sacó una cajetilla de Lucky Strike y le dio un cigarrillo.

—Muchas gracias —dijo él en español, mientras le guiñaba un ojo.

La camarera se quedó un poco cortada y volvió a la barra.

Anne-May jugueteaba con el reloj mientras Grover miraba fijamente el tablero de la mesa; los dos parecían desbordados por la situación.

Doblinski vio alejarse a la camarera y luego se volvió hacia Francis.

—Siento decepcionarte de esta manera. Pero ¿quieres saber cuándo hice la donación al banco de semen de los genios? En

1983, o incluso antes. Mi esperma fue conservado allí durante años, y luego apenas he vuelto a pensar en ello. –Encendió el cigarrillo y le dio una calada–. Lo que te quiero decir es que entonces tenía más o menos tu edad. ¿Cómo iba yo a imaginar que, dos décadas más tarde, el pasado me saldría de nuevo al encuentro? Al fin y al cabo, el tal Monroe nos prometió que mantendría en secreto los nombres de los donantes. No es culpa mía que luego las cosas se torcieran.

Francis negó con la cabeza.

–Te haces pasar por un gracioso delincuente de poca monta y, sin embargo, has engañado a todos por unos putos dólares. Y sigues sin entender la que armaste. Mi madre atravesaba entonces una situación difícil, plagada de problemas. Desde su infancia había ido de una decepción en otra y probablemente estuvo al borde de la depresión. Se suponía que yo iba a ser algo así como su salvación, ¿lo entiendes? Ella quería tener un hijo genial, para ver si así le cambiaba la vida. Sin embargo, me tuvo a mí… ¡una basura genética!

Notó que la boca empezaba a temblarle al decir eso y miró al suelo.

–Simplificas demasiado las cosas –oyó decir a su padre–. Una cosa son los genes y otra lo que se hace con ellos. No sé qué te pasa, pero me quieres utilizar como pretexto.

–Eres un idiota –dijo Francis en voz baja, aún con dificultades para dominar los temblores de la boca–. Hablas como un maldito niño. Haces como si todo diera igual; solo te importa divertirte. Para ti solo soy cinco minutos meneándotela en una cabina. Y no quieres entender que para mí es toda una vida. Que todos tus hijos se críen en la miseria te importa tres cojones. No tienes ni idea de lo que significa ser padre.

–Era tan joven entonces… Igual que mi padre. Yo tenía diecisiete años y ella dieciséis. Parecía la maldición de mi familia, que todos los hombres fuéramos padres tan pronto. A esa edad no sabe uno lo que hace.

–Tú sigues sin saberlo.

–No tengo por qué justificarme ante ti.

211

Francis lo miró sin saber qué pensar ni qué sentir. Ese Doblinski tenía algo que, por un lado, le gustaba y comprendía, y aún sentía deseos de caerle bien a su padre y de que estuviera orgulloso de tenerlo como hijo. Por otro lado, Francis odiaba a ese tío y, sobre todo, odiaba las cosas que le recordaban a él.

—Tienes que agradecerme haber venido a este mundo –dijo Doblinski–. Al fin y al cabo, de eso se trata.

—¡Maldita sea! Actúas como si hubieras hecho algo importante y noble. Te hiciste una paja por dinero; eso fue todo.

—Y aun así, soy tu padre.

—No. –Francis intentó parecer lo más tranquilo posible, pero hasta él notó cómo le temblaba la voz–. No eres mi padre.

Sabía que se acababa de cerrar una puerta para siempre.

—¿Has viajado miles de kilómetros para echarme eso en cara? Si hubiera sido tu distinguido doctor Doble, te habría gustado pese a todo. –Doblinski lo miró a los ojos, y por primera vez había algo hostil en su mirada–. ¿Sabes lo que decía siempre el tal Monroe antes de enviarnos a las cabinas? –Dio otra calada honda–. Decía: «Y tened siempre presente que las primeras gotas son las más importantes».

Se miraron un segundo a los ojos sin decirse nada. Luego, Francis se levantó y fue a los lavabos. Se sentía mal, todo le daba vueltas; se acercó al lavabo y se echó agua fría por la cara. Al mirarse en el espejo, esta vez no se vio a sí mismo, sino a su padre. Al fracasado que había interrumpido el bachillerato y que no asumía ninguna responsabilidad. Se precipitó hacia la taza del váter y vomitó.

Pasados unos minutos, Francis aún seguía en el servicio. Lo que se proponía era difícil, pues el estado de ánimo en que se encontraba era todo menos erótico, pero finalmente lo consiguió y envolvió su «obra» en papel higiénico.

Con el papel arrugado a la espalda, se dirigió a la camarera y le dio treinta dólares. No sabía lo que había costado la consumición, pero con eso sería más que suficiente. Luego se acercó a la mesa, junto a su padre. Grover le lanzó una mirada de compasión.

En ese momento, Doblinski hablaba con Anne-May y la miraba fijamente a los ojos, flirteando con ella y utilizando todos sus encantos. Francis se puso furiosísimo. Con la mano libre, dio tal puñetazo en la mesa, que esta se tambaleó y el cenicero dio un salto.

—¿Se puede saber qué te pasa? —le preguntó su padre.

—No hables con ella —dijo Francis en voz baja—. ¿Entiendes? Ni una palabra; no quiero que hables con ella —añadió, notando la mirada de Anne-May, pero sin hacerle caso.

—Oye… —empezó Doblinski.

—¡Id saliendo! —le dijo Francis a Grover y a Anne-May.

Ellos se levantaron y caminaron despacio hacia la puerta. Antes de seguirlos, Francis le arrojó a su padre por encima de la mesa el gurruño de papel higiénico lleno de esperma.

—Toma, te devuelvo tu aportación. Ahora estamos en paz.

A continuación, abandonó el bar.

En el taxi Francis iba sentado atrás junto a Anne-May. Al principio creía haberlo superado todo satisfactoriamente. Ya está, pensó, sorprendido por lo deprisa que había pasado todo. Estaba orgulloso de su desplante y firmemente convencido de haber obrado bien. Hasta sonrió un poco cuando los otros lo miraron con gesto interrogativo.

Lo había conseguido, había visto a su padre.

Pero luego se fue sintiendo cada vez más decepcionado. Pensó en las ilusiones que se había hecho y se puso a mirar por la ventanilla. Casas derruidas, personas, coches, sueños…

Y de repente se echó a llorar. Por más que intentaba contener sus sollozos con vergüenza, no podía parar.

Por último se tapó la cara con las manos y se volvió hacia otro lado.

Anne-May le pasó otra vez la mano por el pelo y lo agarró del brazo hasta que llegaron a la frontera americana.

4

Durante todo el viaje de vuelta permanecerían en silencio. Tardarían solo cuatro días en llegar desde la Costa Oeste hasta la Costa Este. Se levantarían siempre hacia las nueve, dejarían el motel y se pondrían en marcha. Tomarían hamburguesas en una gasolinera, llenarían el depósito y continuarían el viaje hasta que anocheciera, para buscar el siguiente motel. Ya no beberían por la noche ni se sentarían en la piscina; no sostendrían largas conversaciones, y Anne-May y Francis no se besarían ni se acostarían juntos. Simplemente, atravesarían el país recorriendo once estados: California, Arizona, Nuevo México, Texas, Oklahoma, Arkansas, Tennessee, Virginia, Maryland, Delaware y Nueva Jersey.

A los cuatro días llegarían, y Grover se llevaría el mayor rapapolvo de su vida, cuando su padre viera el extracto de la tarjeta de crédito, en el que además de cantidades astronómicas de gasolina, también aparecerían las cuentas de los hoteles de la Costa Oeste. Francis iría a ver a su madre a la clínica, subiría corriendo los últimos escalones hasta llegar a la planta y le daría el abrazo más largo que le había dado en su vida. Anne-May y él se despedirían, ella iría a otra clínica para seguir el tratamiento durante otros dos meses y luego le darían el alta. Sus vidas se separarían; al principio se harían un par de llamadas, luego menos, y luego ya nada. Porque ya no había nada que los uniera. Habían visto que no encajaban el uno con el otro y que las circunstancias les eran adversas, porque él no tenía dinero, porque los padres de ella no lo aceptarían y porque se parecía demasiado a Iwan Doblinski y muy poco al doctor Ian Doble.

De todo esto Francis aún no sabía nada cuando dejaron atrás México. En la frontera tuvieron que guardar una cola interminable durante una hora. Francis contempló el panel de «Se Busca». En él aparecían reproducidos sesenta criminales peligrosos buscados por el FBI, y el número veintiuno era exacto al tipo que les había abierto la puerta en Tijuana. El calvo del pendiente, en cuya casa vivía su padre de subinquilino. Era colombiano y se lo buscaba por tráfico de drogas y trata de personas, y Francis casi se sorprendió de que no fuera también un asesino múltiple.

Pensó en la familia Doblinski, cuyos hombres llevaban generaciones creando tan solo basura y propagando sus genes de perdedores desde una edad bien temprana. Se reproducían ya desde adolescentes, y lo mejor sería que él mismo se esterilizara de inmediato para poner de una vez fin a esa maldición.

En la cola tenían delante a un matrimonio mexicano. Por más que imploraban, no los dejaban cruzar la frontera. La madre lloraba porque sus hijos ya estaban al otro lado y, sin embargo, a ella no la dejaban cruzar. En ese momento, Francis comprendió que en realidad Tijuana no pertenecía a México, sino, con todos sus aspectos negativos, a Norteamérica. Tijuana era la cola de rata de Estados Unidos, y entonces cayó en la cuenta de que por él también corría la sangre de una familia de inmigrantes. Ya les tocaba la vez. Los funcionarios de la aduana revisaron sus pasaportes y les hicieron unas cuantas preguntas; a los pocos minutos, los dejaron pasar. Cuando llegaron al aparcamiento, el sol estaba poniéndose en el horizonte. Al ir a sentarse en el Chevy, Francis vio los documentos sobre su padre, que aún seguían en el asiento del copiloto. Por un momento, se quedó paralizado. Luego los recogió, los tiró a un cubo de la basura y, en silencio, continuaron el viaje hacia el Este.

Ya era tarde cuando se registraron en el motel. Francis durmió mal y otra vez tuvo pesadillas. En plena noche se despertó sobresaltado y oyó gritos. En la habitación de al lado, una pareja metía tanto ruido que ya no se pudo volver a dormir. Se levantó y se vistió. Al salir de la habitación, echó un vistazo a Grover y Anne-May, que dormían plácidamente en sus camas como… ¡como personas normales!

Él, en cambio, había sido conservado hacía un par de decenios a 196 grados bajo cero en nitrógeno líquido: una ampolla, entre otras muchas, que contenía el acreditado artículo de exportación de Iwan Doblinski. Se preguntó si por aquel entonces su madre habría dudado entre el doctor Doble y los otros donantes superdotados, como por ejemplo el padre de Alistair. En tal caso, su engendramiento no había sido más que una ruleta rusa que lamentablemente, entre todos los supuestos padres geniales, había hecho blanco en el suyo.

Nicky había sido concebido de una manera normal y tenía dos padres de verdad. Todo se le hacía tan fácil a su hermano porque desde siempre tenía una cándida fe en la vida, y gracias a su buen corazón conquistaba a las personas y ellas lo amaban. Él, en cambio, nunca había conseguido nada parecido. Desde el principio fue desconfiado, como si intuyera que procedía del hielo y que solo vivía gracias a que un dudoso médico, incluso décadas después de la guerra, había llevado a cabo sus enfermizos ensayos con criaturas y se había convertido en un multimillonario con delirios de grandeza.

Tanto él como los otros niños habían sido traídos al mundo por unos chiflados, pensó Francis de repente, por dos locos que creían que se podían criar genios como si fueran plantas o animales. Y ahora todos ellos estaban pagando el precio por esa increíble tontería con su depravada vida.

Francis sintió que se ahogaba. Salió dando traspiés, se sentó en la escalera de incendios y empezó a reírse sin ganas. Se reía por haber tenido la esperanza de que, a través del banco de semen de los genios y de su genial padre, todo adquiriría sentido de repente. Sin embargo, ahora todo era todavía mucho más absurdo. ¡TODO, TODO, TODO!

Luego pensó en la cantidad de medio hermanos que tenía repartidos por el mundo a los que nunca conocería. Y pensó en Alistair y en todos los que habían salido del depósito del frío. Unas cuantas ratas de laboratorio procedentes de un experimento fallido. En realidad, no eran más que replicantes. Parecían personas de verdad, hablaban y sentían como las personas de verdad, y sin embargo, en cierto modo, eran seres incompletos que siempre se diferenciarían de aquellas en algo. Como en *Blade Runner,* pensó Francis mirándose las manos como si fueran artificiales, igual que en la película.

Encendió un cigarrillo. El cielo estaba de nuevo estrellado. Pero hasta las estrellas eran de mentira. Muchas de las que brillaban en el firmamento ya no existían: se habían extinguido hacía millones de años. Y posiblemente tampoco existiera ya la Tierra, solo que ellos todavía no lo sabían.

Francis exhaló humo y se quedó mirando cómo se disipaba. Había encontrado a su padre en la otra punta del país e, inmediatamente, lo había vuelto a perder. Primero quiso convencerse de que estaba bien haberlo visto, pues así había encontrado la pieza que le faltaba del rompecabezas y ahora ya sabía quién era. Pero luego recordó lo feliz que se había sentido últimamente, sobre todo después de la conversación con Andy. Y lo contento que estaba él solo en el coche poco antes de encontrarse con su padre. ¡Ojalá no lo hubiera visto nunca! ¿Por qué no se había limitado a recoger la documentación y a volver con ella a casa?

Francis siguió divagando. Aún recordaba su sueño del casino, y de repente cayó en la cuenta del fallo que había cometido. En el sueño él era mayor y jugaba siempre solo, mientras que en la realidad lo había intentado demasiado joven y, además, lo acompañaban Grover y Anne-May. Eso explicaba también por qué se sintió todo el rato tan inquieto en Las Vegas y por qué tampoco se habían dado las otras circunstancias del sueño. Francis se enfadó por la falta cometida, pero la irritación no le duró mucho, pues posiblemente todo fuera un disparate.

Luego miró la hora. Acababa de despuntar un día muy especial. Hacía dieciocho años, en las salas de la clínica Monroe, había venido al mundo un bebé engendrado por una animadora llena de esperanzas y un estafador que nunca se habían conocido.

¡Feliz cumpleaños, perdedor!

5

Tres meses después del viaje, Francis recibió una llamada de Anne-May. Se le hizo raro porque habían perdido todo el contacto. ¿Qué querrá?, se preguntó. Cuando se enteró, el mundo cambió una vez más.

Estaba embarazada.

De él.

A la edad de diecisiete años y nueve meses, otro Doblinski había transmitido sus genes a la siguiente generación.

América

1

Por más que Francis corriera para no llegar tarde, no tenía nada que hacer. Había quedado con Anne-May a las ocho, pero el chico que tenía el turno después del suyo en el Denny's había llegado un cuarto de hora tarde, y ese retraso repercutiría ahora en Anne-May.

Sentada en el Alfredo's, daba sorbitos de agua mientras miraba nerviosa a su alrededor. Francis hizo un gesto de disculpa y se sentó. Al minuto escaso, llegó un camarero. Como Anne-May tenía hambre, Francis se decidió enseguida por los tallarines. Ella, en cambio, pidió entremeses, una pizza Hawái y una ensalada grande, todo ello acompañado de mucha agua y zumo. Estaba ya en el séptimo mes del embarazo y tenía tanta tripa que parecía que iba a dar a luz a dos niños a la vez. Pero no; su hijo vivía solito ahí dentro. Engendrado sobre un piano de cola blanco en una clínica psiquiátrica, en pocas semanas vería la luz del mundo.

Francis le acarició la barriga.

—¿Qué tal le va?

—Bien. Anoche estaba inquieto, no hizo más que darme patadas. Me puse de los nervios.

Se habían puesto de acuerdo relativamente pronto en el nombre que le pondrían: John. Lo había sugerido ella por Johnny Cash, a quien idolatraba.

Lo primero que le contó Francis fueron las buenas noticias: su madre había encontrado trabajo como cajera en Wal-Mart; tal vez por fin levantara cabeza. En todo caso, ahora se la veía sana y optimista, y muy contenta porque iba a tener un nieto.

—Ayer fue el entierro de Marcus Jennings —dijo—. Asistió medio colegio. Entre nosotros era una leyenda porque una vez pegó a un profesor.

—¿Cómo ha muerto?

—Estaba en Iraq. Saltó por los aires durante una patrulla junto con otros dos. Una trampa con explosivos o algo así.

—Vaya, ¿lo conocías mucho?

—No. Era el hermano de un tío que me parecía un chalado, pero de todas maneras… Yo…

Francis iba a contarle lo de la mirada insegura que le había lanzado un día Marcus en la cafetería del colegio. O que había visto a Brad Jennings llorando solo en su coche, después del entierro. Pero no dijo nada.

Para entonces lo enorgullecía estar a punto de tener un hijo. Muy de tarde en tarde, a Francis lo asaltaba la duda de si le faltaba algo fundamental para ser un buen padre, y entonces se preguntaba si eso les pasaría a todos los del banco de semen. Pero esas reflexiones se las guardaba para él; no tenía la menor intención de hablarle de eso a Anne-May. El embarazo los había vuelto a unir. Ella se sentía a gusto con él; habían ido unas cuantas veces al cine y a menudo comían juntos. Hacía poco había sufrido un ataque de pánico al pensar que no iba a ser capaz de arreglárselas con el bebé, pero cuando Francis la tranquilizó, ella le dio un beso, y ahí quedó la cosa. No es que volvieran a estar juntos, pero Francis le había dejado claro que él no era como su padre, que asumiría la responsabilidad, la ayudaría y se esmeraría cuanto le fuera posible. Ella se fiaba de su palabra, y Francis lo sabía. Aunque en una ocasión le había dicho que no podía sentir nada por él, ahora que iban a tener un hijo quizá cambiaran las cosas. En lo relativo a él, cuanto más veía a Anne-May, más la quería. Siempre necesitaba un par de días para recuperarse de un encuentro con ella, pues cada cita lo dejaba abatido, pero, claro, eso no se lo podía decir.

Hacía poco, sin embargo, había estado sentado a su lado en la cama, simplemente mirándola mientras leía tumbada. De repente había cerrado el libro y le había recorrido la espalda con los dedos.

—Tienes una espalda en forma de V verdaderamente varonil —había murmurado.

—¿Te gusta? —le había preguntado Francis, y ella había asentido.

No pasó nada más, pero después de aquello Francis tenía la impresión de que, en el fondo, un poco encariñada de él sí estaba.

El problema eran sus padres. Desde que Anne-May había vuelto, intentaban proteger a su hija todavía más que antes. Aprovechaban los sentimientos de culpabilidad que había desencadenado en ella la muerte de su hermano para controlarla. Y a Francis parecían odiarlo. La primera vez que se encontraron torcieron el gesto y apenas hablaron con él. Ni siquiera se tomaron la molestia de disimular su decepción. Cada vez que podían, lo ponían en ridículo hablando todo el rato de cosas de las que él no tenía ni idea: de historia, de óperas, de debates políticos o de las obras completas de Faulkner. Y cuando él no sabía qué decir, se lanzaban miradas un tanto elocuentes. ¿Qué derecho tenían a determinar lo que era importante? Si él les hubiera preguntado por Trent Reznor, Banksy o Joss Whedon, tampoco se les habría ocurrido nada. Los Gardener querían echar por tierra su relación con su hija, y eso también le sacaba de quicio a Anne-May. A menudo se imaginaban qué habría pasado si hubiera ganado aquella vez en el casino y se hubiera comprado aquella casita de San Francisco, lejos de sus padres.

Mientras Anne-May esperaba impaciente a que le trajeran la comida, le preguntó si quería acompañarla al día siguiente a la gimnasia de preparación para el parto. Por desgracia, una vez más, Francis tuvo que darle calabazas porque para entonces ya trabajaba también en los almacenes de artículos domésticos Randolph's. Francis trabajaba tanto como podía; en el tiempo restante estudiaba. Estaba dispuesto a aprobar como fuera el examen final del maldito instituto y a rebatir los genes de su padre. No pensaba ser un fracasado egoísta.

Ahorraba la mitad de lo que ganaba. No le dijo a nadie para qué; se trataba de un proyecto secreto. Había conseguido reunir mil cuatrocientos dólares cuando su madre tuvo un accidente. Se acababan de comprar un viejo Buick, casi una chatarra, y al segundo día su madre le dio a uno un topetazo por detrás. La reparación había costado cerca de quinientos dólares, pero a estas alturas ya había vuelto a ahorrar algo.

—¿Has vuelto a ver a Grover? —le preguntó Anne-May—. ¿Sabes a qué se dedica?

—Ha dejado la carrera y ahora es un actor porno.

—¿En serio?

Francis negó con la cabeza.

—Chorradas.

Grover estudiaba en Yale junto con otro de su clase, Luke Fabianski, quien había obtenido una beca para hacer allí la carrera.

Mientras se lo contaba a Anne-May, Francis cayó en la cuenta de las pocas señales de vida que daba Grover últimamente. No se lo podía reprochar, puesto que él nunca había sido una buena compañía para Grover. Él se llevaba bastante bien con Alistair. Se llamaban a menudo o se enviaban correos electrónicos; la verdad es que eran mucho más afines. Francis se había enterado de que Grover todavía no tenía novia, pero pronto la tendría, seguro. En algún momento aparecería una mujer que reconociera su potencial y se enamorara de él. Indudablemente, Grover iba ascendiendo peldaños y pronto dejaría atrás todo su pasado.

Trajeron la comida. Francis se quedó contemplando a Anne-May, que comía como una fiera, saltando de un plato a otro. Por fin ya no tenía que pelearse con otros hombres. Ella también parecía sentirse a gusto. Una barriga bien gorda era un escudo de protección aún más seguro que su fría afectación ninfómana.

Al llegar al postre, Francis se puso a hablar otra vez de los once mil kilómetros que habían recorrido durante aquellos quince días. Una vez más, solo él hablaba del viaje. Recordó la noche que pasaron en aquel motel de Chicago, cuando se bañaron borrachos en la piscina; el salto de Grover en el Gran Cañón; el paseo que dieron por la playa en San Francisco, o cuando se sentaron junto al río Misuri a ver pasar los trenes. Anne-May y él habían estado todo el rato juntos. Durante ese viaje, Francis había vuelto a sentir la misma libertad que cuando vivía de niño en Jersey City. De ese intento de fuga fracasado se acordaría durante los próximos veinte años. En cambio, a Anne-May no parecía importarle tanto todo eso. Lo único que dijo fue que él podría volver a hacer algún día un viaje así, sin entender que sin ella nunca sería igual, y que además nunca volvería a tener la misma ingenuidad ni las mismas esperanzas.

En casa, en la caravana, Francis estudió primero mates, pues al día siguiente tenía un examen, y el año anterior había suspendido sobre todo por las matemáticas. Como es natural, en el colegio todos lo miraban con cara rara desde que sabían que iba a ser padre, pero a él le daba igual. Después de estudiar dos horas, se puso a ver la tele y se quedó colgado de un reportaje sobre Eminem. Decían que por el momento dejaría la música y que era adicto a los medicamentos. Había fracasado en su intento por hallar un equilibrio entre sus diferentes personalidades. La estrella se había precipitado a la oscuridad, y el padre fracasado del parque de caravanas se había sobrepuesto.

Francis apagó la tele y abrió uno de los libros que le había regalado Anne-May. Trataba sobre los Wheeler, un matrimonio deshecho que en los años cincuenta se traslada a vivir a París. A Francis no le parecía especialmente emocionante; tenía que concentrarse mucho y, a veces, leer una página dos veces porque se distraía con facilidad. Pero había decidido leer más, en especial, todo lo que le diera Anne-May. La primera vez que le pidió libros, ella se echó a reír. «¿De verdad, Dean?», le dijo. Pero ahora le regalaba un libro cada dos por tres. Sin embargo, el favorito de Francis seguía siendo el que le había dado Ryan hacía años. La historia del viejo y desgraciado pescador que acaba pescando un pez gigantesco en medio del océano, pero que, a medida que regresa a tierra, lo va perdiendo poco a poco. Francis lo había terminado de leer ahora, y estaba seguro de haberlo entendido por fin.

Cuando fue a darle las buenas noches a su madre, ya estaba acostada. Hacía un rato, lo había estado observando durante mucho tiempo, como si fuera la primera vez que lo veía. Luego le había dicho que qué serio se había vuelto. Francis no sabía si eso la alegraba o la entristecía.

Se sentó un momento a su lado, en la cama, y le habló de su cita con Anne-May, de la voracidad con la que se había zampado toda la comida, y le dijo que a lo mejor volvía a visitarla el fin de semana. Su madre lo escuchaba sonriente, como lo había hecho siempre. Pero desde su intento de suicidio, habían cambiado muchas cosas. Ninguno de los dos había tenido nunca el valor de desahogarse; su madre se había retirado a un segundo plano y apenas le daba órdenes. Tampoco él le había contado quién era en realidad su padre. A cambio, le había dicho que no pudo encontrar al tal doctor Ian Doble, lo que en cierto modo era verdad.

En cualquier caso, de una cosa estaba seguro: nunca le revelaría a su madre que su ampolla del banco de semen contenía el esperma de un perdedor. Así seguiría albergando de por vida la esperanza de que su hijo podría llegar a ser alguien.

Para entonces, a Francis casi había dejado de importarle su verdadero padre. Intentaba olvidar ese encuentro, hasta que un día oyó zumbar una mosca por su cuarto y acabó atrapándola con la mano. Entonces le vino a la memoria la escena en el restaurante mexicano. A estas alturas era consciente de que su hijo John no existiría sin la donación de semen de Doblinski, y había tardado unos días en quitarse de la cabeza esa idea y sus recuerdos de Tijuana.

Pero la mayor parte de las veces se olvidaba enseguida de todo. En ocasiones deseaba que Andy, por amor a su madre, hubiera cambiado las ampollas por aquel entonces y fuera su verdadero padre. Y que un día apareciera por allí y todo se arreglara. Francis no podía olvidar el cariño con el que Andy trató aquel día a su hijo pequeño, cuando estaban sentados en el sofá. Al ver aquello, se dio cuenta de lo que siempre le había faltado a él. Y aunque sabía que todos esos pensamientos eran una tontería de lo más pueril, hacía unos meses había buscado el número de teléfono de Andy por Internet. Se había propuesto llamarlo una sola vez. Si respondía al teléfono, le diría todo lo que pensaba; si se ponía su mujer o no contestaba nadie, lo dejaría estar para siempre.

Francis se acostó. De nuevo soñó con que estaba en el casino y, al final, apostaba a un color y se hacía rico. Luego, como solía ocurrirle en los últimos tiempos, soñó con su propia muerte, con que le pegaban un tiro o salía disparado por los aires. Ese sueño también parecía aterradoramente real, y cuando se despertaba a la mañana siguiente, le costaba un rato salir de su aturdimiento.

2

Era invierno; habían pasado dos años y medio desde el viaje. Para entonces Francis ya tenía veinte años. De pie en su cuartucho, escuchaba la música atronadora de un reproductor de CD. Después de hacer ciento cincuenta planchas y cien abdominales, dio una vuelta corriendo por el barrio. Hacía un frío helador; la nieve cubría las aceras, y el aire cortaba la respiración. Unas mujeres se quedaron mirándolo al pasar. El trabajo en la construcción le había puesto cachas; aparte de eso, volvía a entrenarse levantando pesas, como cuando era luchador.

Hacia mediodía habló por teléfono con Anne-May. Últimamente discutían mucho, siempre por John.

—Apenas me dejas verlo —dijo él—. Fue casi un milagro que pudiera asistir a su nacimiento. Y sabes perfectamente quién tiene la culpa.

Cuando Anne-May defendió a sus padres como tantas otras veces, Francis colgó. Lo ponía enfermo ver tan poco a su hijo. Hiciera lo que hiciera, los Gardener procuraban mantenerlo alejado de Anne-May y de su hijo. Quería ser el mejor padre del mundo, pero ellos lo consideraban un fracasado y un irresponsable, y Anne-May tampoco se ponía nunca de su parte. ¡Nunca! Siempre se dejaba avasallar por sus padres y los defendía.

—No queremos que lleves a tu hijo a esa ratonera —le habían dicho a Anne-May, cuando esta iba a pasarse con John por la caravana.

Cuando se lo contó después a Francis, al principio, se quedó sin habla.

—¿Y tú qué les has contestado? —preguntó luego.

Pero Anne-May solo se había encogido de hombros. Notaba que ella quería otra cosa y que todo la entristecía, pero sencillamente no tenía fuerzas para oponerse a su familia. Lo último que habían planeado los Gardener era mudarse a Nueva York. De esa manera le quitarían definitivamente a Anne-May y a su hijo, porque, claro, él no iba a estar todo el día yendo y viniendo de Nueva York.

Los padres de Anne-May parecían firmemente convencidos, y Francis notaba que también iba a perder esa última y decisiva batalla.

Unos días atrás, le había sugerido a Anne-May que se buscara un trabajo en Claymont. Pero según ella, su padre le había organizado un trabajo de media jornada en el estudio de un prestigioso arquitecto en Manhattan, y tenía intención de aceptarlo en cuanto John creciera un poco. Quería largarse de allí de una vez.

—Ah, ¿y te crees que yo no? —le dijo él.

Se miraron con cara de reproche. Pero luego Francis sonrió y quiso reconciliarse con ella. Le dio la mano y se puso otra vez a hablar de la casita de San Francisco y de que todo podría cambiar para ellos. Anne-May, sin embargo, retiró bruscamente la mano.

—¡Deja ya de mencionar esa chorrada! —dijo— ¡Me tienes harta! ¿A qué viene tanto hablar de ese maldito viaje y de que algún día vivirás feliz en la Costa Oeste?

Francis se levantó.

—¡PORQUE PODRÍA HABER TENIDO TODO ESO! —gritó— Estuve a punto. Todo podría haber sido diferente. ¡Incluso yo podría haber sido diferente!

—Estás zumbado —le dijo ella—. ¡Deja ya de vivir en el pasado!

Luego se marchó, y Francis comprendió que la época en torno al nacimiento de John, cuando se habían sentido más unidos, había concluido definitivamente.

Pasaron otras dos semanas de diciembre; la mudanza a Nueva York cada vez estaba más cerca. Francis había trabajado en el último turno y hasta después de medianoche no se marchó a casa. Llevaba la trenca negra que le había regalado Anne-May las navidades anteriores. No obstante, tenía frío; quizá se hubiera acatarrado. Moqueando y tosiendo, fue dando zancadas por la nieve. Lo mejor hubiera sido pedir la baja por enfermedad, pero no podía permitirse faltar ningún día.

Cuando entró en la caravana, vio a su madre de pie en la cocina. Estaba poniendo agua al fuego mientras al fondo se oía la radio. Se la veía delgada y tenía la cara blanca y llena de arrugas. Las ganas de marcharse del año anterior habían sido solo un anticiclón pasajero; además, había tenido que dejar su empleo en Wal-Mart por un brote depresivo. En su alma se había hecho de nuevo la oscuridad, y por las mañanas le costaba levantarse de la cama. Muchas veces, cuando Francis volvía del trabajo, tenía miedo de encontrársela tumbada en el suelo como aquella vez en la clínica.

—¿Qué tal estás? —le preguntó.

Su madre intentó sonreír. Francis se puso a su lado y le pasó la mano por la espalda, acordándose de cuando cocinaban juntos. Por un momento pensó en darle todo lo que había ahorrado y marcharse él solo a Nueva York, con Anne-May y John. Pero luego se acordó de su enfermedad y de cómo la había engañado Doblinski y abandonado Ryan, y comprendió que nunca podría dejarla en la estacada.

La madre echó el agua hirviendo en una taza y metió una bolsita de té. Francis le dio un beso en la mejilla y fue a ver a su vecino Toby. Este lo saludó con un abrazo y luego se sentaron en el sofá. Toby se había teñido de oscuro su pelo corto rubio; vestía gorra, sudadera y vaqueros. Aún escribía textos y letras de canciones en un cuaderno, y odiaba cervalmente a todos los chicos que llevaban a casa sus hermanas pequeñas.

Mientras veía la tele, Francis se quejaba de la cantidad de turnos de noche que le tocaban últimamente. Toby sacó papel de liar y picadura de tabaco y se hizo un cigarrillo.

—¿Y qué hay de la universidad? —le preguntó—. Creí que querías matricularte.

Francis asintió con la cabeza. Ese era el plan que tenía cuando por fin acabó el bachillerato en el instituto. Pero ahora que su madre no tenía trabajo y Ryan ya no les pasaba nada, se veía obligado a currar como una bestia. En realidad no le importaba, incluso le gustaba, pero no les llegaba para nada. Aunque jamás llegaba tarde al trabajo y hacía horas extras, nunca ganaría lo suficiente como para ocuparse de su hijo ni para largarse de allí. Y si su madre tuviera que ingresar otra vez en la clínica y Ryan cumplía su amenaza y no pagaba los gastos, o si él se ponía enfermo, se encontrarían al borde del abismo.

Cuando se lo contó a Toby, este le dio un codazo.

—Pues sí, pequeño. Por lo que veo, tú también tendrás que dejarte degollar para conseguir pasta.

Francis solo hizo una mueca. Ya había pensado muchas veces en alistarse. La guerra le daba igual, pero la idea de ganar mucho dinero de golpe y luego estudiar una carrera y poder vivir en un campus, le parecía sumamente tentadora. Miró el televisor.

—El problema es que las dos cosas son una puta mierda —dijo—. No quiero morir, pero tampoco quiero volver de la guerra y vivir el resto de mi vida obsesionado con imágenes de niños saltando por los aires, trozos de cadáveres esparcidos, o con ataques de pánico. Tiene que haber alguna otra cosa.

—Hombre, claro, también puedes trapichear, como hacemos la mayoría; con eso te sacas un pastón —dijo Toby, y los dos se echaron a reír.

Pero en realidad no era una risa del todo franca.

A finales de febrero faltaba muy poco para la mudanza de Anne-May y John. Al principio Francis se había sentido destrozado, pero a esas alturas ya estaba hecho a la idea. Quizá se debiera, entre otras cosas, a la decisión que acababa de tomar.

Era una fría mañana de domingo; su vuelo partiría en cuatro horas. Se había despedido de todos sus trabajos y aprovechó el inusual tiempo libre para estar con su hijo. Anne-May y él ni siquiera mencionaron la mudanza. Hacía mucho tiempo que Francis había desistido de hacerle cambiar de opinión, pese a que creía que ni ella misma estaba muy convencida. Al principio sostuvo a John en brazos, pero ahora se había sentado en el sofá y contemplaba cómo Anne-May tocaba el piano para su hijo y lo trataba con toda familiaridad. Con mucha más que él. Francis sabía que no debía pensar en eso, pero no podía evitarlo. En esos momentos notaba un vacío en su interior y el miedo a que, más tarde, John no lo quisiera. A que él le diera todo cuanto tenía, pero que eso no fuera suficiente.

Al cabo de media hora, se despidió de su hijo y de Anne-May. Se puso la trenca y dejó que ella lo acompañara hasta la puerta. Anne-May no sospechaba lo definitiva que era esa despedida, de modo que solo le dio un beso en la mejilla.

—Curioso peinado —le dijo con una sonrisa.

Francis regresó en el Buick; otra vez había comenzado a nevar y el limpiaparabrisas recorría el cristal a toda velocidad.

Pese a que las calles estaban heladas, atravesó la ciudad conduciendo con seguridad.

Al llegar a casa, se quedó un rato meditando en la cocina. En la caravana reinaba el silencio; su madre dormía en su habitación. Fuera ya empezaba a oscurecer y entraba poca luz. Francis se puso a jugar con un cuchillo haciendo rayitas en la mesa de plástico. Se acordó de Nicky, al que hacía mucho tiempo que no veía y con el que, últimamente, solo había tenido breves conversaciones telefónicas. También pensó en que Anne-May le había hablado de un hombre que sus padres le habían presentado. Esto último fue lo que le llevó a tomar la decisión. De repente, se había dado cuenta de cómo se le escapaban las cosas de las manos. Había notado que, además, con Anne-May ya solo discutía, y que empezaba a llegar tarde a las citas con su hijo y a no cumplir con sus obligaciones. Poco a poco empezaba a «soltar amarras». Sin embargo, no quería ver cómo lo perdía todo. Cómo su madre volvía a ingresar una y otra vez en la clínica hasta que un buen día se cortara las venas. Cómo Anne-May y su hijo se distanciaban cada vez más hasta que, finalmente, Anne-May se casara con un tío del estudio de arquitectura, tuviera otro hijo con él y entonces su marido adoptara a John, lo que sin duda sería lo mejor para el niño. Y por eso había tomado la resolución de hacer algo.

Al día siguiente se inscribiría voluntariamente para la guerra en la oficina de alistamiento de Somerville. Al estar sano y fuerte y ser alto, lo aceptarían enseguida, y lo enviarían a Afganistán o a Iraq, y si tenía mala suerte volvería hecho polvo o moriría allí mismo. Tantas veces se lo había representado mentalmente, que estaba seguro de que así sería. En ese caso, al menos le harían un bonito entierro, como el del hermano de Brad Jennings. La gente acudiría en masa, y Anne-May lloraría ante su tumba y Grover se pondría colorado y se le empañarían las gafas. Más tarde, su madre recibiría una pequeña pensión, y a su hijo podrían contarle que su padre no era un fracasado del parque de caravanas, sino un héroe que había defendido el país dando la vida por él.

Naturalmente, todo era una locura. Francis, que seguía haciendo muescas en la mesa de la cocina, meneó la cabeza. Pero en realidad tampoco había mucho dónde elegir. Esa era la única posibilidad que le quedaba.

Y el pasaje de avión para Las Vegas.

3

Cuando Francis aterrizó en Las Vegas y vio las luces, se sintió como decaído. Solo llevaba consigo una maleta pequeña. Al taxista le dijo que lo llevara al hotel MGM Grand. Allí reservó una habitación para una noche. Detrás de él había una familia numerosa; los niños alborotaban alegremente. Francis subió en el ascensor, metió la tarjeta en la cerradura y se tumbó en la cama. Pese a lo desdichado que se sentía, sacó del abrigo el sobre que contenía cinco mil dólares, el capital inicial destinado a lograr que se cumpliera su sueño. Para ahorrarlo había tenido que trabajar los últimos dos años y medio, obsesionado con la idea de que allí se podía ganar un millón sencillamente apostando bien varias veces seguidas.

No le había dicho nada a nadie. Ni a su madre, que no habría entendido nada, ni a Anne-May, que lo habría tomado por loco. De allí saldría millonario o completamente arruinado.

Pero de momento seguía en la cama sin apenas poder moverse. El plan había sido sencillo: volver a Las Vegas e intentarlo al menos una última vez. Sin embargo, fue allí donde realmente se dio cuenta de que esa era la última oportunidad. Y de que, si fracasaba, al día siguiente se alistaría voluntariamente y se jugaría la vida.

Francis metió la mano en el bolsillo y sacó otro sobre que contenía las mejores fotos del viaje con sus amigos. La que más le gustaba era una en la que estaban Anne-May y él sentados en la playa de San Francisco —Grover la había sacado sin que se dieran cuenta—, o la foto que se habían hecho con el disparador automático muy al principio, poco antes de salir de Nueva York. Los tres sonreían inseguros a la cámara; todo estaba aún por decidir y se sentían emocionados.

Al contemplar las fotos, Francis se dio cuenta de lo mucho que echaba de menos a Grover. Del último encuentro hacía muchísimo tiempo. Fue en casa de los Chedwick. Sus padres habían preparado la comida y lo recibieron como a un miembro más de la familia. Luego, él y Grover vieron una película de John Hughes y se rieron mucho, pero ya nada era como antes. Grover se pasó todo el rato hablando de Alistair y de un proyecto de una página web que tenían en común, de su carrera y de su nuevo entorno, una conversación en la que Francis no pudo meter baza. Como se sentía triste, le entraron ganas de preguntarle si todavía se acordaba de cuando encontraron en el jardín de sus padres una planta que desprendía un líquido al tocarla, y se lo bebieron pensando que así adquirirían poderes extraordinarios. Y en realidad solo quería decirle a ese imbécil lo mucho que lo echaba de menos.

Pero se calló. Después, jugaron un rato al *Unreal Tournament* y luego se marchó. «Hasta pronto», le dijo al despedirse en la puerta, y Grover respondió lo mismo: «Hasta pronto».

De eso hacía ya nueve meses. Desde entonces no se habían vuelto a ver.

Francis descolgó el teléfono de la habitación y marcó el número del móvil de Grover. Dejó que sonara un minuto, pero no contestó nadie. Soltó una maldición.

De repente, para su sorpresa, marcó el número de Andy Kinnear. Llevaba meses queriendo hacerlo, pero nunca se atrevía. Sonó tres, cuatro, hasta cinco veces. Por fin oyó la voz de Andy.

Francis se disponía ya a saludarlo, cuando se dio cuenta de que solo era el contestador automático. Dudó un rato y luego colgó. Ya está, se le pasó por la cabeza. Ese había sido su único intento. Cerró los ojos y se masajeó las sienes con los dedos.

Debió de quedarse dormido unos instantes, y al despertarse se sintió abatido. Había soñado con aquella vez que, poco después de nacer John, se acostó en la cama con el niño y con Anne-May. Los tres durmieron muy acurrucaditos. Entonces le pareció la cosa más natural del mundo; hoy comprendía el valor de aquella noche, quizá la más importante de todas las noches de su vida.

Cada vez que soñaba con Anne-May o con John, Francis se despertaba aturdido. Le costaba unos segundos darse cuenta de dónde se encontraba. Miró a su alrededor guiñando los ojos. En la habitación reinaba la oscuridad; fuera, las luces.

Sacó del bolsillo el MP3. Primero escuchó algo de Arcade Fire, la banda favorita de Anne-May, porque las canciones le recordaban a ella y a la época en que la visitaba todos los días en la clínica. Por alguna razón, le vinieron a la memoria sus ratones parlantes, todos ellos con nombres de la nobleza inglesa, y le entró la risa. Después, oyó varias veces seguidas «Lose Yourself», de Eminem. La letra se le grabó, como siempre, en el cerebro:

Look, if you have one shot, and one opportunity
To seize everything you ever wanted in one moment
Would you capture it or just let it slip?

Mira, si tienes la ocasión, y una oportunidad
para conseguir todo lo que siempre quisiste en un momento
¿la aprovecharías o la dejarías pasar?

Francis se levantó y fue al baño. En las últimas semanas se había dejado barba; sacó la maquinilla de plástico del hotel y se la afeitó. Qué raro se le hizo descubrir de nuevo un rostro tan familiar. Se pasó los dedos por la cara desnuda y se miró en el espejo. El hoyuelo de la barbilla de su padre, los ojos de color azul claro de su madre, el pelo negro que se acababa de rapar para causar buena impresión al día siguiente, si tenía que ir a la oficina de alistamiento de Somerville. Tensó los músculos: tanta fuerza para nada.

Luego clavó la mirada en la imagen del espejo y olvidó todo cuanto lo rodeaba. Ya solo veía la esencia, lo básico. Soy Francis Dean, pensó. Soy padre; tengo un hijo. Ese pensamiento aún le resultaba tan nuevo e incomprensible como la primera vez que había emergido en su cabeza.

Francis apagó la luz y agarró el sobre con el dinero. Al llegar a la puerta se detuvo. Durante unos segundos se sintió incapaz de girar el picaporte, salir e ir a jugar. Luego abandonó la habitación y bajó en ascensor.

4

Francis escuchaba el ruido de las salas como hipnotizado, cuando se sumergió en ese mundo de tragaperras con pantallas luminosas, melodías metálicas y murmullo de voces. Una joven tropezó con él al pasar y se disculpó. Francis descubrió al fondo de la sala los tanteadores con los números de la ruleta parpadeando. Se abrió paso entre los turistas y jugadores y llegó hasta la mesa de aquella vez, que se hallaba un poco apartada. Allí se apostaban de nuevo miles de dólares a combinaciones aparentemente arbitrarias, y cuando los jugadores perdían, se limitaban a sonreír con gesto levemente contrariado y apostaban otros diez mil.

Francis se acercó a la mesa. Según su carné de identidad falso, para entonces ya tenía casi veinticuatro años, pero el crupier no se lo pidió. Francis esperó a que hubiera sitio y luego se sentó. Con sus trajes hechos a medida, los otros clientes le lanzaban miradas tan despectivas como la vez anterior, pues en esta ocasión también iba en vaqueros y camiseta; solo eran nuevas las zapatillas. Había cambiado todo su dinero por una única ficha azul que valía cinco mil dólares, y ahora la depositó en la casilla negra. Los demás lo miraron con interés; algunos apostaron también al negro. Francis no quería esperar más. Si realmente su sueño carecía de sentido, perdería todo el dinero, pero por lo menos lo perdería enseguida y al fin podría olvidarse de esa idea, que llevaba atormentándolo desde hacía dos años y medio.

La idea era la siguiente: ¿y si, después de todo, el sueño se hacía realidad?

Francis notó un cosquilleo. O se quedaba inmediatamente sin blanca, después de haber trabajado como un loco, o dentro de unos segundos tendría el doble. Qué locura. Ahora que jugaba con su dinero y no con el de Ryan, era verdaderamente consciente de su valor.

La bola rodó… cada vez más despacio. Francis respiró entrecortadamente; sin atreverse a mirar, esperó unos segundos que se le hicieron eternos hasta que notó que alguien le daba un golpecito en el hombro. Abrió los ojos y vio que la bola estaba en la casilla del veintiocho. Negro. Qué alivio. Ya tenía diez mil.

Francis recogió todo el dinero y volvió a apostar al negro. Oyó un cuchicheo. Alguien meneó la cabeza con gesto de incredulidad. El crupier lanzó la bola; durante los siguientes segundos, los jugadores se quedaron mirando cómo daba vueltas en la rueda. Después de que algunos apostaran en el último momento, el crupier dijo:

—*Rien ne va plus* !

La bola fue a parar al treinta y tres. *Noir*. Negro. Francis ya tenía veinte mil. Se quedó con cinco y apostó quince, otra vez al negro.

¡Y salió negro! ¡Increíble!

De pura felicidad se le puso la carne de gallina. Ahora tenía ya treinta y cinco mil. Tanto como la última vez, cuando lo perdió todo en cuestión de segundos. Francis recordó la cantidad de veces que había pensado durante el último año en los treinta y cinco mil y en la de cosas que se podrían haber hecho con ese dinero. Se daba cuenta de la potra que había tenido ganando ahora tres veces seguidas. Un hombre prudente se habría retirado. Francis reunió treinta mil y apostó otra vez al negro.

El señor que estaba a su lado, que vestía una chaqueta de *tweed,* lo miró con curiosidad. Luego apostó él también al negro: sesenta mil.

237

—Espero que no te equivoques —dijo—. Ya ha salido tres veces seguidas el negro.

—Sé que volverá a salir.

Los dos inclinaron la cabeza en señal de aprobación, y a los pocos segundos, la bola fue a parar al once. Negro.

Algunos lanzaron gritos de júbilo, pero Francis vio también que, desde el otro extremo de la mesa, dos señores le lanzaban miradas hostiles. Los dos habían apostado al rojo y seguro que, en el fondo, le echaban la culpa a él y a su racha de buena suerte. Francis recogió sus ganancias, sesenta mil, y las colocó junto a la ficha de reserva de cinco mil.

—¡Eso sí que es jugar a lo grande! —dijo el hombre elegante que estaba a su lado.

Luego, tranquilamente, reunió las fichas por valor de ciento veinte mil, le dio mil al crupier y se levantó para marcharse.

—¿Ve esos cristales oscuros de ahí arriba? —Francis señaló hacia el primer piso—. Ahí están los grandes apostadores; solo se puede apostar a partir de cien mil dólares. Únicamente allí se puede ganar una verdadera fortuna.

—¿Y por qué quieres ir?

—Necesito dinero. Mucho dinero.

El hombre lo escudriñó con la mirada y luego sonrió.

—Bueno, en ese caso, te deseo lo mejor, muchacho.

La bola ya estaba en la rueda. Francis tuvo que darse prisa en apostar para no perder esa ronda. Por descuido, no solo apostó los sesenta mil, sino también la ficha de cinco mil, que en realidad quería haber guardado para un caso de apuro. Cuando quiso cambiar la apuesta y recoger la ficha de reserva, el crupier no se lo permitió.

—*Rien ne va plus !*

—Es que tengo que recoger la ficha…

—Ya no se puede, joven.

A Francis le dieron ganas de pegar un salto y agarrar la ficha, pero entonces lo habrían echado de allí. Crispado por la tensión, se puso a observar la bola. Si salía negro, por lo menos duplicaría también la ficha de reserva.

Pero de pronto se puso nervioso; algo no cuadraba. Empezó a intuir que había cometido un error garrafal; se había apresurado demasiado al apostar. ¿Qué pasaría si no volvía a salir negro?

La bola giraba y giraba cada vez más lentamente; parecía que se hubiera pegado a las paredes de la rueda, pues tardaba una eternidad en detenerse. Francis estaba como paralizado. La sensación de seguridad lo había abandonado, o peor aún, se sentía igual de mal e inquieto que en su primera visita a Las Vegas. Apenas aguantaba ya junto a la mesa, no paraba de arrastrar los pies y de morderse el labio inferior. Por fin cayó la bolita; medio desfallecido, vio cómo todos sus sueños se venían abajo cuando la bola fue a parar a la casilla con el número treinta y seis. Rojo. Lo había perdido todo. Sesenta y cinco mil dólares y su vida.

5

Francis no comprendía lo que había sucedido; con las prisas, había apostado mal y había cometido ese fallo tonto tan decisivo. Notó que se le humedecían los ojos y se quedaba sin respiración, mientras percibía la sonrisa maliciosa de los dos señores del otro extremo de la mesa, pero también la mirada compasiva de los otros jugadores. Pero sobre todo percibió a la gente que tenía a su espalda queriendo ocupar su sitio. Ya no tenía nada que perder, de modo que tampoco pintaba nada en Las Vegas.

En el preciso momento en que iba a abandonar la mesa, alguien le puso delante de las narices una ficha con un valor de cinco mil dólares.

Francis se volvió y vio al hombre de antes. Llevaba la mano derecha metida en el bolsillo de la chaqueta de *tweed,* y en la izquierda sostenía sus ganancias.

—Sin ti habría apostado al rojo, de modo que te lo debo —dijo—. Además, te he distraído al apostar, ¿no crees?

Francis quiso darle las gracias, pero el hombre hizo un gesto de quitarle importancia al asunto.

—Mucha suerte —se limitó a decir, señalando con la barbilla hacia arriba, a las ventanas oscurecidas, y se marchó.

Francis se volvió. Miró la ficha de cinco mil e inmediatamente la apostó al rojo. Salió rojo. Notó que se iba apoderando de él una increíble y amarga resolución. Le entró la fiebre del juego. Se le quitó el miedo. Completamente tranquilo, apostó los diez mil al negro, y salió negro. Contó los veinte mil y apostó quince al rojo. De nuevo ganó. Se guardó la ficha de reserva por valor de cinco mil en el bolsillo izquierdo del pantalón y, a partir de entonces, jugó con el resto, arriesgándolo todo.

Treinta mil al negro.

Ganó sesenta mil. Todo iba tan aprisa… El corazón también se le aceleró. Si ahora ganaba, tendría suficiente para subir al piso de los grandes apostadores. El crupier lanzó la bola a la rueda, pero de repente a Francis le entró la duda. Hasta ahora siempre había sabido a qué apostar. ¿Rojo o negro? Tenía que darse prisa, solo faltaban unos segundos. Rojo o negro, rojo o negro…

Francis iba a apostar los sesenta mil al rojo, pero en el último momento se retiró y, por primera vez, se saltó una ronda. La bola fue a parar al treinta y uno negro.

Había tenido suerte.

Por alguna diabólica intuición, estaba seguro de que volvería a salir el treinta y uno. Pensó si apostar a ese número la ficha de cinco mil que tenía en el bolsillo y el resto al negro, pero decidió que no y apostó solo los sesenta mil.

Cuando al cabo de un rato salió efectivamente el treinta y uno, se enfadó. Con la ficha de reserva podría haber sacado, además, casi ciento ochenta mil.

Luego salió del trance y comprendió que de esta manera también había ganado ciento veinte mil.

¡NADA MENOS QUE CIENTO VEINTE MIL DÓLARES!

Francis se puso a dar gritos de alegría y se hincó de rodillas; todo el mundo se volvió a mirarlo, pues a la gente del casino le gustaba ver que alguien se alegraba de verdad. Se pasó la mano por la cabeza y notó que tenía el pelo empapado. Recogió los ciento veinte mil y se despidió de quienes tenía alrededor.

—Adiós, señoras y señores; tengo otros planes.

Algunos se echaron a reír creyendo que iría a celebrarlo, sin sospechar que iba a poner inmediatamente en juego todo el dinero. Francis respiró hondo, luego recogió las fichas y se alejó de la mesa. Ya podía subir al piso de arriba, cuyas ventanas oscurecidas, desde hacía dos años y medio, lo habían perseguido hasta en sueños.

En un primer momento, los dos empleados del casino no lo dejaron entrar. Le indicaron que tomara asiento en una silla del vestíbulo y examinaron su carné de identidad. Luego le dijeron que sin chaqueta no podía pasar.

—¿Sabes qué clase de gente juega ahí? —le preguntó uno de los empleados, que tenía la piel oscura y llevaba un pantalón negro y una chaqueta roja con botones dorados—. Jefes de finanzas, estrellas del fútbol, actores, gurús de la Bolsa… Son reuniones privadas, por decirlo de alguna manera. ¿Qué van a pensar si de pronto entra alguien como tú?

—Pero entonces, ¿por qué no suben la apuesta mínima a un millón?

—Porque normalmente la gente como tú no sabe nada de estas salas. —El empleado puso la mano sobre el hombro de Francis—. Has ganado en una noche más de cien mil. Eso es mucho dinero; a mí me cuesta años ganarlo.

—Pero no es suficiente. Necesito más.

—Veo perfectamente que te ha invadido la locura. Conozco a gente como tú que pierde inmediatamente todo lo que ha ganado. Anda, vete a casa con el dinero antes de que sea tarde.

—Es que tengo que seguir jugando. ¡Por favor! Solo apostaré tres veces como mucho. Luego me voy. No tiene ni idea de lo importante que es para mí.

El empleado se lo quedó mirando un rato, luego cambió una mirada con su compañero y suspiró.

—¿Sabes una cosa? Te voy a dejar pasar.

—Gracias, gracias. Muchísimas gracias.

—Más vale que me las des cuando no hayas perdido el dinero ahí dentro.

Con estas palabras, abrió la puerta de caoba.

Francis entró. Al fin estaba allí dentro.

6

Desde que tuvo ese sueño, se preguntaba con frecuencia por qué tenía que ser precisamente en Las Vegas. Por qué no en otra ciudad. Pero desde que había pisado Las Vegas y, sobre todo, desde que había visto a su padre, conocía la respuesta. Porque Las Vegas era el corazón y la meca de la «basura blanca»*, y él, Francis, su engendro más genuino. Únicamente en un lugar tan podrido como ese podía un fracasado sin perspectivas tener la oportunidad de hacer lo que jamás conseguiría con trabajo duro, aplicación y honradez: cambiar de vida.

Las Vegas era el único sitio en el que todo parecía posible; allí todos eran iguales. Los dos jeques con sus túnicas blancas. El rapero de piel oscura, a quien tan bien conocía, con traje. El político al que había visto una vez por la televisión. Y también la señora elegante, ya entrada en años, con el vestido oscuro; el hombre de gafas y chaqueta de pana, y el tipo rubio con la sudadera de Tommy Hilfiger, cuyas caras no le decían nada. Más diferentes no podían ser entre sí, pero allí, frente a los treinta y seis números y el cero, todos eran iguales.

Cuando entró en la sala, algunos alzaron la vista con interés. Francis se sentó en un asiento libre y esparció sus fichas, por un valor de ciento veinte mil dólares, sobre la superficie de terciopelo verde. Allí arriba solo había un crupier, un hombre

---

* Término despectivo utilizado especialmente en Estados Unidos para designar a los marginados, sociales y culturales de raza caucásica. *(N. de la T.)*

de pelo gris vestido con un terno, que miró a Francis extrañado. El empleado de color que le había permitido la entrada le dijo al crupier que no había ningún problema, que acababa de ganar ese dinero en la planta baja del casino.

–No lleva chaqueta –dijo el crupier.

Francis quiso contestar que los dos jeques y el tío de la sudadera tampoco llevaban chaqueta, pero se guardó el comentario.

–Que se ponga la mía –dijo el empleado de color, quitándose la chaqueta del uniforme con los botones dorados.

Francis se la puso. Como era más ancho de espalda y más alto, la chaqueta le quedaba estrecha.

–¡Muchísimas gracias!

El empleado sonrió por primera vez.

–De nada. ¿Qué tal un porcentaje de las ganancias?

–Eso está hecho.

El empleado le dio un golpecito en el hombro.

–Mucha suerte.

Luego abandonó la sala.

Francis miró a su alrededor. Entonces se dio cuenta de las cantidades astronómicas con las que jugaban los otros. Uno de los jeques, que frisaría los cincuenta años y lucía barba, tenía delante fichas por un valor de aproximadamente cuatro millones de dólares. El otro jeque, claramente más joven y sin barba, que llevaba puestos unos auriculares enormes, jugaba más o menos la misma cantidad, y los restantes jugadores tampoco les iban a la zaga. Por doquier reinaba el lujo: las paredes estaban revestidas de madera noble, unas alfombras orientales cubrían el suelo de mármol negro, y en el rincón había sofás de piel de color beis y un bufé con bebidas y algo para picar. A través del cristal panorámico, oscurecido por fuera, Francis tenía una vista fantástica de todo el casino y de las muchedumbres que se agolpaban en torno a las mesas de juego y las máquinas tragaperras. Allí arriba jugaban los que estaban por encima de todo. Seguramente, la mayor parte de ellos habían acudido en *jet* privado y habían sido discretamente conducidos a esa sala para que la prensa no se enterara de su presencia.

En esa mesa de juego todo iba un poco más despacio. El crupier les dejaba más tiempo para que hicieran sus apuestas. Francis recogió sus ciento veinte mil, cerró un momento los ojos y, sencillamente, los apostó al rojo. Sin pensárselo demasiado. Los demás lo miraron como si estuviera completamente loco. El jeque de más edad se rio.

—¿Acabas de ganar eso ahí abajo?

—Sí.

—¡Qué valiente, muchacho!

El jeque apostó doscientos mil también al rojo. La señora del vestido oscuro apostó ostensiblemente cien mil al negro; los demás, a todas las posibles combinaciones y números aislados. El crupier preguntó si todos habían hecho sus apuestas. Cuando le dijeron que sí, lanzó la bolita al plato en sentido contrario al giro. Durante unos segundos correteó de acá para allá.

—*Rien ne va plus !*

Francis se agarró con fuerza a la mesa. La bola fue perdiendo velocidad y finalmente cayó en el siete. Sus músculos se distendieron. Rojo.

Notó que se le escapaba una sonrisa. El político, que estaba a su lado, le golpeó el hombro; también él había ganado. El jeque barbudo también le hizo un gesto de aprobación. Francis tenía ahora doscientos cuarenta mil; los pensamientos se le agolpaban en la mente. Podía guardar el dinero e irse a casa; bastaría para vivir sin preocupaciones los próximos años. Pero no sería suficiente para cambiar de vida y recuperar a Anne-May y a su hijo. Se vio forzado a quedarse; como ya le había pasado la última vez, era incapaz de marcharse; en realidad, quería recoger el dinero y abandonar el casino, pero estaba como amarrado a la mesa; primero pensó en apostar solo una parte del dinero para no perderlo todo; pero eso llevaría demasiado tiempo. La fiebre se había apoderado definitivamente de él: tenía que seguir jugando. Sé que lo voy a conseguir, pensó. Ahora o nunca. Ahora o nunca. Ahora o nunca.

Cuando el crupier dio permiso para hacer las apuestas, Francis fue el primero que puso todas las fichas en el tapete. Otra vez en la casilla roja. Oyó murmurar a los otros.

—¿No prefieres abandonar? —le preguntó el político.

Francis negó con la cabeza.

—Hoy vas a hacer historia, ¿eh? —dijo el jeque de la barba.

—Eso intento.

—Pero esta vez vas a cometer un error. Estoy seguro de que va a salir el negro.

El jeque contó fichas por un valor de trescientos mil y las apostó al negro. Otros, sin embargo, pensaron que Francis iba ganar, o les daba igual, pero el caso es que apostaron al rojo. El joven jeque de los auriculares se retiró; se tumbó en uno de los sofás y se puso a leer el periódico.

La señora que Francis tenía a su izquierda también se saltó esa ronda.

—¿De dónde vienes? —le preguntó.

—De Claymont. Del parque de caravanas.

Francis no sabía por qué les contaba eso; posiblemente, para escandalizarlos. La señora mayor arqueó las cejas. Francis observó el collar de oro que colgaba de su cuello y le preguntó si tenía un cigarrillo para él. La señora sacó una pitillera profusamente adornada, le ofreció uno y le dio fuego. Francis dio una honda calada e intentó calmar sus nervios echando humo.

—Un chico del parque de caravanas luchando por hacerse con una gran fortuna —dijo el hombre de la sudadera, con mucho acento escocés—. Es como una película.

—Más bien un drama —dijo el jeque mayor—, si pierde ahora. Sé que va a salir el negro.

El crupier lanzó la bola a la rueda. Francis respiró profundamente varias veces seguidas, agachó la cabeza y se concentró en que saliera el color rojo; jamás hasta entonces había deseado algo con tanta vehemencia. A duras penas podía mirar, se resbalaba en la silla, fumaba y se pellizcaba el labio inferior. De pronto, tuvo un mal presentimiento al ver lo seguro que estaba el jeque de ganar.

¿Por qué estaría tan seguro de que iba a salir el negro?

A Francis le atronaba la cabeza, mientras se pasaba la mano por las sienes palpitantes. Voy a perder, pensó. Esta vez voy a perder.

La bola cayó en el veintitrés.

Rojo.

¡HABÍA GANADO! ¡HABÍA GANADO!

Francis no se calmó hasta después de pegar un salto y corretear de acá para allá por toda la sala. Oyó que todos se reían, incluido el joven jeque de los auriculares, que seguía en el sofá. Dio otro brinco y apretó el puño. Ahora tenía casi quinientos mil. Un cinco con cinco ceros. Increíble. De la excitación, los ojos se le llenaron de lágrimas; simplemente no se lo podía creer.

El jeque mayor sonrió.

—¡Debería haberte hecho caso!

Francis regresó a la mesa.

—Si lo dejas ahora, ya no serás el chico del parque de caravanas —le dijo el político—. Yo en tu lugar no seguiría jugando.

Francis era consciente de que con ese dinero podría vivir holgadamente los próximos veinte años. Y también podría ayudar a su madre. Pero seguiría sin recuperar a Anne-May y a su hijo, pues para lo que tenía previsto, ese dinero no era suficiente. Por otra parte estaban los quinientos mil. Contempló el montón de fichas que tenía delante. ¿Qué hacer?

Necesitaba una pausa para pensar con tranquilidad. Se saltó dos rondas sin hacer apuestas. Qué alivio ver cómo jugaban sin participar. Una vez salió el cero verde. En cualquier caso, habría sido difícil acertar. La vez siguiente salió el once negro.

Francis anduvo unos pasos de acá para allá. Nadie sabía qué pintaba allí. Otro loco dispuesto a apostarlo todo y a perder; para recuperar a una mujer que quizá no quisiera volver con él.

Había llegado el momento de tomar una decisión. Si seguía jugando, dentro de un minuto sería millonario o el mayor idiota de la historia de Las Vegas. A decir verdad, se identificaba con los dos. Y tampoco había llegado hasta allí para acobardarse en el momento decisivo. Sin embargo, la tentación de largarse era enorme. Los nervios le hacían trazar círculos con la lengua por el paladar. En su cabeza, dos voces pugnaban por imponerse; una decía que saliera zumbando, pues de lo contrario cometería un grave error, y la otra le suplicaba: «Sé valiente, por favor; aguanta aunque solo sea una vez más». Después de reflexionar un rato, de pronto Francis se sintió iluminado y vio cómo sus manos agarraban el dinero y lo colocaban al rojo.

Los de la mesa de juego lo miraron pasmados. Casi quinientos mil dólares eran incluso allí una apuesta bien alta.

—El chico del parque de caravanas se ha vuelto loco —dijo el jeque, que parecía fascinado—. ¿Cómo es que apuestas al rojo? ¿Por qué no al negro?

Francis se encogió de hombros.

—Un presentimiento, sin más.

—¡Me caes bien, muchacho! —dijo el jeque— Seguramente estés como una cabra, pero tienes coraje.

Dicho lo cual, contó fichas por valor de varios cientos de miles y apostó asimismo al rojo.

—Ya no pienso apostar lo contrario que tú.

La señora entrada en años, sin embargo, meneó la cabeza y dijo que iba a saltarse otra ronda. El rapero y el hombre de las gafas y la chaqueta de pana hicieron lo mismo. Todos tenían dudas de si apostar lo mismo o lo contrario que Francis. En el transcurso de unos pocos minutos, su obsesión y testarudez lo habían convertido en el centro decisivo del juego.

Pero luego a Francis le entró la duda. Ya no sabía si había hecho bien en apostar al rojo; al contrario, de pronto tuvo la certeza de que saldría el negro. ¡Cambia la apuesta!, pensó. Pero no acababa de decidirse. El crupier preguntó si todos habían hecho sus apuestas. Francis asintió dubitativo y vio cómo la bola era arrojada al plato. Se le aceleraron los latidos del corazón. Notaba espasmos. Miró por la ventana oscurecida hacia la planta de abajo. Observó a los jugadores; un crupier relevaba a otro; una mujer mayor se metía en el bolsillo las ganancias de una máquina tragaperras; un tío con un mono azul se abría paso a través de la muchedumbre; dos universitarios soltaron un taco porque acababan de perder al Black Jack; y un hombre mayor, que también había perdido, se lo tomó con entereza y sonrió.

Y en ese mismo instante Francis supo que saldría el negro. Saldría el trece negro, el número de la suerte de Anne-May.

Cuando ya iba a cambiar la apuesta, el crupier, esta vez demasiado pronto, dijo:

—*Rien ne va plus!*

7

Lo que siguió a continuación fue un grito que resonó por todas las salas del MGM Grand. Los de la mesa del Black Jack lo oyeron, los que jugaban en las tragaperras y al Bandido de un solo brazo lo oyeron, y también llegó a oídos de las señoras de la recepción, y quizá incluso de los que estaban viendo al Cirque du Soleil. Francis gritó porque sintió una necesidad imperiosa de apostar al negro, porque sabía que iba a salir el trece; tan fuerte solo se grita una vez en la vida, concretamente, cuando uno se la está jugando, como era el caso.

Suplicó al crupier que le dejara cambiar la apuesta.

Pero este se mostró inflexible.

Mientras tanto, la bola no paraba de corretear por las paredes de la rueda, todavía a mucha velocidad.

—¡Por favor! —imploró Francis—. Ha dado por terminadas las apuestas demasiado pronto. Sé que va a salir el negro, lo presiento.

El crupier negó con la cabeza. Francis se sintió como si alguien hubiera apagado las luces. Presa del pánico, pensó que había reaccionado tarde, igual que hacía un rato, solo que ahora no se le acercaría ningún tipo simpático para regalarle una ficha por valor de cinco mil dólares, eso sin contar las pocas posibilidades que tendría de ganar por segunda vez apostando a lo mismo tantas veces seguidas.

Todo se le derrumbó.

En ese momento, el jeque carraspeó. Era el carraspeo de un multimillonario que, de pronto, dijo en voz alta que compraría el negocio ese y despediría al crupier si no le dejaba inmediatamente cambiar la apuesta al chico.

El crupier se puso pálido, se lo pensó un instante y luego asintió. A la velocidad del rayo, Francis colocó los quinientos mil en la casilla negra. Luego sacó la ficha de reserva del bolsillo izquierdo del pantalón y apostó los cinco mil directamente al trece. No tomó ninguna precaución más. O todo o nada.

—Es el número de la suerte de mi novia —dijo.

El jeque hizo un gesto de aprobación y luego cambió también sus fichas del rojo al negro. De manera que su altruismo no fue tan desinteresado.

El crupier miró otra vez a todos los asistentes.

—*Rien ne va plus* —repitió con voz débil—. Ya no se puede apostar más, definitivamente.

Al poco rato, la bola empezó a rodar mucho más despacio. La cosa se ponía seria. Francis apenas aguantaba junto a la mesa, le temblaban las manos como si fuera un viejo. Tenía la sensación de que se le iba a escapar el alma del cuerpo para quedar suspendida sobre él. Francis se vio a sí mismo de pie junto a la mesa de la ruleta, con el pelo corto y la chaqueta prestada del empleado, mirando fijamente a la bola de la rueda. Los otros jugadores le echaban miraditas intermitentes. Intentó hacerse a la idea de que acababa de apostarlo todo, no solo el dinero, sino también su vida y la de su madre, y seguramente también la de Anne-May y John.

Aquello era una locura. A quién se le ocurría dejar que una diminuta bolita blanca decidiera su destino. Por otra parte, sabía que ese era su sitio, pues de todos modos la vida no se diferenciaba demasiado del juego de la ruleta. Unas veces tenías suerte y vivías en un país rico o gozabas de buena salud e inteligencia, y otras veces te tocaba la china y nacías tonto o contraías cáncer, o bien venías a este mundo en una choza africana y te morías antes de aprender a deletrear la palabra «morir». El contenido de una ampolla era de un genio, mientras que el de la siguiente procedía de un estafador. Todo era arbitrario y delirante; en tal caso, ¿por qué no ir a Las Vegas y jugárselo todo a vida o muerte? Allí por lo menos te exponías voluntariamente a la injusticia; en el fondo, era el único lugar decente de la tierra.

Así pues, lo que dictaminaría el destino de Francis sería una simple bolita blanca, y el poco tiempo que tardaba en perder velocidad y quedarse quieta se le hizo una eternidad. A continuación, su vida anterior sería agua pasada, y tal y como sucede instantes antes de morir, pudo ver todo cuanto había significado algo para él.

Recordó una vez más la escena de *Blade Runner* en la que el replicante decía que todos esos momentos algún día se perderían como lágrimas en la lluvia. Luego se acordó de la tarta de fresas que le hacía siempre su madre el día de su cumpleaños. Pensó en las derrotas sufridas cuando practicaba lucha y en los ojos vacíos de su gato muerto. Recordó el día que se hundió en la piscina siendo muy niño y el miedo tan horrible que pasó, miedo a algo que aún le era completamente desconocido, es decir, a la muerte. Pensó en cuando paseaba por el parque con Ryan y su madre; él iba en medio agarrado a los dos y, a la de tres, lo subían por los aires. Recordó cómo lloraba su madre junto a la mesa de la cocina cuando Ryan la abandonó; poco después la ingresaron en la clínica entre balbuceos inconexos, de modo que Francis tuvo que hacerse a la idea de que a partir de entonces tenía dos madres: una, a la que quería, y la otra, que se parecía a su madre pero estaba enferma, a la que estaba obligado a querer aún más. Recordó a su hermano pequeño, que tenía un padre de verdad con buenos genes y al que echaba de menos porque lo veía muy de tarde en tarde. Y luego le vino a la cabeza lo bajito que seguía siendo Nicky para su edad, aunque todos hacían como que no se daban cuenta. Recordó la primera vez que besó a una chica, Becky Larado; pese a lo repugnante y húmedo que le resultó y aun preguntándose qué tendrían de bueno los besos, quiso repetir una y otra vez. Se acordó de las partidas de *Unreal Tournament* con Grover y de cuando este tocaba la batería mientras él bailaba. Y recordó la cantidad de veces que había pasado la noche en casa de Grover y cómo, después de apagar la luz, se quedaban horas charlando. Le vino a la memoria el día en que, siendo todavía muy niño, se encontró en el parque un cristal que lanzaba destellos a la luz del sol; en ese momento se sintió más feliz de lo que lo había sido en toda su vida. Y pensó que después, en algún momento, se convirtió en un joven cobarde y apático, pero que ahora, a su debido tiempo, había recuperado el valor y se lo jugaba todo. Luego recordó que la pequeña Hannah Peckar, que vivía en una caravana cercana a la suya, había contraído leucemia hacía unos años. Hannah era una niña tan dulce que todos la querían, y se inventaba poemas, cuyos versos nunca rimaban, para recitárselos a él, hasta que un buen día se murió. Cada vez que pensaba en qué habría después de la muerte, confiaba en que Hannah siguiera existiendo en alguna parte y en que le fuera bien. De nuevo recordó su viaje por el país y cómo siempre había pensado que el final del viaje, el encuentro con su padre, era lo más importante, pero no era verdad; mucho más importante había sido el viaje en sí. Y luego recordó a su padre, ese putero borrachín al que, por cierto, en ningún momento le había dicho cómo se llamaba, y que vivía de subinquilino de unos criminales en un garaje en México. Y Francis deseó con toda su alma que John no saliera a él ni a Doblinski, sino a Anne-May, y que, más adelante, fuera aplicado en el colegio y leyera libros y no viera tanto la tele. Recordó el nacimiento de John: él dándole la mano a Anne-May en el paritorio y, de repente... el llanto de su hijo. Recordó la primera vez que lo tuvo en brazos. Jamás en su vida había tenido una sensación tan intensa; le entraron ganas de no soltar nunca a esa cosita arrugada, y poco después los padres de Anne-May se lo quitaron de los brazos y, a decir verdad, nunca se lo devolvieron. Y naturalmente pensó en Anne-May Gardener y en cómo él, metido en el enorme montón de estiércol y chatarra que era su vida, de repente había encontrado algo dorado y brillante, o sea, a ella. Se acordó de la primera vez que se vieron en la clínica. De cuando lo hicieron sobre el piano de cola. Recordó cómo se le veían los dientes cuando sonreía, cómo le pegaba en broma en el hombro o cómo tocaba el piano para John. Y cómo ella se le iba escapando cada vez más de las manos. Se acordó de su casita en San Francisco. Su sueño. Si ahora la bola iba a parar al negro, todavía estaría a tiempo de darle un giro a su vida. Compraría inmediatamente la casita de San Francisco y también un anillo para Anne-May, le pediría la mano y, junto con John, se trasladarían a vivir a la soleada San Francisco. De este modo, no solo él se desprendería de sus cadenas, sino también su madre, a la que naturalmente se llevaría consigo a la Costa Oeste. Y quizá también Anne-May, cuyas cadenas posiblemente no estuvieran tan sucias y roñosas como las suyas, tal vez fueran de oro, pero estaba igual de atrapada que él.

Y luego pensó en qué pasaría si ahora saliera el rojo y perdiera. Si su sueño lo había engañado y, hasta entonces, sencillamente había tenido una suerte increíble y ahora, por su afán de seguir jugando, lo echaba todo a perder. Recordó que ya había apostado mal una vez en la planta baja del casino, y sabía que jamás se recuperaría del golpe de haber perdido medio millón. Mañana se alistaría de voluntario y llevaría una vida completamente distinta; tal vez muriera en la guerra como el hermano de Brad Jennings o, si no, regresaría moralmente destrozado y arrastraría una vida desesperada hasta el día de su muerte.

Durante los pocos segundos que tardó la bola en detenerse al fin, Francis vivió varias vidas al mismo tiempo; oscilaba entre su vida anterior en el parque de caravanas y las dos nuevas vidas posibles: en San Francisco o en Iraq oscilaba entre la opulencia y la felicidad, por un lado, y la pobreza y la muerte, por otro; tres vidas que solo se podían llevar paralelamente en un único país, a saber, en Estados Unidos. Fue un momento mágico de simultaneidad, pues de esas tres vidas ahora dos desaparecerían para siempre.

Francis lanzó una última mirada al jeque, que parecía tan agarrotado como él; luego vio cómo descendía la bola por las paredes de la rueda. Con un clic, primero fue a parar a la casilla de un número negro; luego siguió saltando, cayó en la casilla de un número rojo y siguió brincando como si se tratara de un baile. Como no soportaba más la tensión, cerró los ojos apretándolos con todas sus fuerzas. Ya faltaba poco y el corazón le latía con tanta fuerza que temió que le estallara; se mareó y tuvo que agarrarse a la mesa para no caerse. Oía su respiración y la bola saltarina; de nuevo le cruzaron por la cabeza las imágenes: San Francisco o Iraq, Anne-May y John o la soledad, vida o muerte.

Y ahora se decidiría todo. «Por favor, que salga negro, por favor, por favor.» Oyó que la bola perdía tanta velocidad, que tendría que estar a punto de quedarse quieta, y luego oyó un clic y supo que por fin había ido a parar definitivamente a una casilla. Y en ese momento contuvo la respiración. Contuvo la respiración y abrió los ojos.

AGRADECIMIENTOS

En primer lugar quiero mencionar a mi madre, ya que este libro está dedicado en especial a ella.

Gracias también a Theodor Lange. Si no me hubiera hablado en mayo de 2006 acerca del banco de semen de los genios, probablemente nunca hubiera descubierto ni escrito esta historia. A mis amigos Michael Bieber, Julia Weinberger y Ferdinand Neumayer me acompañaron en 2008 en el viaje que hice durante meses por Estados Unidos para escribir esta novela, que para mí fue una época inolvidable e increíblemente bonita. A mi prima Maddalena de Carolis, que siempre me ha recomendado los libros más acertados. Quisiera además dar las gracias a Muriel Siegwart, Frieder Wittich, Laura Lichtblau, Renata Teicke, Oliver Ziegenbalg, Marie Gronwald y Roger Eberhard, así como a todo el equipo de la editorial Diogenes por su apoyo y por acogerme en esa maravillosa editorial.

Por último, quisiera decir a voz en grito: ¡Gracias, Thomas, por tu sinceridad! ¡Gracias, Bubu y Peter, por vuestros consejos! ¡Gracias, Ursula, por tu iniciativa! ¡Gracias, Veronika, por esa pregunta! Y ¡gracias, Eva, por esa respuesta!